대한민국 공군 최초의
제트기 조종사 권성근 장군 회고록

하늘을 날다

대한민국 공군 최초의
제트기 조종사 권성근 장군 회고록

하늘을 날다

초판 1쇄 | 2015년 6월 5일

지 은 이 | 권성근
발 행 인 | 김영희

기획·마케팅 | 신현숙, 권두리
편   집 | 최은정
디 자 인 | 한동귀

발 행 처 | (주)FKI미디어(프리이코노미라이프)
등록번호 | 13-860호
주   소 | 150-881 서울특별시 영등포구 여의대로 24 FKI타워 44층
전   화 | (출판콘텐츠팀) 02-3771-0250 / (영업팀) 02-3771-0245
팩   스 | 02-3771-0138
홈페이지 | www.fkimedia.co.kr
E - mail | tokyobulls@fkimedia.co.kr
I S B N | 978-89-6374-102-4 03810
정   가 | 15,000원

이 도서의 국립중앙도서관 출판예정도서목록(CIP)은 서지정보유통지원시스템 홈페이지(http://seoji.nl.go.kr)와
국가자료공동목록시스템(http://www.nl.go.kr/kolisnet)에서 이용하실 수 있습니다.(CIP제어번호: CIP2015014673)

대한민국 공군 최초의 제트기 조종사 권성근 장군 회고록

하늘을 날다

권성근 지음

프리이코노미라이프

序文

·

질곡의 삶을 돌아보며

내 삶을 돌이켜볼 때, 스스로 느끼지만 자랑할 것이 별로 없다. 다만 그 시기의 험한 두 전쟁, 일제강점기의 태평양전쟁에서는 일본군 소년 항공병으로, 해방의 소용돌이에서 벌어졌던 한국전쟁에서는 한국 공군의 한 사람으로 참여했었다. 다행히 죽지 않고 지금까지 살아 있다는 것만으로도 위안을 얻는다.

전쟁에 나가지 않았다 해도 그 당시의 사람들에게는 산다는 것 자체가 괴로움의 연속이었다. 그 시대를 살았던 사람들은 어릴 때부터 일제의 식민지정책에 의해 우리말과 글을 쓰지 못했다. 기차를 타려고 표를 끊을 때도 일본말을 하지 않으면 차표를 주지 않았던 시대였다. 더 이상 무슨 설명이 필요하겠는가. 조상 대대로 쓰던 성姓도 버려야 했다. 성을 안 바꾸면 살 수가 없는 시대였다. 나도 안전安田이라고 창씨개명을 했다. 안동安東 권가였던 것에서 글자 하나라도 잊지 않으려는 기본적인 몸부림이었다.

가끔 주위 사람들이 75년도 더 지난 그 옛날에 어떻게 비행기를 타겠다는 생각을 했느냐고 묻곤 한다. 나 역시 비행기에 대한 지식은 그림엽서에서 본 것이 전부였다. 그러나 걷지 않고 날아다닌다는 것과 비행기라는 새로운 물체에 대한 호기심이 있었다. 친구 따라 강남 가는 격으로 장난기와 경험 삼아 하게 된 것이 갈 데까지 가버린 결과가 된 것 같다. 시기가 2차 대전 말기라 일본군은 병력 충원이 어려워지자 우리나라 사람까지 나이가 차면 징병으로, 좀 더 어리면 징용으로 끌고 갔다. 그런데 전쟁이 열세로 몰리면서 항공전만이 전세 회복의 가능성이 있다고 판단하여 조종사 훈련병을 한 번에 몇 천 명씩 모집하기에 이르러 나 같은 사람도 끼게 된 것이다.

그 와중에도 끝까지 징집을 거부한 친구들, 문중의 장손들은 산 깊은 곳에 땅굴을 파고 들어가 몸을 숨겼다. 일가친척들이 교대로 변장을 하고 양식을 가져다주며 연명하는 것이다. 또 탄광이나 숯막으로 피하는 친구들도 있었다. 그런 친구들은 나중에 보니 전쟁에 갔다 온 나보다 먼저 죽기도 했다. 그런 것을 보면 사람이 죽고 사는 것은 인명재천人命在天이라는 옛말 그대로인 듯하다.

지난 삶을 돌이켜보면 나는 불행한 가운데서도 비교적 행복하게 살아왔다. 아직도 안 죽고 이렇게 살아 있다는 것만으로도 충분한 행복이 될 수 있다. 한국전쟁 당시 내 나이가 스물다섯 살이었다. 같이 훈련받고 출격한 전우들 한 사람 한 사람이 장렬히 전사할 때, 그다음은 내 차례인가 각오를 했다. 브리핑을 받으며 적진의 대공화기 진지들을 표시한 붉은 점을 볼 때도 그렇게 두렵고 무서웠다. 하지만 낙하산을 둘러메고 비행기에 올라 시동을 걸고 비행을 시작하면 불안한 마음은 없고 오직 최선을 다하겠다는 생각뿐이었다.

그때 하느님이 있다면 한 5년만 더 살게 해주었으면 좋겠다고 생각했다. 인생을 60으로 잡고 한 5년만 더, 인생의 반인 서른 살까지만 살게 해주면 불만이 없겠다고 생각했다. 비행기를 타는 사람들은 활동 범위가 넓어 보고 들은 것이 많으니 시골에 조용히 묻혀 사는 사람보다는 세상을 많이 봤을 것이다. 그래서 반만 산다고 해도 그들이 평생을 살면서 보는 것과 마찬가지라 여겨 크게 억울할 것도 불만도 없다고 생각했다.

그랬던 것이 지금은 그때의 꿈인 서른 살보다 세 배 이상을 산 구순九旬(90)이 되었다. 오래 살아도 너무 오래 산 것이다. 그런 것을 보면 나는 다른 사람들보다는 훨씬 운이 좋았다. 불행한 세대에 태어났다는 것만으로 불평할 자격이 없는 것이다.

훗날 우리의 역사가들이 20세기를 서술할 때, 일제의 압제가 심하던 1920년대 후반에 태어나 격변의 시기를 헤치며 2010년대까지 살아온 한 인간의 족적을 비추어봤으면 한다. 미처 알려지지 않은 이 나라 역사의 이면에는 이런 이야기도 있었다는 것을 알려주고 싶다. 농사를 짓고 평범히 사는 사람도 있고, 자신이 관심을 둔 분야를 평생 연구하며 이름을 떨치는 사람도 있지만, 우리같이 본의 아니게 시대에 떠밀려 처절한 삶을 살았던 사람들도 있다. 또 그 속에서도 그나마 운이 좋아서 망외의 장수를 하는 사람도 있다는 것이다. 이 글은 다른 분들처럼 국가에 큰 공로가 있다거나 유명세를 탈 만한 이름을 남긴 것은 없지만, 그래도 험한 세파 속에서 질긴 목숨을 유지하면서 살아온 날들의 진솔

한 기록이다.

특히 우리 세대는 불행한 시대에 태어나 고난의 시간들을 보냈다. 그 시대에 우리가 선택할 수 있는 것은 사느냐 또는 죽느냐 그뿐이었다. 어떻게 사느냐는 것을 생각하는 것 자체가 사치인 시대였다. 자의적인 판단을 떠나 주어진 상황에 의해 모든 것이 결정되는 그런 삶이었다. 혹시라도 나의 이런 글이 험한 세파 속에서 질기게 목숨을 유지하며 살아온 세대도 있었다는 것을 알아주는 작은 기록이 된다면 그것으로 족하다고 하겠다.

나는 항상 진인사대천명盡人事待天命이라고 생각한다. 나 스스로의 의지로는 이룰 수 없는 것을 너무 많이 봤기 때문이다. 세상을 살면서 내가 할 수 있는 노력을 다했다면 그 나머지는 운運이랄까, 그런 하늘의 뜻이나 초자연적인 힘에 의지할 수밖에 없다는 것이다. 인간의 힘이라는 것이 얼마나 미약한가. 이제까지 살면서 느낀 것은 자의적으로 할 수 있는 일은 아주 적다는 사실이다. 나머지는 흘러가는 대로 순응할 수밖에 없다. 이제는 점점 쇠락해져가는 기운을 느끼며 이런 글을 남기는 것은 남은 사람들에게, 또 자라나는 세대들에게 우리가 살던 세대를 알려주고 그것을 이해함으로써 후세들의 삶에 작은 보탬이라도 되었으면 하는 바람에서이다.

돌이켜보면 살아온 날들의 대부분을 밖으로만 떠돌면서 지내왔다. 그만큼 가족에게는 소홀했다는 말이다. 하지만 그런 세월들에 대한 후회를 하고 싶지는 않다. 나름 주어진 큰 책임을 위해서 살아왔던 시간들이기 때문이다. 그래도 가족들에게 미안한 마음을 감출 수는 없다. 국가에 몸 바쳐 일해온 나를 믿고 따라주었던, 그야말로 가족이기 때문이다.

평생 든든하게 가정을 지키며 함께 살아온 내자, 소홀함 없이 반듯하게 잘 자라준 자식들에 대한 고마움을 이 자리를 빌려 전한다.

2015년 6월

권 성 근

차 례

어릴 때 내 꿈은 자유롭게 자전거를 타고 돌아다니며 그 지역의
풍광과 민속에 관한 것 그리고 그 속에서 진솔하게 살아가는 사
람들에 대한 글을 써 신문에 기고하고, 그 삯으로 또 다른 곳을
찾아다니는 낭만의 여행자, 르포라이터였다.

1장

소년비행사가 되다

01

금호강변의 어린 시절

어릴 때 내 꿈은 자유롭게 자전거를 타고 돌아다니며 그 지역의 풍광과 민속에 관한 것 그리고 그 속에서 진솔하게 살아가는 사람들에 대한 글을 써 신문에 기고하고, 그 삯으로 또 다른 곳을 찾아다니는 낭만의 여행자, 르포라이터였다. 그때는 미지의 문물에 대한 신비로운 상상만으로도 행복했다. 또 그곳으로 데려다줄 은륜의 모습에 흠뻑 취해 있었다.

그러나 어릴 때 꿈은 그냥 어릴 때 꿈으로 그치나 보다. 신문사 특파원 아니면 르포라이터는커녕, 두 번의 전쟁을 거치는 동안 비행훈련을 받고 많은 시간을 보라매로 전투기를 몰며 조국의 영공을 수호하기 위해 힘을 다했다. 또 전역 후에는 우리나라 경제 발전의 격변기를 거치며 나름 맡은 바 자리에서 묵묵히 최선을 다했다.

이제 구순이 되어 지난날을 돌이켜보면 참 어려운 시대에 태어나 태평양전쟁과 한국전쟁 그리고 전후의 피폐한 시절을 어렵게 살아온 질곡의 삶이었다.

우리의 본관은 안동이다. 기록에 의하면 선대가 임진왜란 때 안동에서 전쟁을 피해 영일군 죽장면 입암(현재는 포항시)이라는 깊디 깊은 산골로 피신했다고 한다. 그 뒤 증조부 때에 이르러 당시 영천군 금호면에 정착하였다. 금호는 낙동강 지류인 금호강을 끼고 있는 몇 십 리 넓은 평야지대로 물산이 풍부하여 나름 풍족한 생활을 했다. 넓은 들에서는 논농사를 짓고 있었으며, 강변으로는 퇴적된 토사가 쌓여 훌륭한 밭을 이루어 각종 채소가 풍부히 생산되었다. 이렇게 너른 농지와 입지조건 때문에 한일합방 이후 일본인들이 처음으로 들어와 농사를 지으며 정착한 곳이기도 하다. 또 이들에 의해 조성된 사과밭이 대구 동촌부터 금호에까지 이어져 대구 사과의 명성을 드높인 곳이다.

나는 이곳에서 1926년에 태어났다. 나중에 기록을 보니 그해가 바로 조선 27대 임금이었고 대한제국의 마지막 황제였던 융희황제純宗가 승하한 해였으며, 일제강점기의 잔재라고 해서 1996년 해체된 경복궁 앞 조선총독부 건물이 10년의 공사기간을 거쳐 준공된 해이기도 하다. 또 일본의 연호가 대정 15년을 마지막으로 소화 1년으로 바뀐 해이기도 하다.

지금은 국민학교를 거쳐 초등학교로 명칭이 바뀌었지만 소학교를 다닐 때 기억을 더듬어보면, 우리 고향의 원래 지명은 찬 우물(냉천冷泉)이었다. 차가운 지하수가 솟아나는 곳이어서 가뭄의 피해를 입지 않았다. 또 가을걷이를 할 때쯤 논에 줄을 쳐놓은 곳이 있었는데, 그곳에서 생산된 쌀은 일본 천황을 위한 진상미로 사용된다고 했다. 그만큼 토질이 비옥하고 맑은 물이 풍부하며 오염되지 않은 좋은 곳이었다.

나중에 알고 보니 불행하게도 다른 지역과 다를 바 없이 수확한 쌀의 대부분은 동양척식주식회사東洋拓殖株式會社를 통해 수탈당했다. 우리 농민들은 대부분이 소작농이었다. 아름답고 풍요로운 곳이지만 결국은 일본인들의 배를 불려주었던 것이다. 그래도 다른 척박한 지역보다는 형편이 좋은 편이었다. 마을 앞의 문전옥답 한두 마지기는 자신들의 논이 있어 한층 여유로울 수 있었다.

금호강의 은어치기

금호강변에는 홍수에 대비하여 돌로 쌓은 제방이 있었다. 어릴 때 여름이면 그 강에 가서 하루 종일 놀았다. 또 금호강은 물이 맑아 은어가 많이 잡혔다. 여름밤에 불을 든 어른들의 뒤를 졸졸 따라다니며 은어를 잡기도 했는데, 그렇게 은어를 잡는 것을 은어치기라고 했다.

누구에게나 그렇겠지만 내 고향인 금호는 참 평화롭고 아름다운 추억이 있는 곳이다. 이런 곳에서 증조할아버지 때부터 3대째 내려오며 살고 있었다.

선친은 그 근방에서 유일하게 포목점을 하였다. 상점에 나가보면 봄가을에는 시골에서 혼수 준비를 위해 여러 사람들이 모여 시끄럽게 떠들기도 했다. 어느 지역이나 그렇겠지만 시골에서 현금을 손에 쥐기가 쉽지 않았다. 겨우 주막이나 우동집 등에서 현금이 통용될 뿐이고, 잡화상이나 과자점도 모두 일본인들의 소유였다. 우리는 그런 상점이라는 것을 잘 모를 때였다. 이런 상황에서 우리 집은 포목점을 했으니 그나마 현금이 돌아가는 곳으로 비교적 먹고사는 문제에 큰 어려움이 없었다.

지금은 돌아가셨지만 나이 차이가 많이 나는 나의 형님은 참 멋쟁이였던 기억이 난다. 내가 일곱 살 때쯤 밤에 이상한 소리가 나서 가보면 어디서 몰래 바이올린을 사서 켜고 있을 때도 있었다. 당시는 신발로도 집안의 형편을 알 수 있었다. 어르신들은 복장을 갖추고 흰 고무신을 신으면 생활이 괜찮은 편이었다. 그다음이 검정 고무신, 가정 형편이 어려우면 짚신을 신었다. 가죽으로 만들어진 구두는 지역 유지 내지 지도자인 면장, 학교장 등 두세 명이 신을 뿐이었다. 그만큼 구두는 귀하고 비싼 것이었다.

그런데 형님은 키트구두라고 색이 다른 가죽을 덧대서 만든 고급 구두를 몰래 사가지고 와서 낮에는 아버지께 야단맞을까 감춰났다가 밤이면 몰래 갈아 신고 놀러 나가곤 했다.

그 형님은 포목점을 물려받아 건실하게 키우라는 아버지의 유지를 어기고, 해방 후 정치판에 뛰어들었다가 결국은 이름을 남기지도 못한 채 가산만 탕진하고 인생의 뒤안길로 쓸쓸히 사라졌다.

어머니라는 슬픈 기억

이 무렵 가장 가슴 아픈 일이 있었다. 여덟 살 때쯤 어머니가 돌아가신 것이다. 아직도 어머니라는 단어를 떠올리면 그 슬픈 기억으로 가슴이 먹먹해지곤 한다.

어머니가 돌아가시기 전의 나는 굉장히 활발하고 동네 골목을 돌아다니며 싸움도 잘하는 개구쟁이였다. 그런데 어머니가 돌아가신 충격으로 성격이 많이 바뀌었다. 밤에 화장실에 가려고 깨어났다가도 이제 어머니가 없구나 생각하며 목 놓아 울 때도 많았다. 그 전까지 활동적이고 능동적이었던 성격이 어머니가 돌아가신 후에는 소극적이고 사색적으로 변했다.

어머니의 죽음과 관련하여 내 평생 가장 마음에 걸리는 일이 있다. 처음에는 어머니가 돌아가신 것도 몰랐다. 어른들이 알려줬지만 철도 없었고, 죽음에 대한 심각한 인식이 없던 시기여서 일가친척들과 동네 사람들이 모여서 북적거리는 것에만 신이 났던 것이다.

어머니 상여가 나가는 날도 동네잔치가 벌어진 양 친구들과 신나게 뛰어놀기에 바빴다. 어머니 상여를 따라 모였던 사람들이 썰물같이 나가고 빈집만 횅하니 남았을 때 비로소 잘못되었다는 것을 알았다. 그래서 어머니가 계셨던 방을 열어보았더니 빈방이었다. 빈방을 확인하는 순간부터 울음을 그칠 수 없었다. 그때 종조모가 다가와서 야단을 쳤다.

"요 나쁜 놈, 어미가 아플 때는 그것을 이해 못하고 노는 것에만 열중하더니 이제 가버리고 나니 슬프더냐"

그 나쁜 놈이라는 말이 아직도 가슴의 응어리로 남아 있다. 그 후부터는 남 몰래 참 많이 울었다. 고향집 뒷마당에 배나무가 한 그루 있었는데, 달 밝은 밤에 문을 열고 배나무에 걸린 달을 보면 어머니 생각에 못 견디게 서러워지곤 했다. 그래서 그 후부터는 의식적으로 배나무를 쳐다보지 않았다.

소학교에 입학

아홉 살이 되어서 소학교에 입학했다. 그 당시 월사금이 한 달에 50전으로 기억한다. 나는 매달 1원씩 가지고 가서 50전은 월사금으로 내고 50전은 꼬박꼬박 저축을 했다. 당시에는 매달 정기적으로 저축할 것을 장려했고, 졸업할 때까지 학교에서 일괄적으로 관리를 했었다. 그러나 비교적 부유하다는 우리 동네에서도 50전의 월사금이 없어 또래의 절반은 학교를 다니지 못했다. 소학교는 한 학년에 한 반씩 모두 여섯 반이 있었다. 그나마 집집마다 보유한 농토가 있고, 생활 형편이 나아서 우리 면을 중심으로 학교를 만든 것이었다. 학교가 없는 주위의 다른 면들은 서당 비슷하게 꾸민 간이 학교를 만들고, 학문을 일찍 깨우친 마을 사람들에게 배우다가 3학년을 마치면 4학년인 우리 학교로 전학을 오는 것이 보통이었다. 형편이 그렇다 보니 동급생도 내 나이보다 서너 살 많은 것은 예사였다.

내가 소학교를 졸업할 무렵 나이가 열다섯 살인데 제일 나이가 많은 사람은 벌써 스무 살 가까이 되었다. 장정인 그들은 집안일을 하며 학교에 다녔다. 아침부터 학교에 올 때 거름 한 짐을 가지고 와서 논이나 밭에 뿌려놓고, 학교를 마치면 산에 가서 나무 한 짐을 해가지고 집으로 돌아갔다. 어린 마음에는 산에서 나무하는 것이 그렇게 부러울 수가 없었다. 학교가 끝나면 일부러 나무하는 곳까지 따라다니기도 했다.

한 학년의 인원은 대략 60여 명으로 남녀공학이었다. 여학생이 대여섯 명뿐이라 반을 나눌 수도 없었다. 교실을 많이 만들 수가 없어 좁은 공간에 최대한 많은 인원을 수용하느라 빈 공간이 없었다. 나는 다른 사람들보다 나이가 서너 살 어리니 여학생들 바로 뒷자리를 차지하는 경우가 많았다. 그러면 뒤에서 지푸라기로 앞의 여학생 머리카락을 당기라는 등 지시가 내려오고, 시키는 대로 안 하면 나이 많은 동급생들에게 가끔 벌을 받기도 했다.

여학생들도 평균 두어 살은 더 많아 동급생이라기보다 누님과 같은 느낌이었다. 실제로 야외에서 도시락을 먹거나 할 때에는 여학생들이 먹을 것을 넉넉히 만들어가지고 와서 슬그머니 나눠주기도 했었다. 나는 동급생 중에서도 나이가 가장 어렸던 덕분에 귀염둥이 같은 존재였다. 6학년이 되어서는 간혹 장가를 가는 사람들도 있었다.

아버지 임종과 중학교 진학

초등학교 고학년 때 또 한 번의 어려움이 있었다. 중학교 입시와 아버지 임종이 겹친 것이다. 당시에는 어른이 편찮으시면 가족 중 한 명은 꼭 병상을 지키며 간병을 하고 잔심부름을 하는 등 수발을 드는 것이 보통이었다. 중학교 입시가 닥쳤지만 아버지 병수발을 드는 역할이 나에게 주어진 것이다. 형님은 가장으로서 아버지 대신 가족을 돌봐야 하고, 마침 내 나이가 아버지 수발을 들기에 가장 적당했던 것이다. 유교 집안이어서 그런 면에서는 참 엄격했다.

지금은 돌아가셨지만 내가 가장 존경하는 고모님이 계셨다. 이미 출가하여 자식을 두었고 금호강 건너편 10리쯤 떨어진 곳으로 새롭게 살림을 차려 분가한 분이었다. 아버지께서 자리에 누우시고 이제는 임종할 때가 되었다고 하니, 그 고모님은 한 달 동안 하루도 빠지지 않고 집안일을 다 보신 후, 밤 11시쯤 한겨울 추운 바람이 몰아치는 금호강을 건너와 밤새 아버지 간병을 하다 새벽이면 다시 강을 건너 집으로 돌아가는 것이다. 결국 아버지는 돌아가셨지만 웬만한 사람으로는 하지 못할 정성을 보여준 고모님이었다.

그 기억이 너무나 생생해 훗날 고모님께 그때의 상황을 물었더니 이렇게 말씀하셨다.

"부모가 안 계시면 장남이 바로 부모님 대신이다. 비록 나한테는 오빠지만 집안으로 보면 부모와 마찬가지니 정성을 다해야지."

아무리 부모 대신이라도 엄동설한 그 추위에 낮에는 집안일을 하고 밤에 10리 길을 왕복하며 간병을 한다는 것은 보통 사람으로는 실천하기 어려운 일임에는 틀림없다.

중학교 입시라고 해서 지금처럼 거창한 시험을 치르는 것은 아니었다. 중학교에 진학하는 학생들도 적었고 소학교에서 공부를 좀 한다고 하면 무사히 통과할 정도의 간단한 시험이었다. 나는 아버지 병수발을 하며 머리맡에서 책을 보다가 손님이 오면 슬그머니 책을 감추곤 하였다.

아버지는 끝내 자리를 털고 일어나지 못하셨다. 아버지의 장례식과 삼오제를 치르는 중에 중학교 시험이 있었다. 그렇다고 상중喪中에 시험을 치르러 갈 수도 없으니, 중학교 입학시험을 놓치고 말았다. 그러나 내 문제는 아무도 거론하지 않았다. 그것은 나를 무시하거나 미워서 그랬던 것은 아니다. 내가 중학교에 진학하는 것보다 집안의 가장이 돌아가신 것이 훨씬 큰 비중을 차지하는 일이었고, 나의 진학은 그 큰일 속에 묻혀버린 것이다.

그때 시골에서 중학교에 진학하는 것은 경제적 형편에 비추어 참 어려운 일이었다. 한 해에 두어 명 진학하거나, 어느 해에는 한 명도 진학하지 못하는 경우도 있었다. 어찌되었든 나는 중학교 진학에 실패한 것이다.

그렇다고 한 해를 집에서 빈둥거리며 놀기도 싫고, 일 년 뒤에 진학하여 소학교 동기생들과 학년 차이가 나는 것도 싫었다. 그래서 궁리 끝에 야간 중학교를 선택해서 입학했다. 이때가 1940년 무렵이었다.

02

태평양전쟁에 내몰리다

일본은 이미 만주사변을 통해 만주를 자신들의 속국으로 만들어놓고, 3년 전부터는 중일전쟁을 시작해 가는 곳마다 승리하고 있었다. 베이징부터 시작하여 톈진, 상하이, 난징, 우한, 광둥, 산시 등 남북 10개 성^省과 주요 도시 대부분을 점령하는 데 성공했다.

그러나 일본은 중국이 얼마나 넓은 땅인지 알지 못했다. 일본군은 용맹하고 무장도 잘해서 가는 곳마다 이겼다. 중국군은 불리하다 싶으면 후퇴했다가 다시 싸우는 식의 유격전으로 대항했다. 그 결과 일본은 점과 선의 점령에 그치고 말았다. 도시를 점령하고 그곳에 이르는 길을 확보했지만 점령 지역을 효율적으로 통제하기는커녕 그 길고 넓은 전선을 유지하기에는 병력이 턱없이 부족했다.

그때까지 한국인은 군속으로 끌려가 군수품을 나르거나 진지를 구축하고 군마를 돌보는 허드렛일을 하는 것이 전부였다. 그러나 전선이 점점 넓어지고 부족한 군인을 채우기 힘들어지자 지원병을 모집하기에 이르렀다. 이 지원병제도에서도 만족할 만한 효과가 나타나지 않자, 일정한 나이가 되면 강제로 군에 입대시키는 징병령이 선포되었다.

징병령을 선포하고 학생이나 주민을 동원해 요란한 가두선전을 하는 등 나이가 차기도 전에 누구나 군대에 끌려갈 수밖에 없는 분위기를 만들어갔다. 징병에 응하지 않으면 비국민이라 하여 불이익을 당했다.

이것은 한국인뿐만 아니라 일본인도 마찬가지였다. 소학교 4학년 때 담임을 맡아 나를 상당히 귀여워했던 일본인 선생도 전선으로 끌려갔다.

당시에는 사범학교 출신만 교사가 될 수 있었다. 내가 다니던 소학교에도 각 학년을 담당하는 6명의 교사와 교장 이렇게 7명의 선생이 있었다. 대부분 일본인이고 한국인 선생은 한두 명으로 주로 어려서 일본말이 안 통하는 1, 2학년 담당이었다. 일본의 식민지정책은 한국인이 교육을 받을 수 있는 기회를 주지 않으려고 고급학교 설립을 제한했다. 교육을 많이 받으면 반일 감정을 가지거나, 선생이 되면 학교 교육을 통해 학생들에게 반일 사상을 심어줄 수 있다는 이유 때문이었다. 학교가 적으니 한국인은 교육을 받을 수 있는 기회가 별로 없었다. 우민화 정책이었다.

간혹 소학교에서 성적이 뛰어난 학생들을 모아서 사범학교에 입학시켰는데 모두 관립官立이었다. 이곳에 들어가면 모두 기숙사에서 생활했다. 집단생활을 통해 철저히 세뇌시켜 완벽한 일본인으로 만든 후에 내

보냈다.

여기에는 두 가지 효과가 있었다. 첫째는 우수한 학생들을 뽑아 자신들의 통제권에 둠으로써 독립운동에 참여하거나 사상적 자유에 의한 반일 감정을 갖지 못하게 하는 것이었다. 둘째는 자신들의 취향에 맞게 세뇌하여 내보냄으로써 철저히 목적에 맞게 이용하려는 것이었다.

그러나 이런 통제 속에서도 일부는 일본에 의해 이용당하는 것을 알고 미리 독립운동에 투신하거나 여러 가지 방법으로 저항하기도 했다.

수업 대신 근로봉사만

이런 사회 분위기에서 중학교에 입학했다. 그러나 그때는 이미 교육을 받을 수 없는 상황이었다. 일본인 선생은 군인으로 징집되었고, 학생들도 강제로 동원하는 상황이니 학교가 제대로 돌아갈 수가 없었다. 학생들이 주로 하는 일은 이른바 근로봉사였다.

대구에 있는 동촌비행장이 학생들 손으로 만들어졌다. 아침에 등교하면 출석을 부르고, 동촌비행장까지 걸어가서 하루 종일 근로봉사에 동원되었다가 집에 가는 것이다. 점심 도시락까지 싸가지고 다니는 학생들은 온종일 노동력으로 쓰기에 안성맞춤이었다. 남해안이나 제주도 곳곳에 있는 땅굴이나 진지들 역시 강제 동원된 한국인 손에 의해 만들어진 것들이다.

그 당시 사람도 부족했고 특히 물자 부족은 심각한 상황이었다. 농사지은 양식은 물론이고 총알이나 포탄을 만들기 위해 조상님을 모시는 놋으로 된 제기를 걷어가기도 했다. 그래도 시골은 우호적인 분위기어서 땅속에 중요한 제기를 감추는 것을 눈감아주기도 했다.

중일전쟁에서 일본이 도시를 점령하면 학생과 주민을 동원하여 밤낮을 가리지 않고 축하행렬을 하는 등 혼란스러운 시기였다. 어린 학생들의 눈으로 보면 일본은 절대 무너지지 않는 최강국이었다.

해가 바뀌어 1941년에 일본은 하와이 진주만을 폭격했다. 태평양전쟁이 시작된 것이다. 일본의 수탈은 점점 심해지고 젊은이들은 징병으로 원치 않는 전쟁의 희생양이 되었다. 나라꼴이 말이 아니었다.

징병제가 시작되자 각 문중마다 난리가 났다. 장손들은 이미 소학교 때부터 문중 산 깊은 곳에 땅굴을 파고 숨거나, 탄광 등을 이용해 몸을 숨겼다. 또 나이가 있고 힘이 있는 사람들은 역무원이나 형무소 간수 등으로 취직했다. 이런 특수직에 있으면 징병에서 면제되었기 때문이다.

그래도 방법이 없으면 손가락 등을 훼손하여 징병을 피하기도 했는데, 누구는 징병을 피하기 위해 어디를 잘랐다는 말이 일상의 대화가 되었다.

점점 옥죄어오는 징병

식구가 많은 집안의 차남인 나와 같은 사람은 언제라도 징병을 당할 수 있는 일종의 소모품이었다. 해가 바뀌어 열일곱이 되자 징병 문제가 점점 심각한 현실로 다가왔다. 이미 징병을 기피할 사람은 다 피신한 상황이었다. 어차피 갈 것이면 빨리 갔다 오자는 의견도 있었고, 한편으로는 전쟁에 끌려갔다가 폐인이 되어 돌아왔다는 말도 돌았다.

그렇게 돌아온 사람들의 말을 통해 징병에 대해 조금씩 눈을 떴다. 하루에 20~30kg짜리 배낭을 둘러메고 100~200리를 한없이 걸었다는 둥 배가 고파 죽겠더라는 둥 조금씩 차이는 있지만 극심한 고생담이 주를 이루었다.

나는 발이 편평족이어서 걷는 것만은 피하고 싶었다. 안 걷는 것이 뭐가 있나 친구들과 상의하니 제일 처음 추천하는 것이 해군이었다. 하지만 해군은 가고 싶지 않았다. 게다가 해군은 오로지 일본인만 갈 수 있고 한국인은 뽑지 않았다. 한국인은 주로 육군만 해당되었다. 또 전차병이 되면 안 걷는다고 했으나 전차병은 시험도 어렵고 결정적으로 인원을 많이 뽑지 않았다.

당시에는 항공이라는 개념이 별로 없었다. 그때까지 나도 비행기의 실물을 한 번도 본 적이 없었다. 그림엽서에서 비행기 모습을 본 것이 전부였다. 그런데 누군가가 항공병을 모집한다고 귀띔해주었다.

"아, 그것 좋겠다. 비행기 타면 안 걸어도 되겠구나."

어떨지는 몰라도 미지의 것에 대한 호기심이 있었다. 생각만 그렇게 하고 있었지 항공병을 어떻게 지원하는지도 모르고 매일 근로봉사에 동원되며 시간을 보냈다. 그러던 중 동갑내기였던 마을의 일본인 지서장 아들이 소년비행학교에 지원한다는 소식을 들었다. 지서장 아들은 어릴 때부터 함께 강가에 모여 씨름도 하고 싸우기도 하며 친하게 지내던 친구였다. 그 친구를 만나 같이 시험을 보기로 약속을 하고 서류를 구할 때 내 것도 같이 구해달라고 부탁했다.

얼마 후 소년비행학교에 지원하는 서류를 제출하고 함께 시험을 봤다. 그리고 얼마 후 합격통지서가 온 것은 달랑 한 장, 나는 붙고 그 친구는 떨어진 것이다.

물론 완전한 합격통지서는 아니었다. 1차 시험에 붙은 것이다. 이제 일본의 교토 근처에서 2차 시험, 규슈에서 3차 시험이 남아 있었다. 1차는 학과시험이었고, 2차는 신체검사, 3차는 적응시험이었다. 2차 신체검사에서 많이 떨어졌고, 3차 적응시험에서는 비행·정비·통신 등 각 분야로 나누어졌다.

소년비행학교에 지원

2차 시험을 보기 위해서는 일본으로 건너가야 했다. 한국 사람은 도항증명서가 있는 경우에만 배를 타고 일본에 갈 수 있었다. 도항증명서는 특수한 경우가 아니면 받지 못했다. 나는 2차 시험에 오라는 증명서를 가지고 지서에서 도항증명서를 발급받을 수 있었다.

그런 후에 일본에 가는 배를 타기 위해 부산으로 갔다. 형님이 일본에 가는 어린 동생을 위해 부산 선착장까지 동행하여 격려해주었다. 당시 선착장에는 밀항을 막기 위해 곳곳에 일본 형사들이 진을 치고 있었다.

1943년 9월 중순, 일본으로 가는 배에 올랐다. 배에 탈 때까지도 복잡한 인파 속에서 정신없이 휘둘리다 시간이 지나면서 조금씩 안정을 찾았다. 그리고 긴 뱃고동 소리와 함께 배가 움직였다.

그 순간, '아이쿠, 내가 큰일을 저질렀구나' 하는 생각이 들면서 굉장히 후회를 했다. 이제까지는 들뜬 기분에 정신없이 휩쓸려 왔는데 막상 배가 움직이니 보통 일을 저지른 것이 아니라는 후회가 들었다. 앞으로 이국땅에서 어떤 일들이 닥칠지 모르는데 너무 경솔했다는 생각이 들었다. 그렇다고 떠나는 배에서 뛰어내릴 수도 없고, 그대로 끌려가는 수밖에 없었다.

조금 있자 배에서 밥을 준다고 해서 가보았다. 난생처음 보는 것이었다. 밥을 주는 사람에게 이것이 무엇이냐고 물었더니 이름은 카레라이스이며 인도 사람들이 먹는 음식이라고 했다. 처음 먹는 것이지만 매콤하고 맛도 괜찮아 거부감은 없었다. 카레라이스라는 외국 음식을 처음 접한 것이다.

여행증이 있어서 모든 관문을 문제없이 통과할 수 있었다. 무사히 교토 근처에서 2차 신체검사를 받았다. 온갖 검사를 다 마치고 하루 이틀 있자 벌써 짐을 챙겨 돌아가는 사람이 생겼다. 어디를 가느냐고 물으니 자기는 불합격이어서 돌아간다고 했다. 안 돌아가고 남은 사람은 합격이라는 말이었다.

그렇게 며칠을 보내고 규슈로 내려갔다. 그곳에 소년비행학교가 있었다. 거기서 다시 여러 가지 검사를 받고 몇 무더기로 나뉘어 목적지 지명만 쓰인 곳으로 이동하는데 비행, 정비, 통신 등으로 나눈 것이었다. 최종 합격되었다는 말을 듣고는 정말 기뻤다.

1943년 10월 1일, 일본 육군소년비행학교에 입교했다. 동기생이 무려 2천 명, 모두 비행요원이었다. 그들 중에서 한국인은 40~50명 정도 있었고, 지금의 타이완에서 온 학생들도 있었다. 조종사가 되고자 하는 꿈을 향해 한 발 다가선 것이었다.

그때는 몰랐지만 지금 생각해보면 그것이 일본의 마지막 몸부림이었다. 언론이 통제되어 외부에서는 전쟁이 어떻게 전개되는지 알 수 없었다. 하지만 내부 지휘부에서는 이미 최후의 작전으로 항공기를 가지고 막아내는 수밖에 없다는 결론이 내려졌던 것이다.

패망의 징조를 보이는 일본

일본이 하와이를 기습 공격할 때만 해도 태평양전쟁의 주도권을 잡은 줄 알았는데 실상은 그렇지 않았다. 진주만 공격으로 미국의 항공모함은커녕 몇 척의 전함과 구축함을 잡았을 뿐이었다. 반대로 일본은 미드웨이해전에서 최신 항공모함 4척을 잃고 만다. 이때부터 전세는 뒤집어져 일본은 패망의 길을 걷고 있었다.

또 전쟁은 점점 항공전으로 바뀌어가기 시작했다. 예전에는 비행기의 존재가 미미했는데 이제는 거포주의가 소용없고 비행기와 폭탄이

승부의 요인이 된 것이다. 그것을 뒤늦게 깨달은 일본은 모든 힘을 항공에 집중하기 위해 한국인까지 뽑아서 훈련시켰던 것이다. 그 이전에는 한국인에게 비행훈련을 시킨다는 것은 어림도 없는 일이었다. 비행 도중에 망명할 수도 있고, 공중에서 일본의 비밀을 훤히 내려다볼 수 있기 때문이었다.

일본 육군이 중국을 통해 말레이시아까지 진격했지만 아무 의미가 없었다. 미드웨이해전에서 기습을 당해 최신 항공모함 4척을 잃은 것이 치명적이었다. 그것은 해군만의 손실이 아니었다. 비행기 몇 백 대와 함께 일본 공군의 정예부대 모두가 함께 날아갔다. 항공모함에서 출격했던 전투기도 항모가 격침되자 돌아갈 기지가 없어진 것이다. 당시의 비행기로는 항속 거리가 짧아 본토까지 비행할 수도 없었고, 연료가 바닥나 바다에 떨어지는 참담한 상황이 벌어졌다.

이 엄청난 실패를 국민에게 알릴 수도 없는 궁지에 몰리자 일본 해군은 먼저 인간어뢰라는 자살특공대를 처음으로 만들었다. 어뢰는 특성상 배를 따라가며 터지는 것인데 배가 피해버리면 그만이고 또 거리가 멀면 정확도가 떨어진다는 단점이 있었다. 그러나 인간이 어뢰를 타고 조종을 할 수 있다면 상황은 달라진다. 그렇게 어뢰에 사람을 태우고 명중률을 높인 것이 최초의 자살특공대였다. 인간어뢰로 비록 큰 배는 가라앉히지 못했지만 몇 번은 성공시켜 밀리던 속도를 줄일 수 있었다. 하지만 이 또한 길게 가지는 못했다. 어뢰라는 것은 물속으로 가는 것으로 속도에 제한을 받는 데다 큰 배에서 발사해야 하는데 몇 번

당한 측이 배와 어뢰의 접근을 미리 차단하여 기대했던 효과를 볼 수 없었던 것이다.

그래서 다음에 나온 방법이 비행기 특공대였다. 비행기는 속도가 빠르고 기동력이 있어 적의 비행기 이외엔 항공모함이나 전함 등 어떤 함선이건 손쉬운 먹이가 되었다. 그런 이유에서 일본의 해군 항공대가 먼저 시작했는데, 보유한 항공기 수가 적어서 자연히 육군 항공대로 특공 전술이 넘어오게 되었다. 그래서 해군이 망친 일들을 육군이 덤터기를 쓰게 되었다고 불평이 자자했다.

그러나 전황이 다급해지고 일본 본토가 위험에 놓이자 이것저것 가리지 못하고 오직 공군력 증강 일변도로 정책을 바꾸어 매달리게 된 것이다. 그런 이유에서 한 번에 2천여 명의 조종사 동시 교육이라는 현상이 나타나게 된 것이었다.

육군소년비행학교 최종 합격자들은 규슈 후쿠오카 근처 태도세太刀洗비행학교에 입교했다. 입교 후 약 6개월간은 비행기 조종에 필요한 기초적인 학문인 조종학, 정비학, 통신학, 기상학 등과 약간의 글라이더 훈련을 받았다.

기초훈련이 끝나고 1944년 4월부터는 전투기, 폭격기 등 이착륙이 복잡한 학교 비행장을 떠나 한적한 학생훈련용 비행장으로 옮겨 실제 비행훈련이 시작되었다. 그런데 지금 보는 긴 활주로를 가진 비행장이 아니고 바둑판 같이 네모진 초원 벌판으로 변두리엔 말을 방목하는 느긋한 풍경이었다. 비행기도 직선 활주로를 따라 가속하여 뜨고 내리는 것이 아니라, 풍향에 따라 동서남북 어느 방향이든 바람을 향해 뜨고 내리는 구형이었다.

흰색 천과 붉은 색 천을 이어 길게 만든 바람주머니(wind sock-풍동)를 비행장의 가운데 꽂아두고 그것을 보며 뜨고 내렸다. 그래서 조종 소질이 미흡한 학생은 방향 유지를 제대로 못해 방목한 말 속으로 굴러들어 가든가, 교육생들이 앉아 있는 쪽으로 날아와서 모두들 혼비백산 도망 다니는 촌극이 빈번했다. 우리가 처음 훈련받은 비행기를 '융그망'이라고 했는데, 독일 융커스 사에서 만든 훈련기였다. 실전기와 같은 성능이 있었으며, 그만큼 다루기가 힘든 기종이었다.

훈련은 비행교관 한 사람당 학생 5명이 한 조를 이루는 편성이었다. 각 조별로 공명심이 있어, 어느 조의 학생이 비행사고 없이 단독비행을 빨리 하는지 교관들 사이에 경쟁이 붙었다. 그중에서도 나는 비교적 빨리 단독비행에 성공해서 담당 교관이 무척 좋아했고 칭찬도 많이 들었다.

단독비행은 큰 위험이 따르기에 교관이 판단해 이제 혼자 떠서 한 바퀴를 돌고 내릴 수 있다는 확신이 들 때에만 허용하며, 첫 단독비행 시에는 양 날개에 붉은 색의 작은 바람주머니를 매달아 첫 비행임을 알리게 했다. 주위에 있는 모든 비행기는 이런 표식을 보면 모두 위험물이라고 인식하여 피하고 양보해준다.

땅 위에서 자동차 면허를 딸 때도 너나없이 긴장하는데, 멈출 수도 없는 공중비행이니 첫 단독비행의 긴장도는 표현하기 힘들 정도였다.

긴장 속에서 이륙하고 상승과 선회 그리고 수평장주비행에까지 가서야 비로소 마음에 약간의 여유가 생겨 위아래와 전후좌우를 확인했다. 그런데 텅빈 앞자리에 그간 눈에 익은 교관의 뒷모습이 보이지 않자 다시 한 번 섬뜩한 긴장과 함께 '이젠 혼자구나!' 하는 불안과 걱정이 스쳤다.

마지막 고비는 안전한 착륙이었다. 지정된 고도와 속도 그리고 바람의 방향이 제대로 지켜져야 정상 착륙이 가능했다. 또 땅과 접지할 때 자세가 나쁠 경우에는 비행기가 다시 튀거나 방향이 뒤틀어지고 아니면 처박히는 등 여러 가지 어려움이 있었다.

오랜 경험이 쌓이면 그날의 풍향, 풍속, 기온, 태양빛의 강약까지도 느껴지고 동물적인 대응 조작이 가능하지만 어디 첫 비행에서 가당키나 한 이야기인가. 그래도 비교적 안정적으로 착륙을 하고 무사히 접지를 이루어내 첫 비행을 마쳤다. 첫 단독비행을 한 지 70여 년이 지난 지금도 그때를 생각하면 모든 기억들이 선명하다.

훈련이 시작된 지 3개월이 지나자 약 3분의 1이 도태되며 초등 비행훈련 과정이 끝났다. 나중에 알았지만 그동안의 교육평가에 따라 전투조종사, 폭격조종사, 정찰조종사 등으로 나뉘어 다음 훈련 과정

육군소년비행학교에 입교한 당시 모습

으로 넘어갔다. 그리고 교육훈련 장소에 따라 일본 본토, 한국, 만주, 중국 그리고 동남아시아 등지로 흩어지게 되었다. 하루 일과를 마치면 명단이 불리고 그 사람들은 모여서 어디론가 떠나곤 했다. 나도 남방군사령부로 배치되어 비행학교를 떠났다.

비행학교에서 발령을 기다리던 어느 날 밤, 갑자기 비상소집을 했다. 모여 있는 훈련병들을 차에 태운 후 부둣가로 가더니 큰 배에 오르라는 것이다. 우리가 도착한 항구는 일본에서 제일 크다는 사세보군항이고 승선한 배는 그때까지 격침을 당하지 않아 두 척밖에 남지 않은 전함 '하루나'였다. 그 배에 오르고서야 우리의 행선지가 말레이시아의 싱가포르라는 것을 알았다. 1965년 말레이시아연방에서 싱가포르가 독립하여 단일국가가 되었지만, 그 당시에는 싱가포르와 말레이시아는 같은 나라였다.

이렇게 비상소집을 당해 싱가포르의 남방군사령부로 떠나기 전날 밤, 각자에게 봉투 한 장씩을 나눠주며 고향집 주소를 적은 다음 안부편지를 쓰고 손발톱과 머리카락을 조금씩 잘라 넣은 후 제출하라고 했다. '아, 이것이 이제 마지막 길을 가는 유서구나' 하는 불길한 생각을 하면서도 신중하게 안부편지를 쓰고는 시키는 대로 물건을 넣어 봉한 다음 제출했다.

나름대로는 은근히 대구나 김포 또는 함흥 등 한국-당시로는 조선-으로 배치받기를 바랐는데 엉뚱한 곳으로 끌려가게 된 것이다. '결국 갈 곳으로 가는구나. 다시는 돌아오지 못할 길목에 서 있구나' 하는 생각이 들었다.

고향을 떠나 부산에서 관부연락선을 타고 일본으로 건너온 것이 나 스스로 저지른 큰일이었다면, 지금 남방군사령부로 가는 것은 미약한 나로서는 도저히 어찌할 수 없는 큰 흐름의 줄기였다. 나의 존재는 거센 홍수의 물결에 떠내려가는 짚더미 위의 작은 곤충 같은 느낌이었다. 불확실한 미래는 그저 운에 맡기고 포기할 수밖에 없었다.

그런데 옛말에 인간만사 새옹지마라더니, 조선의 김포, 함흥 등지로 배속된 경폭輕爆 소속의 동기들은 대부분 일본인이고 조선인은 한 사람 끼어 있긴 했지만 1945년 초 자살특공대로 오키나와에서 전사했다. 그로부터 30~40년이 지난 후 관광객의 한 사람으로 일본 규슈 남단에 있는 특공대 박물관을 방문한 적이 있는데, 그곳 전사자들 사진 속에서 기억이 나는 동기들의 얼굴을 찾을 수 있었다.

어린 나이에 불귀의 객이 된 동기들의 모습을 보고 놀랍고 측은하기도 했으나 한편으로는 고통스러운 여생을 살아가는 번거로움 없이 깨끗하게 잘 갔구나 하는 부러움 같은 것도 느낄 수 있었다.

한밤, 사세보군항을 떠나다

하루나 군함에 승선이 끝나자 산처럼 커다란 배가 어둠을 뚫고 서서히 남쪽을 향해 떠났다. 후에 알게 된 것이지만 그 하루나함은 무게가 5만 톤급으로 승무전투원이 2천 명이며, 한 번 바다에 나가면 6개월 동안 육지에 기항하지 않고도 작전을 펼칠 수 있는 식량과 연료, 장비를 갖춘, 당시로서는 초대형 함정이었다. 그런 함정에 전투조종사만 500명을 싣고 목적지인 싱가포르로 향하는 것이다. 그 목적은 밀리고 있는 남서 태평양과 동남아시아 전선의 회복이었다. 그런 중요한 임무를 맡은 500명의 조종사 중에는 우리처럼 아직 훈련 과정에 있는 미숙한 조종사들도 있었고 이미 전투에 참여하여 경험을 쌓은 기성 조종사들도 있었다.

출항과 함께 각자 지정된 곳에 자리를 잡고 잠시 휴식을 취하자 전원 갑판으로 집합하라는 연락이 왔다. 갑판에는 해군 대좌—대령인 함장이 나와서 여러분을 목적지인 싱가포르까지 무사히 수송하라는 명을 받았다고 하며, 지금 가고 있는 항로에는 미국의 잠수함이 주야로 출몰하여 우리의 함선을 괴롭히고 있으나 이 배만은 절대로 안전하니 안심하라고 했다. 또 이 배의 안전을 위해서 구축함 두 척이 좌우에서 호위중이며, 상공엔 호위 비행기가 날고 있어 적이 접근할 수 없고 충분한 자체 화력과 선도함까지 있으니 걱정하지 말고 배에서 지켜야 할 규칙만 꼭 지켜달라고 일장 연설을 했다.

함선을 타고 싱가포르에 가는 우리는 특별 대접을 받았다. 승선원에 대한 물 배급이 하루에 군용 반합 한 개뿐인 것에 비해 우리는 며칠에 한 번씩 간단한 샤워까지 시켜줄 정도였다. 맛 좋은 간식과 야식까지 나올 정도의 식사 대접을 받으면서도 한편으로는 미지의 세계를 향해 가고 있는 일말의 불안감과 호기심을 버릴 수 없었다. 과연 나의 앞

날은 어떤 모습으로 전개될 것인가에 대한 걱정이었다.

아직 어린 나이인데도 불구하고 삶과 죽음 그리고 운명 또는 숙명이라는 말이 머릿속을 떠나지 않았다. 파도가 잔잔한 밤에는 모두들 갑판에 누워 남십자성을 찾으며 시원한 밤공기를 즐겼는데 눈은 별을 찾고 있었지만 머릿속엔 고향과 그리운 가족으로 가득 차 있었다.

직항 대신 적국의 잠수함 등을 피해 S자 항해를 하면서 근 일주일 만에 싱가포르에 도착했다. 그렇게 먼 길 끝에 지리에서나 배우던 나라들이 실제로 있구나 하는 생각이 먼저 떠올랐다. 검역 예방주사를 기다리는 부둣가엔 가무잡잡한 피부의 십여 세 어린이들이 흰 담배 연기를 피워 올리며 우리를 신기한 듯 쳐다보고 있었다.

숙소 배치를 위해 기다리고 있는데 고국인 일본의 소식이 궁금한 현지의 근무자들이 가까이 다가와 그간 궁금했던 여러 가지 질문을 했다. 그러면서 일본에서 수천 명씩의 보충 병력을 태운 수송선이 열 척 가까이 출발한 것으로 아는데 이곳에 도착한 것은 정작 한 척뿐이라고 했다. 일본 본토와 동남아시아를 잇는 항로는 이미 미군에게 제압당하여 겨우 명맥을 유지하기도 힘들었다고 할까. 그 와중에 어떻게 죽었는지 말 한마디도 못하고 사라진 것이다. 이것이 전쟁의 이면이었다. 엄청난 사람의 낭비, 일본인이나 한국인이 전장에 나갔다 소식이 끊어지고 시간이 지나 실종 내지는 사망으로 처리되면 그것으로 끝이었다.

우리가 싱가포르에 도착한 때가 1944년 7월경인데 전세는 더 이상 돌이킬 수 없을 정도로 악화되어 있었고, 일본은 마지막 발악을 준비하고 있었던 것이다. 상부에서는 현지의 주민 대다수가 미군과 내통하고 있는 것 같으니 주의하라는 지시가 내려왔다.

싱가포르에 상륙해서 하룻밤을 자고는 다시 인원을 나누어 각자의 훈련지인 수마트라, 인도네시아 자바, 필리핀, 말레이시아 등지로 흩어졌다. 나는 말레이시아 수도인 쿠알라룸푸르에 재배치를 받았다. 그곳까지는 일행 40~50명과 함께 기차로 이동하였는데, 석탄도 아닌 장작을 때서 증기기관을 돌려 움직이는 것으로 아주 작은 언덕에도 숨을 헐떡이며 기어가는 그런 기차였다.

말레이시아 쿠알라룸푸르에서 후기 교육

쿠알라룸푸르 교외에 급조한 임시비행장과 근처 언덕 고무나무 숲속에 지은 임시 막사가 우리의 주둔지였다. 밤이 되어 막사에 누워 휴식을 취하고 있는데 밖이 공습경보 소리와 함께 소란스러워졌다. '전선이구나!' 비로소 내가 있는 곳이 최전선이라는 실감이 나며 긴장감이 들었다.

다음 날부터 새로운 교육이 시작되었다. 기종은 97식 단전기, 소만蘇滿국경 전투에서 날렸던 전투기종이지만 지금은 새로운 기종이 나와 이류에 속하는 기종이었다. 이런 훈련은 일본에서 하는 것이 원칙이지만 연료의 문제도 해결하고, 모두 3단계였던 교육 과정을 공군력을 급하게 끌어올리기 위해 2단계로 진행하려다 보니 후반 교육을 일선에서 바로 받게 한 것이었다. 그렇지만 충분치 못한 비행시간과 강도 높은 교육은 많은 탈락자를 내고 말았다. 또 이런 방법으로 어느 정도 조종사 수는 충족될 수 있었으나 이번에는 그들이 탈 수 있는 비행기와 장비가 뒤따르지 못했다.

시간이 흐를수록 전세는 더욱 불리해지고, 후방에서의 지원은 더욱 어려워지고 있었다. 훈련하는 학생 수도 줄어들었고 내용도 기술을 요하는 전기훈련에 비해 보다 공격적인 급강하훈련 등이 늘어났다. 때로는 훈련 겸 실전으로 윗사람들의 편대 꽁무니에 붙어서 수마트라 섬과 말레이시아 사이의 말라카 해협을 드나든다는 영국 해군의 잠수함 수색비행에 따라다니기도 했다.

영국의 극동함대가 곧 쳐들어올지 모른다는 소문도 돌았다. 비행장 내에 있는 우리 숙소 언덕 너머에는 주로 인도인들을 수용하고 있는 영국군 포로수용소가 있어서 가뜩이나 기분 나쁜데, 시내 어수룩한 곳에선 일본군 납치 실종사건의 소문이 자주 들리면서 기울어져가는 전세를 확연히 느낄 수 있었다.

비행장에서 병원차를 운전하는, 교육을 많이 받은 듯한 일본인 병사는 "전쟁이 오래갈 것 같지 않으니 개죽음을 당하기 전에 도망가서 사는 것이 낫다. 전시 이탈죄는 총살형이지만 시효가 10년인데 머지않아 전쟁이 끝날 것이니 문제없다"는 말을 하고 다녔다. 교육받은 일본인들이 이런 말을 하는 단계라면 이제 전쟁은 끝이라는 뜻이었다.

싱가포르와 말레이시아는 전쟁 전까지 영국의 식민지였음에도 일본군의 횡포가 더 미웠던지 현지인들의 대일 적개심이 상당히 높았다. 또 대일 지하저항군도 강해서 그들을 뒷받침하기 위해 무기, 탄약, 자금 등을 영국이 잠수함으로 지원하고 있다고 했다. 그래서 영국 잠수함 수색 명령을 받은 교관들을 따라 세계적 휴양지인 페낭을 비롯하여 수마트라 북부의 쓰나미로 유명한 파당 지역 상공을 여러 번 날아다녔다.

무전기가 달린 비행기를 타고 직접 작전에 나가보니 당시의 전황을 알 수 있었다. 미국에서 운영하는 '도쿄 로즈'라는 방송이 무전으로 잡혔고, 그 방송은 당시의 상세한 전황과 함께 특공 전투를 하지 말고 귀순할 것을 종용하는 선전 방송을 계속했다. 이미 전세는 일본이 밀리고 있었다. 이오 섬 등지에서는 일본군이 몰살을 당했고, 그 밖의 지역에서도 옥쇄를 부르짖으며 연전연패를 당하고 있었던 것이다.

오키나와가 함락될 무렵 하루는 내가 속한 제44비행교육전대에도 조종사는 모두 비행장에 집합하라는 명령이 떨어졌다. 그리고 지휘관이 나와 연설을 했다.

"전투 정세가 좋지 않고 어렵다. 그래서 여러 가지를 판단한 결과 다른 곳과 마찬가지로 우리도 특공대를 조직해야 하겠다. 물론 강요하는 것은 아니다. 찬성하는 사람은 그냥 서 있고 반대하는 사람은 열외로 나가라."

누가 그 분위기에서 감히 열외로 나갈 수 있을 것인가. 폭탄을 안고 적진으로 뛰어드는 특공대가 그들 스스로 원해서 구성되었다는 것은 말이 안 된다. 아무리 전쟁 상황이라도 자신의 목숨을 쉽게 내놓을 수 있겠는가. 목숨은 그 누구에게도 가장 소중한 것이다. 그러나 이렇게 상황을 몰아가는데 어떻게 반대할 수 있는가.

결국은 침묵의 찬성 속에서 결정되고, 특공대에 대한 편성권은 지휘부에 일임됐다. 결국 우리도 죽음의 특공대라는 그늘을 피할 수 없었던 것이다. 쿠알라룸푸르의 달 밝은 밤에 우리는 그렇게 타의에 의해 특공대가 되었다.

특공대가 조직된 지 얼마 안 되어 제1편대에 명령이 떨어졌다. 목표는 수마트라 쪽을 향해서 오고 있는 영국의 극동함대였다. 우리는 죽음을 향해 가는 전우들을 위해 활주로까지 나가서 격려했고 그들은 비장한 모습으로 출격했다. 우리 차례도 머지않았지만 뻔히 죽음을 향해 가는 발걸음이 어찌 무겁지 않겠는가.

제1편대는 다행인지 함대를 찾지 못해 공격도 못하고 다시 기지로 돌아오고 말았다. 어찌되었든 한 번의 출격으로 제1편대는 마지막 편대가 되었다. 나는 비행 성적이 좋다고 제4편대에 편성되었다. 죽음의 그림자가 언제 덮칠지 모르는 상황이었다.

이렇게 일본군이 밀리고 본토까지 위협받자 일부 반전을 주장하는 일본군들 사이에선 동요가 심했다. 심지어는 작전지역을 이탈하는 탈영병까지 나와 총살을 당하는 경우도 있었다.

남방에서도 참 많은 사람들이 죽었다. 나는 다행히 공군이어서 험한 모습까지는 안 봤지만, 지상군들의 말을 들어보면 전쟁의 참상은 이루 말로 표현할 수 없었다. 뉴기니 섬에서는 먹을 것이 없어 죽은 전우의

인육을 잘라 먹기도 했다는 것이다. 극한 상황에 처하면 인간이라기보다는 동물적 본능에 의해 생존을 위해 극악한 행동을 서슴없이 저지르는 것이다. 그것은 일본인뿐만 아니라 극한 상황에 처한다면 누구나 마찬가지였다.

03

일본의 패망과 귀국

인생에서 내 마음대로 결정할 수 있는 자의적인 부분이 많지 않다. 타의적인 숫자 하나가 사람을 바꾸어놓을 수도 있다. 내 의지와는 상관없이 남이 정해준 숫자에 의해 나의 인생이 바뀔 수도 있는 것이다.

과연 내 인생에서 스스로 자의적으로 선택하고 결정할 수 있는 부분이 얼마나 있었는가. 생각해보면 무수히 많은 사선을 넘나드는 험한 여정을 거쳤지만 다행히 아직도 살아 있을 만큼 운이 좋았다. 그 과정들이 내 의지였을까. 그것이 아니라 미리 짜인 각본에 의해 연출된 것은 아니었을까.

물론 그 운명만 믿고 노력을 포기하라는 것은 아니다. 처해진 현실에서 최선을 다했다면, 이루고 혹 이루지 못함은 결국 하늘에 달린 것이 아닐까 한다. 이루고 이루지 못하고에 집착하지 말고 최선을 다했음에 만족해야 한다는 말이다.

일본 본토 방어를 위해 차출

비행학교에서 차출된 우리 500명이 규슈에서 남방으로 파견될 때는 남쪽의 전선을 유지하고 방어하기 위해서였다. 일정 인원은 벌써 고등 비행훈련까지 마쳤는데, 비행기, 자원 등 물자가 공급이 안 되니 아무 소용이 없었다. 전세는 급박해서 일본 본토, 특히 오키나와가 큰 위협을 받고 있었다.

다급해지자 남방에 있던 요원들 중 5분의 3을 다시 북방권 요원으로 차출해 일본 본토 방어를 위해 투입시켰다. 나중에 알았지만 본토 방어를 위한 항공 특공요원으로 차출된 것이다. 나도 본토로 차출이 되어 1진으로 쿠알라룸푸르를 떠났다.

본토로 돌아가기도 쉽지 않은 상황이었다. 이미 해상의 모든 주도권은 연합군이 잡고 있었다. 우리가 우여곡절을 겪으며 대만까지 철수했을 때는 이미 오키나와가 함락되었다. 그래도 나머지 인원은 본토 방어를 위해 계속 집결해가는 형편이었다.

방어에도 여러 가지 개념이 있을 수 있다. 우리가 흔히 아는 자살특공대도 방어 개념 중의 하나인데, 그것도 쉬운 일이 아니어서 여러 조건이 충족되어야 한다. 비행기는 상당히 예민한 기계라서 한 사람이 한 가지의 기종으로 훈련을 받아야 한다. 그 기종을 잘 이해하고 익숙한 사람이 아니면 조종하기가 쉽지 않다. 따라서 비행기가 있다고 훈련도 없이 아무나 탈 수 없다. 결국 조종할 수 있는 인원과 자신에 맞는 비행기의 두 가지 조건이 충족되어야 자살특공도 가능한 것이다. 또 비행기

기종을 여러 가지 섞어 보낼 수 없었다. 기종마다 속도 차이 등으로 대형을 유지하기가 쉽지 않아서 성공보다는 실패할 확률이 높다.

남방에 있는 일본군을 본토로 수송할 때 처음에는 싱가포르에 모아 수송선에 태워 보냈다. 그러나 싱가포르 주민들의 제보에 의해 본국으로 가는 수송선이 번번이 격침되었다. 그래서 비상수단으로 등장한 것이 국제 적십자 구호선으로 위장하는 것이다. 그러나 그것도 한두 번의 성공뿐이었다. 정보가 연합군 측에 제공되어 해상에서 구호선을 세워 검문하기 시작했다. 그리고 위장한 것이 들통 나면 병력은 내리게 하고 배를 격침시켰다. 그것도 안 되니 다른 방법이 없었다.

우리가 철수할 때는 폭격기를 타고 본토로 향했다. 자신의 폭격기를 조종하는 원래의 조종사 한 명을 뺀 나머지 승무원은 다 내리게 하고, 부조종사부터 기관총수까지는 임시교육을 받은 전투기 조종사로 채웠다. 그렇게 한 폭격기에 10여 명씩 타고 본토를 향해 떠났다.

쿠알라룸푸르에서 직항 코스를 택한다면 필리핀을 거쳐 본토에 바로 이를 것이나 이미 제공권을 잃은 상태에서 그 항로를 따라 간다는 것은 자살하는 것과 마찬가지였다. 그래서 싱가포르, 말레이시아, 캄보디아, 대만 등 음지 쪽 항로를 따라 돌아갈 수밖에 없었다.

프놈펜에서 발이 묶이다

1945년 6월 초 우리는 폭격기에 나눠 타고 싱가포르 탱가 군기지를 떠났다. 그리고 겨우 캄보디아의 프놈펜에 내렸는데 벌써 연합군 측에 정보가 들어갔다. 지금 내린 폭격기에 가미카제식 특공요원이 타고 있다는 제보였다. 원래는 프놈펜에서 배를 채우고 연료를 공급받은 후 다음 목적지를 향해 가야 하는데 발이 묶였다. 그때 비행기는 항속거리가 짧아서 중간중간 연료를 공급받으며 징검다리 식으로 갈 수밖에 없었다.

프놈펜 하늘이 봉쇄되어 비행기를 띄울 수 없었다. 24시간 B-29(미국의 전략폭격기로 히로시마에 원자폭탄을 투하한 것으로 유명하다)가 감시하고 있고, 밤에 비행기를 띄울까봐 낮이면 활주로를 폭격해 망가뜨리는 것이다. 활주로가 망가지는 것도 경미하면 하룻밤에 보수가 되지만 정통으로 맞아 크게 당하면 2~3일 보수를 해야 했다. 겨우 활주로를 보수하면 또 폭격을 하니 꼼짝없이 프놈펜에 묶여 있을 수밖에 없었다. 그렇게 프놈펜에서 한 달을 소비했다. 그동안 발이 묶인 조종사들은 할 일이 없으니 체력훈련을 겸해 발리볼을 하거나 낮잠, 기지 주변을 산책하는 것이 전부였다.

하루는 비행장 근처에 있는 캄보디아 주민들의 생활을 구경했다. 살아 있는 네 그루의 나무를 이용해 중간에 나무를 덧대어 어른 키 높이만큼의 원두막 형태의 집을 지어 생활하고, 아래쪽에는 돼지를 기르는데 위에서 떨어지는 인분을 사료로 먹여서 키우고 있었다. 옛날의 제주도와 비슷한 형태였지만 원두막 형식의 집을 짓고 공중에서 생활한다는 것이 다른 점이었다. 캄보디아 사람들은 온순하고 친절했으나 오랜 식민지 생활 탓인지 너무나도 기가 죽어 있다는 인상을 받았다.

물도 풍부하고 겨울에도 추위가 없어 농사를 지으면 일 년에 삼모작이 가능하다니 나중에 이런 곳에 와서 살았으면 좋겠다는 생각도 했다.

우리들이 본국으로 들어가는 것은 세 개의 지단으로 나누었는데 나는 제1지단에 속해 있었고, 나중에 한국 공군의 창설 멤버로 초대 공군 참모총장과 국무총리까지 지낸 고 김정렬 장군 등은 제2지단이었다.

한 달쯤 허송세월을 하며 프놈펜에서 생활하는데 어느 날 갑자기 제1지단은 떠날 준비를 하라는 비상이 걸렸다. 허둥지둥 준비를 하고 비행기에 타자마자 바로 이륙하여 한 달 만에 다시 목적지를 향해 가는 것이다. 우리가 떠난 날이 나중에 알고 보니 7월 4일로 미국 독립기념일이었다. 우리를 감시하고 억류하여 못 떠나게 했던 미군들이 독립기념일이라고 하루 쉬는 틈을 타서 겨우 빠져나올 수 있었다.

훗날 들은 이야기로는 7월 4일에는 우리 제1지단만 떠나고, 제2지단과 제3지단은 급유 지원을 받지 못하여 떠나지 못했다고 한다. 결국 8월 15일 해방 때까지 프놈펜에 묶여 있다가 영국군 포로가 되어 도로 싱가포르에 보내져 1년 동안이나 부두에서 노동을 하며 전쟁포로 생활을 하다가 일본인들에 앞서 귀국할 수 있었다고 한다.

프놈펜을 떠나 4~5시간 북상을 하던 우리는 불행하게도 '타이왕 보즈'라는 태풍권에 휩싸였다. 모두 필사적으로 노력했으나 자연의 거대한 힘 앞에서 인간의 항거는 무용지물이었다. 결국 중국 광저우 근처의 해변에 불시착하여 비행기 추락이라는 극단적인 상황까지는 가지 않았다.

불시착한 광저우 해변에서 며칠 동안 비행기 수리를 마치고 다시 타이완의 타이베이로 향했다. 타이베이 공항에 도착해서도 곧바로 내리지 못하고 상공에서 꽤 오랫동안 대기하다 겨우 착륙을 할 수 있었다. 이때는 벌써 오키나와가 연합군에 의해 점령당하고, 그곳에서 출격한 미국 폭격기가 타이베이 공항을 공습하여 활주로를 정리하느라 내리지 못한 것이다.

타이베이에서도 기약 없이 2~3주의 휴식시간이 주어졌다. 우리보다 조금 일찍 온 비행기와 조금 늦게 온 비행기의 고장으로 수리가 필요했기 때문이다. 타이완은 우리 한국보다 일찍 일본 식민통치를 받은 탓에 일본화가 더 되어 있고 철저히 전쟁 분위기를 풍겼다. 우리들을 특별대우해 음식이나 온천 등 편의를 제공해주었다. 덕분에 2~3주는 고단했던 몸과 마음을 편히 쉴 수 있었다.

보통 타이베이에서 출발하면 일본 규슈까지 바로 북상하는데 오키나와가 점령된 상태여서 이 항로를 포기할 수밖에 없었다. 결국 중국 상하이를 거쳐 한국 김포에서 다시 모이기로 했다.

1945년 8월 초 어느 저녁, 갑자기 소집령이 떨어졌다. 오늘 밤 12시쯤 이륙할 것이니 준비를 하라는 것이다. 당시 일본군에게는 없었지만 미군은 레이더를 실전에 배치하여 어두운 밤이라도 공중 활동을 감지할 수 있는 능력을 이미 갖추었다는 것을 나중에야 알았다. 야간 비행도 함부로 할 수 없었던 것이다.

예정대로 우리는 밤 12시가 조금 지난 시간에 타이베이 기지를 떠났다. 우리와 같이 이륙하는 비행기가 열세 대라고 들었으나, 우리가 몇 번째 비행기인지도 모르고 그저 가슴만 조마조마했다. 활주로에서 뜨자마자 기수를 서쪽으로 돌려 상승 중이었다. 내 자리는 아래쪽 기관총이 있는 곳이었다. 잔뜩 긴장하고 자리를 지켰으나 나도 모르게 깜빡 잠이 들었나 보다. 갑자기 우박이 떨어지는 소리에 깜짝 놀라 정신을 차리고 보니 우리 비행기가 미국 해군의 함재기로부터 공격을 받고 있었다. 우박소리는 날개에 적탄을 맞아 터져 나오는 소리였다.

다행히 비행기의 주조종사가 경험이 풍부하여 적기의 공격을 받은 즉시 기수를 최대한 낮춰 해면을 미끄러지듯 저공비행을 하니 적기가 낮게 내려올 수 없어 한 번의 피격으로 그치고 무사히 난관을 극복할 수 있었다. 그로부터는 온 신경을 곤두세운 비행이 계속되었다. 서서히 먼동이 트이자 저 멀리 육지가 보이기 시작했다. 일단은 살았구나 하는 안심이 되었다.

중국 난징을 거쳐 김포로

우리가 내린 곳은 난징의 군비행장이었다. 착륙 후 얼마간 시간이 지나고 들리는 말이 출발한 열세 대의 비행기 중 난징에 착륙한 것은 약 3분의 1 정도라는 것이다. 나머지는 어느 곳에 불시착했는지 또는 격추되었는지 아무도 알지 못했다.

난징에서 같이 비행훈련을 수료한 동료들을 만날 수 있었다. 우리가 남방 요원으로 파견되었을 때 그들은 이곳에 배속되었던 것이다. 우리가 난징에 내리자 반갑게 맞아주며 자기들은 이곳에서 썩고 있었는데 너희는 싱가포르, 말레이시아, 캄보디아, 대만, 중국 등 동남아시아 전역을 헤집고 다녔다고 농을 하며, 그곳에서 구입했던 악어가죽으로 만든 일회용품들은 전부 두고 가라 하기에 기쁜 마음으로 탈취당했다.

난징에서도 비행기 수리를 위해 일주일 정도 머물렀다. 난징 시내는 위험할 수 있으니 허용된 곳만 가라는 제한이 있었으나 이곳저곳 구경을 다녔다. 그동안 모아두었던 일본 군표를 현지 돈으로 교환했더니 아예 끈으로 묶고 다녀야 할 정도였다. 담배 한 갑을 사기 위해서는 현지 돈을 빨간 벽돌 두 장 높이까지는 쌓아야 했다. 돈의 부피 때문에 아예 담배로 바꾸어서 가지고 다니는 편이 훨씬 편했다.

일본의 무모한 대륙 진출의 열망으로 일으킨 전쟁의 피해는 모조리 가난한 중국의 서민 몫이었다. 그들의 피폐한 삶은 차마 눈을 뜨고 볼 수 없을 정도였다.

난징에서 출발할 때는 이동할 인원이 많아 비행기에 다 탈 수가 없었다. 그래서 일부는 기차를 이용해 육로로 이동하기로 했다. 다행히 나는 비행기를 탈 수 있었다.

난징에서 이륙한 우리는 8월 9일에 김포에 무사히 안착했다. 서울에 들어와 여장을 푸는데 우리에게 배정된 반도호텔 일부와 근처의 이름난 일본식 여관 중 나는 일본식 여관을 택했다. 여관 문만 나서면 중앙우편국이 바로 앞에 있었기 때문이었다. 당장 휴식시간을 이용하여 우편국에 가서 근 2년 만에 고향집으로 전보를 쳤다.

고향에 있는 가족들은 그동안 생사 확인도 안 되고, 소식도 없으니 얼마나 애가 탔을 것인가. 그러나 전쟁 상황이라는 것이 한가하게 소식을 전할 수 있는 시간적 여유도 방법도 없었다.

나는 지금 무사히 서울에 안착했으며 시간이 허락한다면 집에 한번 들르겠다고 썼다. 전보도 바로 가는 것이 아니고 서울에서 고향까지 2~3일이나 소요된다고 했다.

당시의 평균 월급이 40~50원이었는데 그간 모은 돈이 2,300원이었으니 넉넉한 마음으로 시내를 둘러볼 수 있었다. 가난에서 벗어나지 못한 상황에서 전시체제까지 겹쳐 마땅히 돈 쓸 곳이 없었다. 저녁에는 동료들과 명동에 나가서 오랜만에 한국 음식으로 회식을 했다.

우리들이 북방권 요원으로 차출되어 싱가포르를 떠날 때의 최종 집결지는 김포였다. 그러나 오는 도중 변수가 생겨 2개월이 넘게 프놈펜, 광저우, 타이베이, 난징을 떠돌다가 늦게야 김포에 도착한 것이다. 김포에 도착해 보니 그곳에 있던 항공대는 이미 일본 본토로 철수하여 신고할 곳이 없었다. 비행훈련을 같이 받았던 동료 2명만 남아 있었다.

우리가 떠도는 기간 동안 이미 오키나와는 빼앗겼고, 전세가 더욱 악화되자 연락도 없는 우리를 기다릴 수가 없어 김포에 있던 항공대는 이미 철수한 것이다. 우리는 바로 도쿄에 있는 육군항공총감부에 가서 신고하자고 의견을 모았다.

동기들의 말에 따르면 1945년 6월 오키나와가 미군에게 점령되기 전

북방권 요원으로 이곳에 집결한 조종사들 중 일부는 특공대원으로 편성되어 오키나와에 가서 돌진, 전사했다고 한다. 특공용으로 차출될 수 있는 비행기의 대수가 얼마 없고 기종도 제한적이어서 조건에 맞는 조종사 중 일부는 특공요원으로 오키나와에 가서 죽고, 다른 조종사는 타 부대로 전출되었다는 것이다.

남아 있던 동료들에게 자네들은 정말 운이 좋았다고 축하를 하니 아니라고 정색을 하며 그 이유를 설명했다. 한 명은 비행사고로, 또 다른 한 명은 신병으로 갑자기 장기 입원했다가 귀대해보니 벌써 상황은 다 정리되었고 쓸모없는 두 명만 구차하게 이곳에 남겨졌다고 했다.

2개월 전, 북방권 요원으로 차출되었을 때는 우리나라 김포에 돌아올 수 있다는 사실에 기뻐하고 좋아했는데, 알고 보니 기간 내에 도착했고 조건이 맞았다면 나도 전사할 수밖에 없는 운명이었다는 것을 생각하니 아찔했다. 당시는 괴로웠지만 다행히 프놈펜에서의 한 달과 이곳저곳 돌아다니며 세월을 보낸 것이 오히려 목숨을 살린 것이다. 역시 인간만사는 새옹지마인가, 또 한 번 죽을 고비를 넘겼다.

서울에서 2~3일 묵으면서도 끝내 고향에 가볼 시간이 나지 않았다. 혼자 단독 행동을 할 수 있는 형편이 아니었다.

8월 13일에 다행히 비행기가 마련되어 일본으로 향했다. 어찌되었든 아직 군인의 신분이니 신고를 하지 않을 수 없었다. 그래서 도쿄의 육군항공총감부를 찾아가는 것이다.

그때는 몰랐지만 일본은 이미 8월 6일에 히로시마, 8월 9일에는 나가

사키에 원자탄을 얻어맞고, 중립을 유지하던 소련마저도 8월 9일에 대일선전포고를 하여 일본 정부나 군 수뇌부는 정신을 못 차리고 허둥댈 때였다. 그런데 언론 통제로 일반인은 물론이고 전쟁에 참여하고 있는 군인들조차도 돌아가는 상황을 전혀 모르고 있었으니 이 얼마나 한심한 노릇인가.

김포를 떠난 8월 13일 현해탄을 넘어서 시마네 현 상공을 지나고 있는데 별도의 지시가 있을 때까지 도쿄에 오지 말라는 무전이 들어왔다. 우리는 궁금했으나 시마네 현청이 있는 마쓰에 근처의 요나고비행장에 내렸다.

그때까지도 히로시마에 특수폭탄이 떨어져 피해가 크다는 이야기뿐, 그곳에 원자폭탄이 떨어졌으며, 그것이 어떤 것인지 아는 사람은 없었다.

8월 14일에 요나고에서 다시 도쿄까지 갔다. 그러나 도쿄 시내에 들어오는 시간이 너무 오래 걸려 육군항공총감부를 찾아 신고하기엔 늦은 시간이었다. 그래서 같이 온 동료들과 8월 15일 10시 도쿄역 시계탑 앞에서 만날 것을 약속하고 헤어졌다. 나는 갈 곳이 없어 망설이고 있는데 도쿄에 집이 있는 동료들이 자기들 집으로 같이 가자고 했다. 마땅히 갈 곳이 없는 나에게는 아주 반가운 제안이었다.

그들을 따라 집을 찾아갔는데, 동료의 집이 있던 일대가 폭격으로 송두리째 없어졌다. 이런 동료가 둘이나 됐다. 그들은 망연자실 아무 말도 못했다. 집은 고사하고 폭격에 가족이 무사히 피했는지 생사를 물어볼 곳도 없었다. 도시는 곳곳이 붕괴되어 허허벌판이었다.

마지막으로 한 동료가 자기 집은 시내에서도 좀 떨어진 곳이어서 무사할 것이니 모두 자기 집으로 갈 것을 권했다. 정말로 그 동료의 집은 무사했다. 그곳까지는 폭격의 피해를 보지 않은 것이다. 집에는 아무도 없었고, 찾고 싶은 사람이 있으면 연락하라는 푯말만 걸려 있었다. 그곳에 적힌 대로 연락을 하니 그 동료의 가족들이 달려왔다. 죽은 줄 알았던 아들이 돌아오자 온통 눈물 바다였다.

가족들이 집에 없었던 이유는 근처의 군수공장에서 주야 2교대로 노동을 하기 때문이라고 했다. 조금 진정된 다음 우리 일행은 푸짐한 저녁을 얻어먹을 수 있었다. 동료의 아버지가 그곳의 면장이어서, 죽은 줄 알았던 면장님 댁의 자식이 살아왔다는 소문이 금방 퍼져 온 동네 사람들이 다 몰려와 축하를 하느라 정신이 없었다. 살아 돌아온 것을 축하하지만 어느 집이나 예외 없이 이번 전쟁으로 희생자가 한두 명씩은 있는 눈치였다.

전쟁에서 삶과 죽음은 한 순간이다. 자신의 의지와는 전혀 상관없이 형편에 따라 삶과 죽음이 결정지어지고, 당사자는 영문도 모른 채 숙명으로 받아들일 뿐이다. 전쟁은 그래서 더 비극인 것이다.

그 동료의 혈육들도 내일 우리가 이 집을 떠나 다시 전쟁터로 나가면 다시 못 볼 것이라고 생각하기에 더욱 가슴이 아픈 해후를 하는 것이었다. 마지막으로 보는 자식, 내일이면 거의 죽음이 확실시되는 전쟁터로 보내야 하는 자식이기에 만남의 기쁨과 헤어짐의 슬픔이 밤새 공존하고 있었다.

도쿄역에서 맞은 해방

그 동료의 집에서 하루를 묵고 나니 드디어 1945년 8월 15일 아침이 밝았다. 그 집 가족들과 마지막 아침 식사를 한 뒤 눈물의 배웅을 받으며 동료는 우리와 함께 집을 떠났다. 도쿄 역까지 가는 교통편이 마땅치 않았는데 지역 유지 한 분이 본인 소유의 트럭을 내어주어 쉽게 도쿄 역 시계탑에 도착할 수 있었다. 우리가 모이기로 한 시각은 10시였다.

막 동료들이 집결하고 있는데 광장에 설치된 스피커에서 라디오 생방송이 나오며 잠시 후에 중대발표가 있을 예정이라는 안내가 여러 번 반복되었다.

그러더니 잘 듣기 힘든 일본 천황의 목소리가 흘러나오기 시작했다. 처음엔 모두 무슨 말인지 잘 알아듣지 못하여 어리둥절했다. 일본 천황은 "미·영·지(중국)·소 4개국의 공동선언을 수락한다는 뜻을 통보하도록 하였다"라고 표현했다. 모두 그 말이 무슨 뜻인지 몰라 멍하니 있었다. 그러나 곧 일본 천황의 성명을 재확인하면서 결국은 항복한다는 뜻임을 알 수 있었다. 항복할 줄은 꿈에도 생각지 못했다. 천황도 직접적으로 항복이라는 문장을 쓰지 않고 두루뭉실 표현했기 때문이었다.

"졌다! 손을 들었다!" 세계에서 가장 강한 나라인 줄 알았던 일본이 손을 들었다. 이제까지 교육을 받고, 직접 본 바로는 그 누구도 꺾을 수 없을 것 같았던 일본이었다. 그런 그들이 전쟁에 져서 손들었다는 것에 대해 나는 심한 허탈감을 느꼈다.

일본 천황의 성명이 항복이라는 것이 알려지며 도쿄는 큰 혼란에 빠졌다. 이미 미군의 공습으로 폐허가 된 시가지에 지하 군수공장에서 일하던 대학생, 고등학생들과 근로자들이 모두 뛰쳐나와 결사 항전, 다시 싸울 것을 요구하는 시위가 벌어졌다. 여기에 정부는 항복했으나 군은 계속 싸우겠다는 일종의 항명 삐라(전단)가 뿌려지며 그 혼란은 극에 달했다. 천황이 기거하는 궁성 앞에서도 수많은 군중들이 모여 꿇어앉아 울부짖으며 분노를 터뜨리고 자살까지 시도하자 기마 헌병이 동원되어 해산할 것을 종용하고 있었다.

육군항공총감부에 가려면 그 속을 뚫고 지나가야 하는데 도저히 그럴 수가 없었다. 결국 야스쿠니신사를 둘러서 가기로 하고 신사 쪽으로 향하니 이번엔 전쟁 유가족들이 길을 메우고 있었다. 어찌어찌 인파의 숲을 헤치며 육군항공총감부로 향하는데 멀리서 마치 눈이 펑펑 내리는 것 같았다. 가까이 가서 보니 각종 기밀서류들을 건물에서 지상으로 떨어트리면 그것을 다시 모아서 태우는 광경이었다.

일단은 육군항공총감부에 귀대 신고를 했다. 그러자 관계자가 나와서 군은 계속 싸울 것이며, 다시 소집되기 전까지는 우선 각자 고향에 가서 대기하라며 무기한 휴가증을 주는 것이다. 이제 정말로 끝나는구나, 실감이 나지 않았지만 끝난 것은 끝난 것이었다.

시모노세키에서 부산으로

이제 각자 고향으로 돌아가는 일만 남았다. 일본인 동료들이야 일본에 남아서 각자 집을 찾아가면 그만이나, 나는 한국에 돌아가야 하니 문제가 되었다. 일본에 올 때는 비행기를 타고 왔지만 더 이상 비행기를 기대할 수 없었기 때문이다.

이제 시모노세키까지 기차를 타고 갔다가 그곳에서 배를 타고 부산으로 가야 했다. 부산에서 다시 기차를 타고 대구에 도착하면 기차를 갈아타고 고향인 금호까지 가야 하는 멀고도 먼 일정이었다. 일단 도쿄 역으로 갔다. 그곳에서 시모노세키 행을 타야 하는데 웬걸 기차에는 천장까지 사람들이 인산인해를 이루어 도저히 발 디딜 틈도 없었다. 하는 수 없이 역에 주둔하는 헌병을 불렀다.

그때까지도 일본군 하사관 복장이니 말이 먹힌 것이다. 헌병에게 부탁하여 기관차 외부 발판에 좌석을 겨우 마련할 수 있었다. 그런데 기관차 발판에 의지하여 시모노세키까지 가는 것은 위험했다. 할 수 없이 끈을 구해다가 적당히 기관차 난간 기둥에 몸을 묶고 출발했다. 들판을 지날 때는 그런대로 괜찮은데 터널만 들어가면 깜깜한 것이 떨어질까 봐 아주 겁이 났다.

동경에서 시모노세키에 가려면 히로시마를 거쳐서 가야 하는데, 역 근처의 선로 약 4Km가 끊어져버렸기 때문에 그 구간은 걸어서 건너간 다음 반대편에 대기 중인 기차로 갈아타야 한다고 했다. 나중에 알고 보니 내가 히로시마를 통과하기 10일 전에 원자탄이 그곳에 떨어지고,

그 여파로 철로가 날아간 것이었다. 그것도 모르고 그때는 히로시마 변두리를 걸어서 통과하면서도 단순히 폭격을 많이 당해서 폐허가 되었을 것으로 생각했다.

우여곡절 끝에 시모노세키에 오후 늦게 도착할 수 있었다. 그런데 이번엔 배가 못 간다는 것이다. 항구 봉쇄용 기뢰 때문에 선박을 띄울 수 없다고 했다. 이제 기뢰가 없는 곳에서 뜨는 배를 찾아야 했다. 시모노세키 해변을 따라 한참을 걸어 올라가다 보니 이름도 없는 작은 포구가 나왔다. 부산까지 운용 중이던 몇 십 톤짜리 작은 군용선이 있기에 겨우 부탁하여 무사히 귀국할 수 있었다.

이때가 8월 17일 오후, 집을 떠난 지 약 2년 만에 자유의 몸으로 조국 땅을 다시 밟은 것이다. 부산항 또한 복잡했다. 전쟁에서 진 일본인들이 본국으로 돌아가는 귀국선을 찾느라고 분주했다. 하루아침에 패전국이 되어 남의 나라에 있기가 불안하니 빨리 본국으로 돌아가려는 것이다. 남자는 모두 군에 끌려가 얼마 없고 주로 부녀자들이 많았는데, 부둣가 등에서 노숙을 하며 귀국선이 마련될 때까지 한없이 기다리고 있었다.

남쪽에 있던 일본인에 비해 북쪽에 있던 일본인들은 상당히 어렵게 내려왔다고 했다. 패전국인 일본인들을 대하는 분위기가 상당히 싸늘하고 험악했던 것이다. 아무래도 만주나 중국이 가까워 독립운동을 하는 사람들과 그 가족들이 많았고 그만큼 일본인들도 그들을 더 괴롭혔으리라. 그런데 일본의 항복으로 역전이 되자 그동안 가지고 있던 감정이 폭발한 것이었다. 그에 비해 남쪽은 오히려 측은지심을 가지고 조용히 그들을 보냈다.

부산에서 비행학교 동기생을 만나 그의 집에 갔다. 집에 도착하니 동기생의 부친이 깜짝 놀라 몸은 괜찮은지 묻고는 바로 동래온천호텔로 데려가서 삶은 두부부터 먹게 했다. 그 호텔에는 이미 해방되자 감옥에서 풀려나온 애국지사들이 투숙하여 온천욕을 하며 요양 중이었다.

그들은 나를 보고는 어디서 무엇을 하다 왔는지를 묻고, 앞으로 우리나라도 공군이 필요한데 좋은 기술을 배워왔으니 장하다고 칭찬을 했다. 앞으로 국가 발전에 이바지하는 동량棟梁이 되라는 격려도 잊지 않았다.

항구는 바쁘고 혼란스러웠지만 부산의 분위기는 대체로 평온했다. 아직 일본 군인들은 무장해제를 하지 않았고, 경찰이 없어 치안 능력은 없었으나 크게 시끄러운 소동은 없었다.

2년여 만에 돌아온 고향 금호

나는 한시라도 빨리 고향집에 가고픈 마음뿐이었다. 대구로 가는 열차 시간을 물어보니 시간이 정해져 있는 것이 아니라 형편에 따라 오간다고 한다. 동기생의 부친이 일러주기를 열차가 언제 출발할지 모르니 일단 차를 타고 자리를 잡고 있으라는 것이다. 그래서 동래온천에서 목욕하고 저녁밥을 먹고는 바로 부산역으로 갔다. 그리곤 열차에 올라서 떠날 때만 기다렸다.

부산으로 내려오는 차는 대체적으로 시간을 잘 지키는 편이었다. 그 열차에는 일본인들이 가득 실려 있었다. 아이들 손을 잡고 또는 등에 업고 손에는 피난 보따리가 가득했다. 그들은 또 무슨 업보인가. 전쟁에 내몰린 남편의 생사도 모른 채 이제는 패전국의 국민으로 허둥지둥 초라한 귀국길에 오르는 사람들을 보며 참 마음이 착잡했다. 부산으로 내려오는 기차는 일본인 기관사들이 끌고 와서는 다시 서울로 가지 않는다. 부산에 오면 바로 일본으로 건너가는 것이다.

서울로 올라가는 기차는 한국인 기관사들 몫이다. 그러나 한국인 기관사는 절대부족이었다. 일본인 기관사의 조수 노릇을 하며 어깨너머로 배운 것이니 그 수가 적을 수밖에 없었다. 그러다 보니 기차가 부산까지는 오는데 서울로 올라갈 때는 기약 없이 기다리다가 한국인 기관사가 생기면 올라가는 형편이었다.

밤새 기차에서 대기하고 있었더니 한밤중에 드디어 기차가 떠난다는 소식이 들려왔다. 이제 고향집에 갈 수 있겠구나 하는 안도감이 들었다. 다행히 내려오는 사람만 많았지 올라가는 사람은 적어 넓은 자리에 누워 가끔 졸기도 하는 편안한 귀향길이었다.

이른 새벽에 대구에 도착했다. 이제 거의 다 온 것이다. 대구에 내리자마자 처음 들려오는 소리가 반가운 고향 사투리였다.

"뜨신 밥 잡수이소―."

투박하지만 정겨운 고향의 말을 2년 만에 들은 것이다. 그때서야 '내가 정말 살아왔구나' 하는 생각이 들었다. 대구에서 경주를 거쳐 포항까지 가는 대구선 첫차를 타고 금호역에 내렸을 때는 이른 아침이었다. 우리 집은 역 광장 끝에 있었다. 단숨에 달려가 집에 들어가니 형님이 나를 찾으러 서울로 가기 위해 채비 중이셨다. 내가 중앙우편국에서 보낸 전보가 어제 도착하여 빨리 가서 동생의 얼굴이라도 한 번 봐야 한다고 형님이 서둘렀던 것이다. 하지만 나는 이미 서울역에서 동경과 부산을 거쳐 그리운 고향집에 들어서고 있었다.

그리웠던 고향집은 변한 것이 하나도 없었다. 오른쪽에 사과 과수원도 그대로였다. 십 리 밖까지 벼를 심어 파란 물감을 풀어놓은 것 같은 푸른 논도 떠날 때의 모습 그대로였다.

변한 것은 나뿐이었다. 손발톱과 머리카락을 봉투에 넣어 보내고 언제 죽을지 몰라 조바심을 내는 시간이었으며, 힘든 비행훈련을 받고 일본으로 동남아시아로 떠돌며 많은 견문을 쌓은 시간이기도 했다.

그런데 고향의 모습을 보면 진짜 내가 갔다 온 것이 맞는가 하는 의문이 들 정도였다. 짧은 시간에 너무 많은 변화를 겪어 제대로 적응을 못하는 것이다. 마치 긴 잠을 자고 막 깨어난 것 같은 기분이었다.

당시 고향의 분위기는 차분했다. 그러나 차분함 속에 불안감이 감춰져 있었다. 사회를 이끌던 인물들이 싹 빠져 나가니 당장 앞으로 어떻게 해야 할지 갈피를 잡지 못했다. 교사, 의사, 경찰, 금융조합장 등 일본인은 모두 돌아가고 우리만 남았다. 이제 무엇을 어떻게 해야 할지 몰라 불안감이 널리 퍼져 있었다.

●

우리나라는 일제의 식민정책에서 벗어나 독립국가로 우뚝 서는 해방을 맞이했지만, 나에게는 그런 의미보다 죽음의 사선을 넘어 구사일생으로 살아왔다는 것이 더 절실했다. 실제로 삶과 죽음의 경계선에서 외줄을 타며 2년 가까이 살다 무사히 돌아온 것이다.

누구나 죽음은 피하려고 한다. 그러나 내 의지대로 그것을 피할 수 있는가. 고향의 친구들 중 일부는 징병을 피하기 위해 산 속에 동굴을 파고 숨거나, 탄광을 찾아 피신하기도 했다. 비록 나는 하루하루를 칼날 위를 걷는 것과 같은 삶을 살았을지언정 이렇게 돌아왔는데, 징병을 피해 몸을 숨긴 친구들이 오히려 먼저 죽은 경우가 많았다. 인명은 재천이란 말이 가슴에 와 닿았다.

04

해방정국에서 새로운 시작

우리는 배운 것이 너무 없었고, 오래되고 낡은 습관에서 벗어나지 못해 아주 좁은 시야를 가지고 있었다. 일제가 강점기에 의도적으로 가르치지 않은 것도 있지만, 왕조시대에서 막 벗어나는 시기였으니 새로운 문화에 무지하고 구호와 주장만 가득했다. 또 아직도 과거에 집착하려는 습관이 남아 있었으며 개화되지 못했다. 이미 강점기 동안 오백 년을 버티던 왕조는 사라졌고, 새로운 시대를 자발적인 의지로 열어가야 하는데, 새 시대를 맞이할 준비가 아무것도 되어 있지 않은 상태에서 갑자기 해방을 맞이했다. 기존의 질서를 이루던 일본인이 빠지고 나니 모두가 혼란을 겪는 것이다. 사라진 왕조에 대한 기억이 채 가시기도 전에 새로운 문화를 받아들여야 하는, 그 변화가 준비 과정을 생략한 채 너무 빨리, 급작스럽게 닥친 부작용이었다.

나라고 별다를 수 있었을까. 입대하기 전까지 서울에 한 번 못 가봤었다. 그러나 다행히 비행학교에 입학하여 일본과 동남아시아의 주요 도시를 볼 수 있는 기회를 얻었다. 일찍 근대문물을 받아들인 동남아시아의 도시들이 있었기에 그때 얻은 경험과 지식으로 그들의 생활과 우리의 생활을 비교할 수 있었고, 우리가 얼마나 낙후된 생활과 전근대적인 사고를 가지고 있는지 여실히 느낄 수 있었다.

청년단을 만들어 자치활동을 펼치다

싱가포르나 마닐라에서 본 바에 의하면 그들은 벌써 개방과 함께 서구의 문물을 받아들여 우리보다 상당히 앞선 세련된 생활을 하고 있었다. 그에 반해 우리는 구한말 쇄국정책으로 인해 서구의 선진문물을 받아들일 기회를 놓쳤고, 이어진 강점기 동안은 식민정책으로 인해 교육을 비롯한 모든 것이 제한되는 불행이 이어졌다. 앞서간다는 것은 모험을 필요로 하는데, 우리는 그것을 회피했다. 일제에게 당한 이면에는 이런 것도 원인이 되지 않았을까.

해방이 되고 조금 시간이 지나자 혼란이 시작됐다. 이미 일제에 협조했던 소위 순사들은 피신하여 찾아볼 수 없고 무정부 상태가 되어 질서가 잡히지 않았다. 치안은 물론이고 행정, 교육, 통신 등 제자리에 있는 것이 하나도 없었다.

집에 와서 며칠 지나지 않아 일본에서 공부하다 돌아온 친구들이 찾아왔다. 그들은 중학교, 고등학교 교육을 일본에서 받았으니 좀 더 시각이 넓고 보고 배운 것이 많았다. 그들과 함께 논의 끝에 청년단을 만들기로 했다.

당장 지켜야 할 것은 기차 역사, 금융조합, 교실, 면사무소 등이었다. 우선 행정기관과 공공기관에 대한 보존에 들어갔다. 공공기물이지만 주인이 없다 보니 필요한 것이 있으면 닥치는 대로 가지고 가는 형편이었다. 이래서는 안 된다, 이것은 남의 것이 아니라 우리 고장 것이고 모두의 재산이다. 훼손하거나 가지고 가면 결국 필요할 때 또 다시 우리 돈으로 만들어야 할 것 아닌가. 청년단에서는 한편으론 주민들을 설득하고 밤낮으로 지키면서 더 이상 훼손이 되지 않도록 노력했다.

우리의 활동은 점점 호응을 얻기 시작했고 젊은 청년들의 구심점이 되었다. 나중에는 나이가 든 어른들도 우리의 말이 바르다고 호응하고 인정해주었다. 우리 고장의 거의 모든 건물은 청년들이 다 지켜냈다. 점점 활동영역이 넓어지면서 야경단을 조직하고 경비를 하는 등 여러 활동을 펼쳤다.

청년단 활동을 하다가 하루는 대구 시내에 있는 친척집을 방문했다. 친척은 내게 시골에서 무엇을 하고 있느냐고 물었다. 청년단 이야기와 군대에서 아주 고생한 경험을 말해주고 이젠 시골에서 농사나 지으며 조용히 살고 싶다는 말을 했다.

그러자 그 친척은 농사일을 한다고 하지만 사흘도 못 갈 것이라며, 얼마 안 있어 교원채용시험이 있다고 하니 책을 가지고 가서 공부를 해보라고 권유했다. 당시에는 교사, 역원, 경찰을 비롯하여 일본인들이 떠난 빈자리를 임시로 메우기 위해 각 분야에서 일할 사람을 뽑고 있었다. 시골에는 소식이 전해지지 않았는데 대구에 나오니 그런 소식을 들을 수 있었다.

교사로서 새로운 삶을 시작하다

1945년 10월, 교원채용시험에 합격하여 바로 이웃에 있는 경산군 와촌국민학교로 발령을 받았다. 이로써 또 다른 삶이 시작되었다. 각 학년이 1학급으로 이루어진 교장 포함 7명의 교사들이 꾸려가는 작은 시골학교가 내 삶의 무대가 된 것이다.

수업을 하는데 체계적인 교육을 받은 일이 없어 진행이 매끄럽지 않았다. 그것보다 더 큰 문제는 통일된 교안이 없다는 것이었다. 해방 후 학교를 닫아둘 수 없어서 필요한 교사를 채용해 발령을 냈으나, 무엇을 어떻게 가르치라는 통일안까지 마련하지는 못한 것이다. 그저 교사들마다 자기 방식대로 알아서 하는 형편이었다. 한국어 같은 경우는 더 심했다. 학자마다 주장이 달라서 어느 쪽의 주장을 따라야 할지 혼란스러웠다. 나같이 젊은 교사들은 일어를 국어로 사용하고 배웠고, 우리 글은 소학교 2학년까지 조금 배웠을 뿐이니 어떤 주장에 따라 어떻게 가르칠 것인가 갈피를 잡을 수 없었다.

또 곤란한 것이 우리 역사였다. 일제강점기는 우리 역사를 안다는 명목으로도 잡혀가서 고초를 겪는 시대인지라 우리 역사에 대해 교육

받은 것이 하나도 없었다. 일본의 역사를 말하라면 역대 일본 천황의 이름까지 줄줄 댈 수 있으나 우리 역사를 말하라면 꿀 먹은 벙어리일 수밖에 없었다.

낮에는 학교에서 선생으로, 퇴근 후엔 청년단원으로 활동해야 해서 힘들었다. 집에서 학교까지 매일 십 리 길을 오가야 했으니 도저히 청년단 일을 본다는 것이 불가능했다. 그래서 청년단을 그만두고 학교 교사로서의 임무에 충실하기로 마음을 굳히고 청년회에서 나왔다. 나중에 느낀 것인데 이때부터 좌파 공산주의가 청년단에 영향을 미치기 시작하지 않았나 생각된다. 내가 그만둔 후에 이름을 민주청년단으로 바꿨는데, 좌파 민주동맹과 연계가 맺어진 것 같다.

우리나라는 해방을 맞이했지만 허리가 잘린 채 이남은 미군이 들어오고, 이북은 소련군이 진주했다. 북한은 김일성을 내세워 일찌감치 혼란을 잠재우고 공산주의 정권을 수립하기 위한 준비에 착수했다. 그것에 반대하여 목숨을 걸고 이남으로 내려온 사람들이 소위 월남민이었고, 공산주의라면 치를 떨었다.

북한이 차근차근 공산주의 준비를 하고 있을 무렵 남한은 혼란이 오히려 가중됐다. 해방을 맞아 해외에서 독립운동을 하던 여러 세력들이 서로 기득권을 차지하기 위해 치열한 공방을 벌였기 때문이다. 그 틈을 타 퍼진 것이 공산주의 사상이었다. 먼저 영향력이 큰 청년들을 좌경화시켰다. 밤이 되면 봉우리마다 횃불이 보이고 지역을 지키기 위한 청년들이 나가 있다고 했는데 그것이 다 좌경화된 세력이었다.

또 미국은 이승만이나 대지주, 돈 있는 사람들과 붙어 있다는 말이 돌았다. 시골 사람들이 보기에는 있는 사람들끼리 모여 만든 것이 한민당이니 시선이 고울 수가 없었다.

한편 좌익들은 "다 같이 일하여 일한 만큼 나눠 먹자. 그런데 저 사람들은 다시 일제시대로 돌아가려 한다"는 말로 지지 기반을 넓혀갔다. 이런 과정에서 미군정에 대한 거부감을 가지게 되었다.

어느 정도 시간이 흘러 점차 질서를 회복하자, 미군정은 우선 좌익 세력을 잡아들여야 민심을 되돌릴 수 있다고 생각하여 경찰을 앞세워 대대적인 좌익 검거에 들어갔다. 그러나 쉽게 잡힐 리가 없었다. 미리 잡으러 온다는 정보를 듣고 숨어버리기 때문이었다. 이렇게 되니 중간에 있던 사람들의 입장만 난처해졌다. 이쪽저쪽 다 모른 척할 수 없는 실정이고 결국 낮에는 대한민국, 밤에는 인민공화국이 된 것이다.

죽음의 문턱에서 살아나다

이런 상황에서 1946년 10월 1일에 대구 10·1 사건이 터졌다. 당시 국민학교 교사로 재직 중에 대구에 시위가 일어나 시끄럽다는 소문이 있었으나 심각하게 생각하지 않았다. 마침 학교에 가을 운동회가 있어 아이들에게 나누어줄 상품을 사기 위해 대구로 향했다. 학교가 있던 경산군에도 물건을 파는 곳이 있었지만 상태가 형편없었다. 대구 정도까지 나가야 제대로 된 운동회 물품을 구할 수 있었다. 그쪽 상황이 좋지 않았지만 누군가는 가야 했기에 내가 장가도 안 간 총각이라고 교장선생이 돈을 주어 보낸 것이다.

대구까지도 못 가서 하양역에 도착하니 무장한 경찰들이 진압하라는 명령을 받고 진을 치고 있었다. 대구 사태가 자꾸 번져가자 기차역마다 경찰들을 내려놓고 사람들을 잡아들이고 있었던 것이다. 대구에 숨어 있는 좌익 세력들을 골라내기 위해 기차에 탄 사람들을 하나씩 구별해냈다. 뭔가를 물어봐서 대답하는 것에 따라 사람들을 이쪽으로 또는 저쪽으로 가게 하는 것이었다. 그 당시는 교육을 제대로 받은 사람이 학교 선생님, 금융조합 직원 등이었는데 지식인들은 모두 공산주의에 일조하는 좌익 세력이라고 생각했다.

내 차례에서 경찰이 직업이 뭐냐고 물어 선생이라고 답하자 저쪽으로 가라고 했다. 그때는 영문도 모르고 가라는 대로 갔는데, 경찰 하나가 "권 선생님, 여기는 웬일입니까" 하고 말을 걸었다. 깜짝 놀라 이리로 오라고 해서 왔다고 하니 아무 말도 안 하고 쓱 가버리는 것이다. 한참을 그렇게 있었다. 그런데 아까 그 경찰이 다시 나와 "권성근~!" 하면서 적발해서 취조하기 위해 부르는 것 같은 인상으로 호출을 했다. 한쪽으로 끌고 나가서 하는 말이 "선생님, 여기 계시면 죽습니다. 빨리 저쪽 길로 나가서 도망치십시오" 하는 것이다. 알고 봤더니 그 경찰은 학교 제자의 형이었다. 나중에 알았지만 내가 간 쪽의 사람들은 모두 죽었다고 한다. 나는 자기 동생의 선생이라는 이유로 살려준 것이다.

다른 지역 경찰과 무장한 반공청년회 회원들이 젊은 사람은 무조건

끌어내어 역사에 가두고 심문했다. 지식인들은 다 좌익이라는 인식하에 취조했으며, 으슥한 곳에 끌고 가 총살해버리는 일도 있었다. 나는 운이 좋아 빠져나올 수 있었는데 정말 아찔한 순간이었다. 역사뿐만 아니라 10·1 사건의 진압군으로 대구에 온 다른 지역 경찰들과 무장한 반공청년회 회원들은 도로를 훑고 다녔다.

한국의 실정을 잘 모르는 미군정의 허실을 악용하여 각 단체들이 제멋대로 무장하고 인명을 살상하는 등 패악을 저지르니 민심은 특히 반공청년회와 우익 정당을 미군정의 앞잡이로 보고 경원시했다. 한 동네에서도 좌·우익으로 갈리고, 옛날에 동양척식회사 일을 보며 소작을 걷던 사람들의 집에 몰려가 불을 지르고 끌어내어 죽이기도 했으니, 동척과 조금이라도 연관 있으면 모두 도망갔다.

이런 내분을 자체정화라고 했는데 치안 부재의 무질서를 보여주는 극단적인 모습이었다. 이런 혼란을 무력으로 진압한 선봉이 바로 월남 단체였다. 반공청년회를 비롯한 그들은 이북에서 당한 것이 있어 공산주의라고 하면 물불 가리지 않고 지구 끝까지 찾아가 원수를 갚을 태세였다.

벌써 반공청년회는 우익정당의 행동대장으로 그 범위를 전국에 펼치기 시작하여, 우리 고향에까지 내려와서 공산주의자들을 잡았다. 하지만 억울하게 죽은 사람들이 많았고, 민심은 더 나빠졌다. 반공청년회가 그렇게 설치고 다니는 것은 분명 불법이지만 그것을 따질 만한 힘이 없었다. 그들의 모든 권력은 총에서 나왔다.

●

그들은 이미 이북에서부터 그런 경험을 하며 내려온 것이다. 이남에 내려와서 제일 먼저 찾은 것도 무기였다. 나중에 군에 같이 있던 고향이 이북인 친구는 넘어올 때 빈손으로 올 수 없어 인민군이 지키고 있던 은행을 털어왔다고도 했다. 이런 일련의 과정을 거치면서 분위기가 많이 차분해졌다. 공산주의자가 맹위를 휘두르다 총을 가진 새로운 강적을 만나자 다시 밤에 산에서 횃불을 피우는 정도로 후퇴했다. 그 대신 이번에는 반공청년회들이 안하무인으로 설쳐대기 시작했다. 시골에 와서 아녀자를 희롱하고, 소나 돼지를 잡아먹는 등 패악을 일삼아 민심이 곱지 않았다.

나도 상당히 조심했다. 시골에 지식인이라고 해봐야 학교 선생, 금융조합 직원, 면이나 우체국에서 근무하는 직원이 다였다. 반공청년회의 입장에서 지식인들은 잠재적 공산주의자였다. 이들은 청년회를 조직하여 이끌 수 있는 사람들이었으며, 먼저 생겼던 청년회도 이런 과정에서 일부가 공산주의에 물들었기 때문이었다. 참 처신이 어려웠던 때였다. 그래도 교사여서 다행이었다. 아침에 도시락을 가지고 학교에 갔다가 아이들 가르치고, 날씨 좋은 날은 동료들과 연식 정구를 즐기는 학교생활만 보면 참 평화롭고 좋은 날들이었다.

그런데 월급이 문제였다. 그 당시 교사 월급이 450원이었는데 사과 한 상자 값밖에 안 되는 것이다. 집에서 사과 과수원을 하는 바람에 바로 비교가 되어, 교원을 집어치우고 과수원에 가서 사과나무 몇 그루만 열심히 키우면 훨씬 낫겠다고 놀림을 당했다.

이즈음 일제강점기 동안 우리 경제의 노른자위를 차지하다가 물러간 일본인들의 재산인 농지, 임야, 대지, 가옥 등을 수단과 방법을 가리지 않고 잽싸게 차지한 신흥부자가 형성되었다.

나는 아직도 문인의 꿈을 버리지 못하고 있었다. 대학이 안정되면 문과 공부를 좀 더 해서 필력을 구비하고 신문사 특파원이 되어 세계를 돌아다니며 사람 사는 이야기와 숨소리를 전하고 싶었다. 경륜이 쌓이면 나중에는 소설을 쓰는 문인이 꿈이었다.

교사 생활을 일 년 해보니 내가 얼마나 미흡한지 통감할 수 있었다. 교실에서 아이들을 가르치면서 느낀 것은 모르는 것이 너무 많고 부족하다는 점이었다. 우선 국어와 역사를 좀 배워야겠다는 생각이 들었다. 그렇지만 시골에서는 어떻게 할 도리가 없었다. 가르치는 곳도 없고 책을 구할 수도 없어 배우고 싶어도 배울 수 있는 여건이 안 되었다. 도시에 가서 배우든지 아니면 책을 구해보든지 어떤 수를 내어야겠다고 생각하고 동료 교사들과 상의를 했다. 그 당시 우리 세대의 젊은 교사들은 똑같은 형편이었다. 식민지정책 때문에 일본화 교육에 젖어 우리 말과 역사는 배운 것이 없었다.

일 년 동안 몇 권의 책을 통해 얻은 짧은 지식으로 극복하려 했으나 도저히 안 될 일이었다. 일제 36년 동안의 공백이 너무 커서 학자마다 주장이 다르고 학파마다 학설이 달라 중구난방이었다. 표준어도 없고 문법도 통일되지 않았다. 역사도 마찬가지여서 저자마다 다른 해석으로 혼란스러웠다. 그래도 우선 기본적인 역사관과 가장 기초적인 우리

말이라도 공부를 해야 사물의 장단을 파악할 수 있을 것 같았다.

동료들과 상의해 독신으로 홀가분하게 학업에 전념할 수 있는 사람은 좀 더 배우러 가고, 가족이 있어 당장 부양의 의무를 지고 있는 사람은 학교에 남기로 했다. 교장을 뺀 6명의 교원 중 학습을 하러 가는 사람이 3명이었다. 학교에 남는 사람들에게는 교육을 받으러 가서 자료를 구해 보내주기로 약속했다.

경북중학교 사범과에서 수학하고 모교 교사로

이렇게 일 년 만에 와촌국민학교를 그만두고 시험을 쳐 경북중학교 사범과에 들어가 일 년 동안 수학했다.

그때쯤 교육행정이 정리되어 도에 교육국이 생겼다. 그리고 일본 교육만 받아서 문제가 생긴 젊은 선생들을 위해 인문계인 경북중학교와 대구중학교에 사범과를 신설하여 교육을 받을 수 있도록 했다. 원래 중학교는 5년제였는데 전시에 더 많은 인원을 징병하기 위해 4년으로 단축시키고, 대학교도 4년제를 3년에 마치도록 했다. 국민학교와 중학교를 졸업하면 바로 대학급인 전문학교로 진학할 수 있었다. 전문학교도 몇 개 없어 대구에는 대구의전뿐이고 서울에 연희전문, 보성전문, 불교전문 등이 있었다. 정상적으로는 중학교 4학년을 마치고 전문학교에 진학해야 하는데, 진학에 실패하고 후년에 다시 도전하는 학생들을 일 년 동안 재교육하는 반이 5학년이었고, 이것이 그대로 사범과로 바뀐 것이다.

다른 과목은 용어 통일 정도만 하면 문제없었는데, 가장 중요한 국어와 역사가 큰 문제였다. 여기서도 강의하는 선생마다 다 다른 주장을 펼쳤다. 자신이 속해 있는 학파가 달라서 벌어진 현상이었다. 그렇게 일년 동안 교육을 받았지만 별로 얻은 것이 없었다. 가르치는 선생도 식민 기간 동안 공부를 못 했기 때문에 우리와 별반 차이가 없었던 것이었다. 얻은 것이 있다면 학파마다의 다른 주장과 그 주장을 보려면 이런 책들을 참고하면 된다는 정도였다.

아직도 사회는 혼란스러웠다. 미군정의 잘못과 이북 공산주의자들로부터 목숨만 건져 남쪽으로 내려온 반공청년단의 도를 넘는 행동으로 점점 불만이 쌓여갔다. 그러나 이미 무장을 하고 있는 반공청년단을 말리기엔 어느 단체도 역부족이었다.

1947년에는 사범과를 끝내고 모교인 금호국민학교 교사로 발령받았다. 여기서도 오래 있지는 못했지만 참 열심히 가르치고 노력한 시간이었다. 모교에 부임하자 비행기 타던 선생님으로 알려져 아주 인기가 좋았다. 그때부터 학생들에게 말했다.

"선생님은 여러 가지 많이 보고 왔다. 너희들도 여기에 머물러 있지 말고 튀어 나가라. 넓은 곳, 먼 곳을 가보고 오라. 그러면 좀 달라진다."

그 무렵 제자들이 다 큰 어른이 되어 만났을 때 그 이야기를 하며 고백한다.

"그 말씀을 들을 때는 선생님이 비행기를 타다 와서 그런가 했는데 이제야 그 뜻을 알겠습니다."

당시는 아직 자리가 잡히기 전이어서 교과서도 변변치 못했다. 가르칠 내용을 철필로 쓴 다음 등사하여 교재를 만들어주기도 했다. 그렇게라도 열정적으로 교사로서의 본분을 다하려고 노력했다.

결혼 그리고 교장과의 불협화음

해가 바뀌어 1948년 4월, 비로소 생활이 안정되어 결혼을 했다. 아직 결혼 생각이 없었는데 우리 과수원에서 일을 하던 분의 중매로 결혼을 하게 되었다. 아주 옛날식으로 사모관대를 하고 말을 타고 처가에 가서 결혼을 했다. 우리 지방 풍습으로는 처가에 가서 결혼식을 올린 다음 신랑만 귀가하고, 신부는 처가에서 일 년 동안 머물다가 다시 택일을 하여 시댁으로 와서 일가친척을 모아놓고 집안 잔치를 하는 것이었다.

그렇게 결혼까지 무사히 마치고 돌아와서부터 교장하고 부딪혔다. 교장은 함경도 함흥 출신이었다. 당시 우리 학교는 부자였다. 과수원 하나와 산이 있었고, 논도 20~30마지기 가지고 있었다. 지금 생각하면 좀더 너그럽지 못했던 것이 후회가 되지만, 그때는 오직 정의감에 불타는 청년이었다.

모교 출신이라 학부형회의 간사로 있으니 더욱 그러했던 것 같다. 조금이라도 어긋난 점이 있으면 따지고 싸우게 되었다. 정의로웠으나 세상 살아가는 이치를 모르는 20대 초반의 열혈 청년이었다. 그런 나를 교장도 좋게 보지 않았다. 집안이 지역유지이고, 모교 출신의 교사이다 보니 함부로 할 수 없었다. 말썽 교사로 반공청년회에 지목당한 어느 날, 그들이 수업을 하는 도중에 구두를 신고 교실로 들이닥쳤다. 그래서 그들과 다툼이 벌어졌다. 내가 강력하게 항의했다.

"아무리 몰상식해도 교단은 신성한 것인데, 이 신성한 교단에 흙발로 들어오다니. 더구나 수업시간 중에 불쑥 들어오는 경우가 어디 있나. 만약 내게 잘못이 있으면 수업 후에 별도로 불러야지. 교장실에 가 있으시오."

그 사람들이 나간 다음 수업이 끝나고 교장실에 갔더니 이미 아까의 항의로 기가 많이 죽어 있었다. 게다가 그간의 상황도 나는 바른말을 한 것뿐, 별달리 흠 잡을 곳이 없자 그들은 순순히 돌아갔다.

그런 다음 교장과의 사이는 더욱 악화되었다. 나 역시도 교장이 자기만으로 안 되니까 외부의 힘을 끌어들였다는 불쾌감이 있었다. 학교 내에서도 선생 수가 교장까지 7명이 전부이니 내가 한 번씩 교장에게 따질 때마다 다른 선생들은 곤욕스러워했다. 마침 학기말이 다가왔고 나도 그런 상태로 더 다닐 수 없었다. 학기를 마치면 서울에 올라가서 공부를 더 할 생각이었다. 당시 인근에 있던 불교전문을 나오고 큰 사찰의 주지로 계시는 스님이 형님과 아주 가까운 사이였다. 그 스님은 교사를 그만두고 불교전문에 가서 공부를 더 하라고 권유하며 소개장을 써주었다.

학기가 끝나고 서울로 올라왔다. 먼저 서울에 올라와서 바이올린을 전공하고 있는 친구를 찾았다. 그 친구는 시골 부잣집 아들인데 서울대학교 음악대학의 전신인 음전에 다니고 있었다. 친구가 사는 집도 보고, 학교 구경을 가자고 해서 따라갔더니 음전은 남산 꼭대기에 있던 일본 신사를 그대로 사용하고 있었다. 그 속에 피아노가 군데군데 몇 개 놓여 있는 것이 음전의 전부였다. 동숭동에 있던 서울대학교도 가보고, 보성전문과 연희전문, 불교전문도 둘러봤다.

어떤 날은 학교에 들어가지도 못했다. 학생들이 좌우로 나뉘어 서로 사상 싸움을 하고, 학생회 간부들은 권총을 차고 다니며 상대편을 쏘아대고 있었다. 그런 상황에서 무슨 공부를 하겠는가. 그 친구는 공부하려면 멀었다며, 자신은 음악을 하니 시골에서 배울 수가 없어 올라온 것이라고 했다. 또 학교에 다니다 잘못해 사상 싸움에 휘말리면 죽는다는 것이다. 내 눈에도 별로 상황이 안 좋아 보여서 좀 더 있다가 오기로 하고 다시 내려갔다.

우연히 비행학교 동기를 만나 공군으로

대구에 내려가 친척집에 들르니 서울은 어떠하냐고 물었다. 나는 아직 멀었다고 말했다. 그 친척이 교육장학사여서 당분간 선생을 하고 싶은데 금호국민학교는 다시 가고 싶지 않고 어디 자리가 없겠느냐고 부탁했다.

그러자 친척은 잘되었다며 양동국민학교에 가라고 했다. 경주서 포항 가는 길에 있는 이씨들의 집성촌인 양동마을 학교에서, 마침 선생을 보내달라고 한다는 것이다. 그런데 선생도 양반이 아니면 안 된다는 조건이 붙어 있었다. 그 친척은 너는 해당이 되니 가보라고 권했다. 나는 알아보고 연락을 달라고 하며 고향으로 내려갔다. 며칠 후에 연락이 오기를 나는 받는다고 했단다. 그리고 발령을 냈으니까 가보라는 것이다.

금호국민학교에 사표를 내고 새 학기부터는 다른 선생에게 담임을 맡기라고 한 다음 양동국민학교를 찾아갔다. 양동국민학교에 가니 양반 출신 선생이어서 대환영을 받았다. 그런데 학부형 회장이라는 어른이 나와서는 몇 대 조가 어떻고 시작하는데 '어이쿠 이건 안 되겠구나' 하는 생각이 들었다. 나는 처음부터 숨이 막혀 이곳에 부임한다고 해도 오래 버틸 자신이 없었다. 그래서 먹고 자는 것은 어떻게 해결하느냐고 물었다. 그 어른은 며칠까지는 다 준비해놓을 것이니 그때 맞추어 부임하면 된다는 것이다. 속으로는 '도저히 이런 곳에서는 숨 막혀서 못하겠다'고 생각했으나 못 오겠다는 말 대신에 좋게 이야기를 하고, 오늘은 집에 갔다가 준비하고 오겠다고 했다. 그쪽에서는 오는 줄 알고 준비를 한다는데, 차마 그 자리에서 나는 못하겠으니 준비하지 말라고 할 수가 없었다.

그길로 집에 돌아와 다시 생각했는데도 안 되겠다 싶어 사표를 우편으로 보내고 말았다. 지금까지도 그 양동국민학교만 생각하면 죄 지은 마음이 들고 미안해진다. 양반 가문 선생을 골라 합격시키고 기대를 했을 텐데 얼마나 실망했을까. 며칠 후 밖에 나가 친구들과 어울리다 저녁에 들어오니 경관이 찾아왔다. 예전처럼 경찰력이 회복되고 조금 지났을 무렵이었다.

경관은 나를 보고 "선생님 빨리 피하세요. 내일 이곳에 반공청년회들이 들어온답니다. 그런데 들리는 소리가 선생님을 해코지할 것 같습니다. 얼른 피하세요"라고 일러주는 것이다. 일러줘서 고맙다고 하고 다음 날 청년회 사람들이 들어오기 전 아침 일찍 대구 시내로 들어와 친척집으로 피신하였다.

집으로 연락을 해봤더니 정말로 반공청년회에서 찾으러 왔다고 한다. 그러니 절대로 들어오지 말라는 것이다. 치안이 확고하지 않아서 사람을 죽이는 것이 그렇게 큰일이 아니었던 시대였다. 더구나 반공청년회는 정권의 비호를 받고 있는 앞잡이들이었으니 사람 하나쯤 죽이는 것은 문제가 아니었다. 내가 그때 모르고 있다가 잡혔으면 아마 죽음을 면치 못했을 것이다. 그렇게 사람 목숨의 값어치가 없을 때였다.

그렇다고 친척집에 언제까지 기대 있을 수도 없고 고민이 많았다. 하루는 심심해서 극장에 갔다 나오는데 국방경비대 장교가 지나가다 멈추고는 가만히 쳐다보더니 "너 아무개 아닌가" 하고 물어보는 것이다. 곰곰이 생각하니 일제강점기 때 같이 교육받은 소년비행학교 동기였다.

"너는 여기 웬일이냐"

"다들 지금 너 찾느라고 야단났다. 먼저 돌아왔을 텐데 이 친구 어디에 있느냐고. 걱정하며 찾고 있으니 빨리 같이 올라가자."

그 친구는 대구에 국방경비대 경력을 모집하는 모병관으로 왔다가 나를 발견한 것이다. 마침 모병이 끝나 다음 날 올라갈 수 있게 대구역에 열차 하나를 빌렸으니 그 편으로 같이 가자고 했다. 일단 집에 국방경비대에 간다고 연락을 했다.

그때는 사실 피해 있을 곳이 별로 없었다. 반공청년회는 전국을 장악하고 있는데 시골에는 경찰도 없으니 맞설 수 있는 세력이 없었다. 그나마 반공청년회와 맞설 수 있는 것은 국방경비대뿐이었다. 일단 국방경비대는 무기를 지닌 국가 조직이니 대등하게 싸울 수 있지 않을까 하는 생각이었다. '그래, 먹여주고 재워주고 입혀주면 됐지. 올라가자.' 다음 날 대구에서 빌렸다는 열차를 타고 서울로 올라왔다.

그때가 1949년 6월경, 이렇게 해서 또 다른 인생의 큰 전환점을 맞았다.

초기 공군 시절, 전투비행기도 없던 상황에서 전쟁을 맞아 정찰
비행을 주로 하며 지냈다. 남들이 보기에는 보잘 것 없었을지 몰
라도 우리는 그 장난감 같은 장비를 가지고 목숨을 걸었다. 우리
싸움이고 우리 국토에서 난 전쟁이기 때문에 승리를 위해서 목
숨까지도 초개처럼 버릴 각오가 되어 있었다.

2장

조국을 위한 비상

05

·

갓 임관한 공군 소위,
한국전쟁을 겪다

서울에 올라와서 먼저 입대한 김정렬 장군(훗날 공군 참모총장, 국방부 장관을 역임한 공군 창설 최대 공로자)을 보니 대뜸 그간 무엇을 하다가 이제야 나타났느냐고 물었다. 내가 시골 학교에서 선생으로 있었다고 대답하자, 그래 돈은 많이 벌었느냐고 농담을 걸었다. 당신들은 국군을 조직하기 위해 이렇게 노력하고 있는데 왜 안 왔느냐는 것이다. 그런데 시골에서는 방법이 없었다. 신문도 없고 라디오나 텔레비전이 보급되기 전이니 어디서 무슨 일들이 벌어지는지 소식을 들을 길이 없었다. 당장 내일부터 이등병으로 입대해 훈련을 받으라는 것이다. 다음 날 김포에 가서 육군항공군사령부에 입대하고 훈련을 받기 시작했다. 이렇게 공군 사병 제4기가 되었다.

비행부대는 여의도에 있었고, 김포에서는 이제 막 기본교육을 시작했을 때였다. 그때는 이등병훈련밖에 없었다. 모두 일본군 출신이어서

·

미국의 제식훈련을 전혀 몰랐다. 그 제식훈련을 익히는 과정이 이등병 훈련이었다.

그렇게 해서 6주 정도 훈련을 마치고 본부중대로 발령이 났다. 그때까지만 해도 장교나 조종사가 되는 것이 중요한 것이 아니라, 고향에서 이제 돌아와도 좋다는 연락만 목을 빼고 기다렸다. 마땅히 갈 곳이 없는데 먹여주고 재워준다고 해서 따라온 것뿐이었다.

초창기의 우리 군대는 틀이 확고히 잡힌 것도 아니고 대부분 일본군에 있다가 국군 창설요원으로 모인 것이기에 재미있는 일이 많았다. 훈련을 받으러 가서 보니 구대장이나 중대장이 다 동기생들이었다. 야외훈련을 받다가도 잠시 쉬는 시간이 되면 구대장하고 같이 담배를 피우며 그간 살아온 이야기를 정답게 나누기도 했다. 중대본부 부劃로 발령을 받고 가보니 중대장도 동기생이었다. 중대 생활을 할 때도 후배 소위들이 지나가다가 옛날 선배인 이등병한테 경례를 하는 웃지 못할 일도 있었다.

이등병이니까 식사시간이 되면 밥을 타러 식당에 가야 했다. 함께 가는 이등병은 내가 누군지 모르고 단지 나이가 좀 많다고 느낄 뿐이었다. 식당 앞에 갔는데 급양 중대장이 모두 후배였다. 나를 보고 바로 "권 선배, 오셨습니까" 하니 모두 놀라는 것이다. 밥 타러 오는 이등병을 보고 급양 중대장이 선배라며 반기는 상황이 벌어진 것이다.

이것이 다 초창기의 군대라서 가능한 일이었다. 그래도 그 속에는 정이 넘쳐났다. 동기로 또는 선후배로 같이 태평양전쟁을 치르며 생사를 넘나드는 전우였기 때문에 더욱 동지애를 느끼기도 했다.

●

조국을 위한 비상

첫 아이를 얻고 공군 장교가 되다

1949년 10월 1일, 육군항공군사령부에서 정식 공군으로 독립했다. 여의도에 모두 모인 가운데 정식 대한민국 공군으로 새롭게 탄생했다. 나는 이등중사가 되었다.

당시는 공군본부가 서울 중구 회현동에 있었는데 하루는 당번이 와서 곧 공군 장교 후보생 모집이 있으니 준비하고 있다가 응시를 하라고 했다. 나는 장교가 되는 것에 많이 망설였다. 장교에 지원하여 합격하면 군에 오래 있어야 하고 그렇다고 응시를 안 하면 입장이 이상해지고 여러 가지로 고민을 했다.

또 큰 목표를 가지고 군에 온 것이 아니라 단순히 반공청년회의 횡포를 피하기 위해서였기에 잠시 있다가 잠잠해졌을 때 다시 고향으로 돌아갈 것을 생각하면 더 망설여지는 것이었다. 그렇다고 언제까지 망

1949년 10월 1일 창군한 공군의 초기 장병들

설일 수도 없어서 일단 시험에 응시하여 붙으면 하고 떨어지면 집에 간다는 마음으로 굳어졌다. 또 장교가 되면 그동안 이렇게 나를 고생시켰던 금호국민학교의 못된 교장을 찾아가 한 번 혼을 내줘야겠다고 단단히 마음을 먹었다.

장교후보생 시험에 대한 갈등과 내 고향을 두고도 타의에 의해 가지 못하는 억울한 상황에 아내가 아이를 낳았다는 소식이 왔다. 아들이라고 했다. 나의 분신이 생긴 것이다. 얼마나 기뻐했는지 모른다. 이름은 형님이 가문의 돌림자에 믿을 신信자를 써서 지었다고 했다.

장교 시험은 크게 어렵지 않아 수월히 합격할 수 있었다. 그리고 1950년 1월 15일에 소집되어 장교훈련을 받았다. 훈련을 받던 1950년 그해 겨울은 엄청나게 추웠다. 2월 초에는 보통 영하 18도까지 내려가는데 불도 안 때는 콘센트에서 잠을 잤다. 정월 초하룻날도 영하 18도였지만 밤새도록 비상소집이 걸려 잠을 한 숨도 못 잤다. 새벽에 날이 밝아오니 네 번째 비상은 김포 근처의 개화산을 공격하라는 것이었다.

추운 날인데도 개화산에는 물이 얼지 않은 곳이 있었다. 겨울에도 따뜻한 지하수가 솟아나오는 곳이었다. 그곳을 통과하라고 해서 솟아나오는 지하수를 첨벙거리며 통과하고는 나오자마자 물에 젖은 바지가 얼어붙었다. 그 얼어붙은 바지를 입고 계속 공격을 하는데 언 곳이 깨져 날카로운 칼날이 되어 살을 찢으니 피가 났다. 그 피와 군복이 서로 얼어붙어 온몸이 말이 아니었다. 어휴, 소위하기 참 힘들다는 탄식이 절로 나왔다.

힘든 훈련을 마치고 4월 25일에 대한민국 공군 소위로 임관을 했다. 소위가 되자마자 바로 휴가를 신청해서 집에 들렀다가 그다음 날 학교를 찾아갔다. 벌써 내가 국군장교가 되었다는 소문을 듣고는 교문에서부터 내가 가르치던 애들이 일렬로 서서 맞이하고, 교장은 맨발로 뛰어나와 반기는 것이다. 그런 모습 앞에서는 누구나 약해지기 마련이다. 같이 교장실에 들어가서 마주 앉았는데 그렇게 뿔이 돋던 나쁜 감정들이 서서히 사라졌다.

나는 교장에게 "사실은 오늘 독한 마음을 먹고 내려왔는데 지금 만나 뵈오니 그럴 수가 없다. 앞으로도 우리 젊은 선생들에게 못살게 굴지 마시오. 젊은 사람은 앞으로 무엇이 될지 모르고, 또 그런 것이 무서워서가 아니라 그 사람들이 나쁜 감정을 가지게 되면 좋을 것이 없지 않는가. 사실 나도 독한 마음을 먹고 왔지만 거두겠다. 그냥 갈 것이니 건강하게 사세요"라고 말하고 돌아 나왔다.

나중에 5·16 후에 대구 동촌에서 공군 군수사령관을 하고 있을 때 그 교장은 63세 정년으로 퇴직했다. 그다음에 교원의 정년을 65세까지 연장한다고 발표가 나오자 나를 찾아와 근무할 수 있는 학교를 소개해 줄 수 없느냐고 했다. 교육감이 학교 선배 되는 사람이기에 찾아가 사실 이러이러해서 미운 사람인데, 미운 놈 떡 하나 더 준다고 어디 알아볼 수 없느냐고 부탁을 드렸다. 그다음 날 바로 전화가 와서 오지에 있는 학교에 교장 없는 곳이 있으니 원한다면 보내주겠다는 것이다. 그래서 그 학교에 연결을 해준 적이 있다. 그 집안에도 자식들이 있고, 내가 그때 감정을 가졌으면 그것이 다시 우리 자식들에게 돌아올 텐데 감정을 다독이길 잘했다고 생각한다.

휴가를 마치고 돌아오니 음전에 다니던 친구가 졸업연주회를 명동의 시공관에서 연다는 연락이 왔다. 바이올린을 전공한 고향 친구의 졸업연주회에 기쁜 마음으로 참석했다. 시공관 앞에 고려정이라는 평양냉면 전문점이 있었다. 연주회를 무사히 마치고, 그곳에 가서 냉면을 먹자는데 처음 듣는 음식이었다. 면이라고 하면 국수고 냉면이면 찬 국수이겠지 하며 따라갔다. 그러나 생전 처음 접하는 냉면을 쉽게 공략할 수 없었다. 국수가 얼마나 질기던지 처음부터 목에 걸려 혼이 났다. 도저히 다 먹을 수가 없어 반쯤 남기고 서둘러 나와버렸다.

민족의 비극 한국전쟁이 터지다

장교훈련을 마치고 소위로 임관한 것이 1950년 4월 25일이니 정확히 두 달 후에 민족의 비극은 시작됐다. 그때 나는 비행 제1중대 중대원이었다.

6월 25일 일요일, 그날 나는 주번사관으로 근무하고 있었다. 보통 주말이나 휴일은 독신 장교가 주번사관을 맡는 것이 관례였다. 나는 독신 장교는 아니나 가족은 지방에 있고 혼자 서울에 있으니 독신이나 마찬가지였다.

일요일 아침, 외출증을 받고 나가는 장병들의 복장을 점검하며 행동에 조심하고 무슨 일이 있으면 연락을 하라는 주의를 주고 내보냈다. 보통은 외출을 내보낸 다음은 할 일이 없으니 내무반이나 한 번 둘러보는데 웽 하는 소리와 함께 총소리가 났다. 이때가 10시 경이었다.

하늘을 보니까 소련이 북한에 넘긴 IL-10 전투기였다. 그래도 함부로 판단하면 안 되니까 다른 중대의 주번사관들을 모아 주시하는 중에 전투기의 공격이 시작됐다. 우리 격납고 위치가 지금의 여의도 국회의사당 부근으로 제일 처음 공격을 받은 곳이었다. 일방적으로 날아오는 총알을 피하느라 그 부근에 커다란 시멘트 수조 주위를 빙빙 돌면서 재빨리 움직였다. 다른 사람들은 훈련받은 경험이 있는 나를 병아리처럼 졸졸 따라다녔다.

급히 중대본부에 들어와 라디오를 틀어보니 이미 비상이 걸려 모든 장병들은 즉시 귀대하라는 방송이 나오고 있었다. 무전시설도 없었고, 그때까지 상부로부터 아무런 소식을 듣지 못한 상황이었다. 그 당시 우리 공군이 보유하고 있는 비행기는 육군 포관측용 잠자리비행기 수무여기와 캐나다에서 새로 도입한 애국헌납기인 AT-6 고등훈련기 열 대가 전부였다.

우리는 아무런 전쟁 준비가 없으니 속수무책이었다. 소총으로 대응한다는 것은 말이 안 되고, 유일하게 경기관총이 한 정 있었는데 거치하여 대응사격을 할 곳이 없었다. 격납고 위에 올라가서 대응사격을 하면 좋을 것이나, 올라가기도 힘들고 적으로부터 직접 공격을 받을 경우 매우 위험했다. 두세 번 정도 공격을 당했는데 큰 폭발음이나 불길이 없으니 이미 비행기를 다른 곳으로 옮겨 없는 것으로 판단한 적군기는 사라졌다.

적기가 물러가자 이번엔 영등포경찰서 서장이 항의하러 뛰어왔다. 아무리 그래도 너무하지 않느냐는 것이다. 우리가 훈련하면서 총탄을 사용한 것으로 오인한 것이다. 적기에서 쏜 총탄이 영등포 쪽으로 넘어갔던 모양이었다. 그런 것이 아니라 전쟁이 터진 것 같으니까 빨리 가서 알아보고 조치하라고 했더니 혼비백산 다시 강을 건너갔다. 당시 여의도와 영등포 사이에 흐르는 샛강은 물도 낮고 강폭이 좁아 걸어서도 건너다닐 수 있었다.

그전에도 38선이나 특히 웅진반도 부근에서는 심심치 않게 소규모 총격전이 있었으나 대규모로 남침해올 줄은 누구도 상상하지 못했다.

이때부터 지휘부가 다급하게 귀대하기 시작했다. 비상연락망은 있으나 별다른 연락 방법이 없어 다 부를 수도 없었다. 차를 타고 시내로 나가 외출한 군인들은 귀대하라고 부르고 나머지는 알아서 들어와야 했다. 국방부에서도 뒤늦게 알고 서울 시내를 돌아다니며 각 군 부대 장교들은 즉시 귀대하라고 외치며 돌아다녔다.

오후에는 부평에 있던 미군 탄약고에서 15kg짜리 폭탄을 가져왔다. 그런 후 우리도 출격했다. 그나마 좀 나은 비행기인 AT-6는 내 차례까지 오지 않아 L-4/5 잠자리 경비행기에 조종사들이 앞뒤에 타고, 앞에 탄 사람은 조종을 하고 뒤에 탄 사람은 미군에게서 가져온 폭탄 2개와 몇 개의 수류탄을 가지고 출격했다. 만약에 앞에 탄 조종사가 총에 맞

한국전쟁 초기에 직접 타던 L-4 비행기

으면 바로 뒤에 탄 조종사가 조종을 넘겨받아 돌아올 수 있으니 조종
사만 둘이 탄 것이다.

난 동두천 쪽으로 먼저 가자고 했다. 당시 동두천 길은 차 두 대가
비켜 지나가기 힘든 좁은 비포장 길이었는데 북쪽 전차가 끝이 안보이
게 늘어서서 내려오고 있었다. 좀 가까이 내려가서 맨 앞의 전차를 겨
냥해 공격했다. 좁은 길에서 맨 앞의 전차가 내려앉으면 다음 전차부터
는 자연히 전진하지 못할 것이라는 계산이었다.

전차를 겨냥해 던진 폭탄이 터지면서 먼지가 푹하고 일어나더니 전
차가 멈춰 섰다. 그러나 잠시 후 먼지가 걷히자 아무 일 없었다는 듯 다
시 움직이기 시작했다. 그래도 우리가 할 수 있는 일은 그것뿐이었다.
다른 곳으로 나갔다 온 전우들의 말에 의하면 수류탄을 던지고 권총도
쏘아봤다고 하나 달걀로 바위치기일 뿐이었다. 얼마나 다급했으면 수
류탄이나 권총으로 전차를 공격할 생각을 했을까.

다음 날인 6월 26일 아침, 그나마 그것이라도 해야지 손 놓고 그냥 있을 수는 없었다. 전차를 파괴하지 못하면 내려오는 도로라도 망가뜨려야 했다. 도로가 파괴되면 진로라도 방해하지 않을까 하는 생각으로 소형 폭탄과 수류탄이 다 떨어질 때까지 폭탄을 안고 비행기를 탔다.

6월 26일 낮부터 적군은 여의도는 공격을 하지 않고 김포를 공격하기 시작했다. 6월 25일 전쟁이 터지자 미국에서는 대사관이나 자국민들을 수송하기 위해 일본에 있던 수송기를 김포에 대기시켜 놓았다. 그것을 노리고 북한 비행기가 김포로 향한 것이었다. 그것도 한두 번 하다가 그만이었다.

지금 생각하면 북한도 어지간히 서투른 상황이었다. 김포를 공격하다 쫓겨서 가는 것을 보니 북한기는 미군기의 상대가 되지 못했다. 북한기를 따라가며 공격하는 미군기는 훨씬 속도가 빨라 우세했다.

한국전쟁에 참여한 미군 제트기 F-80

그때의 미국 비행기가 바로 첫 등장한 제트기였다. 제트기를 독일에서 만들다가 그만둔 이야기는 비행기를 타는 사람은 다 알고 있었다. 만약 그런 것이 있으면 엄청나게 빠를 것이라고들 이야기했는데 진짜 제트기를 처음 본 것이다. 그 처음 본 제트기가 바로 F-80이었다. 나중에는 우리 훈련기로 썼지만 그때만 해도 최신 기종이었다.

그때 제트기의 추격을 받던 북한기가 뚝섬 근방에 떨어졌다는 말을 들었다. 그 조종사를 잡아서 정보를 캐묻자 "무엇인가 캐내려고 하지 말라. 내 가족이 아직도 이북에 살고 있다. 그리고 이남에 있는 아무개에게 안부 전한다. 내가 여기 왔다 갔다고 전해다오"라고 한 다음 바로 숨졌다고 한다. 그 안부를 받은 조종사도 이북 출신이었고, 떨어져 죽은 조종사와는 일본에서 비행훈련을 같이 받은 동기생이었다. 민족의 비애이자 비극이었다.

북한은 벌써 자원을 모아 군을 만들고 모스크바에 파견해서 비행훈련을 시켜 우리보다 훨씬 성능이 뛰어난 비행기를 조종하고 있었고, 계급도 우리보다 높아 중좌인가 대좌까지 올라갔다고 들었다. 그들이 차근차근 전쟁 준비를 하는 동안 우리는 자원 파악도 채 안 됐었고, 미리 모인 사람들도 겨우 군대를 만들 준비를 하고 있는 단계였다.

6월 26일 밤에는 미아리고개 쪽에서 대구경 총포 소리가 들리기 시작했다. 우리에겐 그런 소리를 낼 만한 포가 없으니 적이 쏘는 포탄 소리였다. 아직도 라디오에서는 서울을 사수하겠다고 방송하고 있으나, 이미 정부는 6월 26일에 대전으로 옮겨갔다. 실질적인 정보를 입수할 수 없었던 우리는 그 사실도 모르고 라디오만 믿고 있었다.

이런 상황에서 바로 들려온 소식이 유엔의 참전이었다. 그 소식을 듣고는 잠시 안도할 수 있었다. 우리는 워낙 전쟁 준비가 안 되어 있어 비빌 언덕 자체가 없었던 것인데, 유엔의 참전으로 그나마 조금이라도 숨통이 트일 수 있을 것 같았다.

미군에서는 우리의 요청도 무시하고 비행기 보강을 해주지 않았는데, 전쟁이 터지자 바로 주일 미군이 가지고 있던 F-51D 머스탱 전폭기 열 대를 인도해주기로 결정했다. 그리고 그것을 인수할 10명의 조종사를 일본으로 파견해달라고 요청했다. 일본에 파견될 머스탱 조종사 10명을 서열 순으로 정했다. 그 결과 바로 내 앞에서 끝났다. 그들은 바로 머스탱 비행기 기종 전환훈련과 인수를 위해 일본으로 떠났다.

한국전쟁 당시 주일 미군에서 인계받은 F-51 머스탱기

수원을 거쳐 대전, 대구로 정처 없는 후퇴

6월 27일에는 여의도에서 수원으로 후퇴하라는 명령이 떨어졌다. 총장의 입장에서 보면 공군에는 필요한 자원도 부족하고, 장비나 물자도 워낙 없다 보니 걱정이었을 것이다. 그 얼마 안 되는 공군의 자원들도 이동시킬 차량이 없는 실정이었다. 결국 부대원들을 모아놓고 비전투요원은 귀가 조치를 시켜 고향에서 대기하도록 했다. 또 전투요원 중에서도 스스로 판단해 전투에 참여할 수 없는 사람들은 귀가시켰다. 워낙 부지불식간에 벌어진 전쟁이라 가족이 서울에 있다거나 필요에 의해서 전투에 참여하지 못하겠다면 제외시킨 것이다.

당시 상황이 모든 부대원을 데리고 다닐 만한 수송 능력도 없고, 병력 이동에 따른 보급 등 준비가 전혀 안 된 형편이었다. 그러니 우선 전투에 꼭 필요한 요원인 조종사, 정비사, 통신사 등만 추려 운영하자는 것이었다. 나는 집이 대구 근방이고, 또 두 달밖에 안 됐지만 국군장교의 신분으로 전쟁을 피해서는 안 된다는 생각에 전쟁에 참여하기로 했다.

그렇게 인원을 추리고 편성된 예산을 한국은행에 요청하여 현금으로 수령해 나누어줬다. 소위인 내가 수령한 금액은 18만 원이었다. 100원짜리 지폐 100장을 한 다발로 묶은 지폐 뭉치가 18개이니 들고 다니기도 불편했다.

돈을 수령한 다음 가지고 싶었던 손목시계를 하나 샀다. 내 손목시계가 다 되기도 했고, 초침이 커다랗게 보이는 손목시계가 처음 나올 때였다. 당시 월급이 1만 3천 원이었으며, 손목시계 값이 1만 원이니 평

한국전쟁 초기 전선으로 출격하는 L-4 연락기 편대

소 같으면 엄두도 못 낼 일이었지만 마침 큰돈이 생겨 선뜻 구입한 것이다.

나머지 돈을 대충 비행복 아래 위 호주머니에 한 다발씩 집어넣어 만약에 대비하고, 그래도 남는 돈은 새끼줄로 묶어 내 비행기 조종석 뒤에 매달았다. 그리고 정비사에게 필요하면 허락을 받고 가져다 쓰라고 했다.

전쟁이 본격적으로 시작되고 있었다. 한강 이북으로 귀가했던 사람들은 며칠 후 한강 철교가 끊어지는 바람에 따라오지 못하고 서울이 수복되기 전까지 숨어서 지내야만 했다. 게다가 그해따라 비가 잦았다. 전쟁이 시작된 6월 25일을 전후하여 잠시 맑고, 6월 말부터는 또 비가 추적추적 오기 시작하여 맑은 날을 찾기 어려웠다.

지상요원들은 장비를 기차에 싣고 대전으로 후퇴하였고, 조종사들은 비행기로 이동할 수 있으니 전투 상황을 좀 더 살펴보기로 했다. 나에게 배당된 L-4/5 비행기는 속칭 잠자리였는데 시속 60~70km로 요즘 자동차보다도 느렸다. 6월 27일 어둠이 내려오기 시작한 후 수원비행장으로 후퇴했으나 대책이 없었다.

일제시대에 쓰던 비행장은 주둔한 군인도 없고 그동안 활주로 정비가 안 되어 겨우 내리고 뜰 수 있을 정도로 엉망이었다. 먹을 곳도 잘 곳도 없었다. 활주로뿐만 아니라 피난 가는 사람들로 도로나 모든 시설들이 제자리를 찾지 못하고 몸살을 앓고 있었다. 6월 27일 밤을 수원에서 보내고도 막막했다.

날이 밝자 수원도 불안하니 일단 대전까지 내려가는 것이 좋겠다는 의견에 모두들 대전으로 떠나고, 나에게는 좀 더 정찰을 한 뒤 합류하라는 명령이 내려왔다. 북한강 일대를 정찰 비행한 뒤에도 육본정보장교들이 수원에 와서 이곳저곳 정찰을 부탁했다. 그들과 동행하기도 하고 좌석에 여유가 없을 경우에는 정비사와 둘이서 정찰을 하기도 하였으나, 도대체 어디로 얼마나 내려왔으며 지금 상황이 어떤지 구별을 할 수가 없을 정도로 피아가 뒤섞여 혼란스러웠다. 그렇게 정찰비행을 마친 후, 6월 28일 밤에 대전을 향해 떠났다.

그때 나는 전쟁이 시작된 뒤 첫 생사의 고비를 맞았다. 낡고 작은 프로펠러 정찰기 비행. 레이더는 물론 교신조차 안 되는 상황에서 문을 열고 아래를 내려다보며 불빛으로 위치를 짐작해야 하는데, 한전 시설의 파괴로 전기가 다 끊겨 지금 어디쯤 가고 있는지 감을 잡을 수가

한국전쟁 초기 직접 조종한 L-5 연락기

없었다. 비까지 내리고 있으니 더욱 시야가 확보되지 않았다. 믿을 만한
것은 나침반 하나뿐이었는데 그것도 제멋대로 돌아가 쉽게 방향을 가
늠할 수가 없었다. 온통 먹칠을 한 듯 캄캄한 어둠 속에서 어디가 산인
지 어디가 강인지 분간이 되지 않았다. 그야말로 속수무책, 산에 부딪
혀 죽거나 바닥에 떨어져 죽을 판이었다.

언뜻 생각하기에 그나마 희미하게 철로가 보이니, 그 철로만 따라가
면 대전역 근방까지는 갈 수 있겠구나 생각하고 철로를 주시하며 비행
했다. 그러나 그것도 잠시, 평택이나 오산쯤 오니 칠흑 같은 어둠에 철
로마저 안 보이는 것이다. 오른쪽 왼쪽으로 살피며 조심스럽게 비행하
고 있는데 아래서 번쩍번쩍하는 빛이 보였다.

모심기를 마친 농부들이 등불을 가지고 집에 가는데 비에 젖은 철
로가 반사되어 보이는 빛이었다. 농로가 좁으니 철길을 타고 집에 가는

길인 모양이었다. 겨우 그렇게 철길을 보며 비행을 하는데 얼마 안 가서는 그것마저도 보이지 않았다. 흡사 검은 바다 위에 버려진 낡은 배와 같은 처지였다.

그렇다고 고도를 낮추어 철로를 찾을 수도 없었다. 조치원을 지나서는 대전까지 산지로 이어지기 때문에 아차 하는 순간에 산에 부딪힐 수 있기 때문이다. 대략의 지형은 알고 있으니 고도를 유지하여 짐작으로 비행하고 있는데 멀리 허옇게 보이는 것이 있었다. 속으로는 저곳이 서해안의 어느 백사장이라면 불시착했다가 내일 밝으면 다시 떠나야겠다고 생각하고 접근하는데 뒤에서 정비사가 여긴 물이라고 하는 것이다. 그 소리를 듣고 다시 보니 백사장인줄 알았던 곳이 넓은 강폭의 물이었다. 비가 와서 금강의 물이 범람을 하고 그 물이 백사장으로 보인 것이다. 금강을 보며 이제는 살았구나 한숨이 나왔다. 이곳에서 오른쪽으로 가면 서해이고, 왼쪽으로 조금만 가면 바로 대전이 나올 테니 말이다.

조금 더 가다 보니 또 번쩍번쩍하며 철길에서 반사되는 불빛이 보였다. 대전역 철도원들이 서로 연락을 하느라고 표시하는 등불이 철길에 반사되어 보이는 것이다. 대전역을 찾았으니 이제 조금만 더 가면 바로 대전비행장이었다.

정찰 임무를 맡기고 먼저 대전에 도착한 동료들은 내가 날이 저물도록 대전에 나타나지 않아 걱정을 하고 있었단다. 그런데 비행기 소리가 나자 빈 드럼통에 불을 피워 활주로 표시를 해주었다. 다행히 그 빛을 따라 대전비행장에 내릴 수 있었다. 비록 착륙할 때 물구덩이에 빠져서 기체가 크게 흔들리고 프로펠러 하나를 못 쓰게 만들었지만 무사히 대전에 도착한 것만으로도 십년감수라 해야 했다.

먼저 온 동료들에게 "이 미련한 친구야, 조금 일찍 출발해서 해가 있을 때 와야지 이제 오면 어떻게 하느냐" 하며 핀잔을 들었지만, 내 생각에는 최소한 맡겨진 정찰 임무는 충실히 해야 한다는 의무감이 있었다.

수원에서 정찰할 때도 변변히 먹을 것을 챙기지 못했고, 대전에 오는 동안 너무 신경을 썼더니 피곤하고 허기져 견딜 수가 없었다. 내리자마자 바로 먹을 것을 찾았다. 그런데 동료들도 마땅히 먹을 것이 없어서 굶으면서 나를 기다렸다는 것이다.

대전 시내에 나가 먹을 것을 찾아보기로 하고, 피난 가는 허름한 트럭을 세워 매달리듯 양해를 구해 시내에 들어갔다. 전기가 끊어졌으니 대전 시내 점포들도 다 호롱불이나 촛불을 밝히고 있었다. 전쟁으로 다들 피난을 간 탓에 문을 연 가게도 적었다.

겨우 한 집을 찾아 들어갔지만 대뜸 이 전쟁 중에 밥을 사 먹는 사람이 어디 있으며 또 밥을 해서 파는 사람이 어디 있겠느냐고 핀잔만 들었다. 그래도 지금 배가 고프니 요기할 것이 필요하다고 사정하니까 쓰다가 남은 달걀이 있으니 그거라도 좋다면 삶아주겠단다. 배가 고픈 상황에서 더운밥 찬밥 가릴 형편이 아니었다. 돈을 새끼줄로 매달고 다녀도 배고픔을 해결해주지 못했다.

먹을 것 구하기가 그렇게 힘들었다. 저녁을 달걀로 때우고 다시 비행장으로 가야 했다. 상황이 어떻게 변할지 몰라 계속 대기할 수밖에 없었다. 밖의 상황은 피난민 행렬로 말이 아니었다. 모르는 사람들은 조금의 정보라도 더 얻기 위해 도시로 몰리고, 기차에 얹혀 대전까지 왔던 사람들도 더 이상 기차가 움직일 생각을 하지 않자 기다리다 지쳐 걸어갈 작정으로 보따리들을 들고 길에 쏟아져 나온 것이다.

육군본부도 대전에 내려와 있으면서 우리에게 자주 정찰비행을 해 달라고 했다. 세세한 정황을 파악하기 힘드니 일단 공중에서라도 살펴보고자 함이었다. 한번은 정찰 비행을 나갔다가 오산과 평택 근방에서 적의 총탄 세례를 받아 혼비백산 돌아온 적도 있었다. 당시 비행기는 구식 프로펠러 비행기여서 엔진, 연료통 등 중요한 부분만 조심하면 괜찮았다. 날개나 몸통은 명주천으로 만들어 색을 칠한 것이니 총탄에 맞아도 구멍이 나거나 조금 찢어질 뿐이었다.

한국전쟁 당시의 공군 조종사들(앞줄 오른쪽에서 두 번째)

그렇게 대전에서 지내고 있는데 7월 초가 되면서 금강 방어선이 무너져 육군본부가 대구로 옮겨간다고 했다. 우리도 대구 기지로 옮기기로 하고 대구 동촌비행장에 가보니 이미 우리가 들어갈 자리가 없었다. 그곳은 참전한 미 공군이 쓰고 있었다. 미군 전투기와 폭격기, 수송기 그리고 각종 보급 차량과 장비들이 바쁘게 움직이고 있었다. 그들이 보기에는 달랑 장난감 같은 비행기 몇 대를 가지고 대한민국 공군이라고 하니 얼마나 한심했을까. 동촌비행장에 내리긴 했는데 거치적거리지 않게 자리를 피해줘야 하는 신세였다. 결국 조금 떨어져 있는 경마장을 임시 비행장으로 쓰기로 하고 그곳으로 옮겨갔다.

잠자리는 후배에게 내주고 애국기를 타다

대구에 도착해서 임무교대가 이루어졌다. 전쟁 전부터 모집해 교육해온 후배들이 이제 뜨고 내릴 줄 아니 정찰은 그들에게 맡기고 진해로 내려가 고급 기종의 교육을 받고 본격적으로 전쟁에 뛰어들 준비를 하라는 것이다.

나는 머스탱 훈련을 받고 싶었지만 병참 등 준비가 안 되었다는 이유로 헌납 애국기인 AT-6를 배정받아 비행훈련을 시작했다. 예전에 AT-6보다 더 성능이 뛰어난 비행기도 조종했던 나에게 그 기종을 익히는 것은 아주 쉬웠다. 한두 번 시험비행을 마치고 익숙해지자 바로 단독임무가 주어졌다.

당시 경상도 쪽은 내려오는 적군을 필사의 저지선을 형성해 막아내고 후퇴하고 또 막고를 반복하며 어느 정도 저지가 되고 있었지만, 전라도 쪽은 그야말로 파죽지세였다. 경상도 쪽 막기에도 숨이 차 나머지를 돌볼 여유가 없었던 탓에 저항다운 저항을 해보지도 못하고 서해안 전체를 내주었다. 진주, 사천 부근까지 적군이 밀려왔으니 전라도 지방이 어찌되었는지 살펴보라는 임무였다. 하늘에서 낮게 내려다보면 지상이 훤히 보이는 곳곳에 인공기가 펄럭이고 있었다.

매일 전라도 지방을 돌며 전황을 살피고 있는데, 다시 대구로 올라오라고 했다. 미군이 참전하여 도와주는 것은 좋았지만 말도 안 통하고 합동작전이라는 것을 해본 적이 없으니 그야말로 손발이 따로 노는 격이었다. 대구 동촌비행장은 그런 미 공군이 차지하고 있어 들어갈 엄두도 내지 못하고, 영천비행장에서 다시 정찰비행을 시작했다.

본거지는 진해에 두고 밤에는 잠만 자러 돌아갔다. 날이 밝으면 영천에서 대기 중인 정보장교들을 태우고 포항, 왜관, 안동과 낙동강 일대 등을 다녔다. 낙후된 비행기와 미숙한 조종으로 적군에게 피격당하면 아무것도 모르고 뒤에 앉아 있는 정찰장교에게 미안한 생각이 들었다. 그 무렵 우리 비행단장이 시흥 상공에서 피격되어 전사하는 사건이 있었다.

서해안 쪽은 여수, 순천, 통영까지 빼앗기고 동해안에서도 밀리다가 포항에서 겨우 막았는데, 이 전투는 특히 학도병들이 목숨을 던져 막은 것이었다. 당시 행정력의 마비로 전선에 충원할 병력을 모을 방법이 없자 대구나 부산의 한 거리를 헌병과 경찰이 앞뒤에서 막고 그 속에 있는 젊은이는 모두 차에 태워 전장에 내보내는 상황이었다. 지금 관점으로는 인권이다 뭐다 해서 말도 안 되는 소리 같지만, 풍전등화의 국가 위기 앞에서 별다른 방법이 없었다.

1950년, 동족상잔의 비극 속에서 날씨도 최악이었다. 여름에는 주룩주룩 끊임없이 비가 내렸고, 겨울에는 살을 에는 추위에 떨어야 했다. 비가 오는 가운데 정찰을 나가보면 낙동강 물이 범람하여 논밭은 다 침수됐고, 미처 홍수를 피하지 못해 죽었는지 물에 불어 배가 산처럼 탱탱한 소가 수십 마리씩 떠내려갔다. 소뿐만이 아니라 사람 시체도 퉁퉁 불어 온 강물을 뒤덮고 있으니 그것들을 밟고 그 넓은 강을 건너도 될 정도였다.

전세는 더욱 어려워졌다. 적군들이 마산까지 근접하고 있었다. 이제 남은 곳이라곤 대구와 부산을 잇는 지역과 동쪽으로는 포항, 서쪽으로는 마산이 전부였다. 우리는 대략 낙동강을 사이에 두고 배수진을 치고 더 이상 물러날 곳도 없는 형편이었다. 낙동강 북쪽에서는 적군들이 힘을 모으고 있었다. 그들도 너무 빨리 오느라고 병참이 채 뒤를 대주지 못하자 잠시 숨을 고르며 마지막 공격을 준비하고 있었다.

대구 뒤에 있는 팔공산에도 인민군 게릴라가 침투하여 박격포를 쏘아대 대구 시내에 그 포탄이 떨어지기도 하는 시급한 상황이었다. 만약 낙동강 전선이 뚫리면 부산까지 무너지는 것은 시간문제이니 더 이상 후퇴할 곳도 없고 망명해야 하는 것 아니냐며 모두들 심각했다.

치열했던 다부동 전투와 융단폭격

그때 가장 많이 정찰한 곳 중 하나가 '다부동'이다. 다부동 언덕 위에서 보면 대구 북쪽 시내가 보였다. 다부동을 빼앗기면 곧 대구를 내주어야 한다는 말이었다. 그것은 모두 포기하고 전쟁에 지는 것이나 다름없었다. 우리도 절대 양보할 수 없는 곳이었다. 그러니 막으려는 사람과 빼앗으려는 사람 모두 치열했다. 이곳 전투에서 피아를 불문하고 엄청난 희생자가 생겼다. 오죽하면 육군 고참들은 다부동이라는 지명을 꺼내는 것조차 싫어했을까.

피를 말리는 싸움 끝에 어쨌든 다부동에서 적군을 막고 대구를 사수했다. 그러자 약간의 소강상태가 이루어졌다. 이제까지와 다른 적극적인 저항에 적군은 힘을 모아 한 번에 무너뜨리기 위해 전열을 정비하고 있었다.

그렇게 적군이 힘을 모으고 공격을 하기 직전 미군의 폭격기가 왜관 북쪽 강변에 융단폭격을 가했다. 그곳에 운집해 있던 몇 십만의 적 지상군과 물자 모두가 산산조각 났다. 그것으로 한국전쟁 중 가장 위중한 고비를 넘기고 전세의 흐름이 바뀌었다. 그런 직후 인천에서의 상륙작전이 펼쳐지고 적군은 허리가 잘려 두 조각으로 나뉘어졌다.

이제 전황이 역전되어 중부지역에 있던 인민군들은 밀리는 대로 북쪽으로 후퇴했다. 그 와중에 전라도 깊숙이 내려와 고립되는 바람에 미처 북으로 돌아가지 못한 인민군들이 최후의 방법으로 지리산에 모여 만든 것이 바로 이른바 남부군이며 빨치산 투쟁이었다. 포항 쪽으로 내려왔던 적군들도 백두대간을 타고 북으로 철수했다.

06

서울 수복 후 평양까지

서울이 수복될 때까지 공군과 육군본부는 대구에 머물고 있었다. 서울은 이제 막 수복하여 아직 전투 중이니 올라갈 형편이 아니었다. 인천 상륙작전이 성공했다는 소식을 진해에서 듣고 있는데 곧장 대구로 올라오라는 명령이다. 대구 앞산비행장에 도착하자 김포로 가라는 명령이 다시 내려왔다. 인천에 상륙한 미 지상군이 오늘 서울에 진입하니 미국 국무성 요원을 태우고 김포로 가라는 것이다.

거기에 조건이 있었다. 김포에 아직 아무도 내리지 않았으니 상황을 잘 보고 내릴 수 있으면 내리라는 것이다. 김포의 미군들에게 연락은 해놓았는데, 상황을 정확히 파악할 수 없어 착륙에 관한 것은 알아서 판단하라고 했다.

국무성 요원을 태우고 김포비행장에 올라와 빙빙 선회비행을 하는데 한쪽에서는 여전히 전투가 벌어지고 있고, 한쪽에서는 미군들이 활주로를 정리하고 있었다. 일단은 안전할 것 같아서 착륙했다. 그렇게 전쟁 중에 김포비행장을 수복하고 처음으로 착륙하는 작은 영광을 누리기도 했다.

국무성 요원이 지프차를 타고 같이 서울 시내에 가자고 했다. 시내에 들어오다 보니 한강에 있던 유일한 다리인 제1한강교는 끊어져 있었다. 그 옆으로 겨우 지프차 하나가 지나갈 수 있는 임시 부교가 가설되어 있고, 또 다른 부교를 놓는 중이었다. 그 다리를 건너 용산으로 진입하자 국무성 요원이 중앙청으로 가자는 것이다.

겨우 손짓 발짓을 하며 서울역을 지나 남대문을 거쳐 시청 쪽으로 가는데 시청 부근에서 연기가 나고 있었다. 위험해서 접근할 수가 없었다. 명동 쪽으로 돌아 종각사거리에 오니 화신백화점 지하에 거꾸로 처박힌 채 죽은 시체가 가득했다. 아마 인민군들이 후퇴하면서 처형을 하고 도주한 것이리라.

중앙청도 미 해병대가 수복했다지만 어두컴컴한 곳에서 언제 인민군들이 튀어나올지 모르는 상황이었다. 국무성 요원은 자신이 맡은 일을 하기 위해 중앙청으로 들어가고 나는 미군들과 함께 지프차에 앉아 있었다. 그때 아는 얼굴이 찾아왔다. 전쟁이 나고 수원으로 이동하기 직전에 서울에 계신 부모님을 뵙겠다고 집에 갔던 동료였다. 한강 다리가 끊기자 남쪽으로 내려오지 못하고 지금까지 3개월을 적군의 눈을 피해 땅굴 속에서 살았다는 것이다. 그렇게 서울에서 시간을 보내고 오후 늦게야 국무성 요원과 함께 대구로 돌아갈 수 있었다.

●

조국을 위한 비상

대구에 내리자 진해에 가지 말고 그대로 대구에 있으라고 했다. 그 때부터 상황이 묘해졌다. 당시 정부는 부산에 있었는데 그곳까지 비행기를 타고 국방장관이나 고관들을 모시고 다녀야 했기 때문이다. 도로 정비도 안 되고 시간도 오래 걸리니 공군이 나선 것도 이해하지만 전투기 조종사가 본연의 임무는 내버리고 연락병이 된 기분이었다.

그렇게 초기 공군 시절, 전투비행기도 없던 상황에서 전쟁을 맞아 정찰비행을 주로 하며 지냈다. 다부동이나 포항 등을 갔다 오다가도 영천 금호의 고향 근방을 지날 때면 항상 고향집을 보며 무사하기를 빌고 지냈다. 나중에 들은 이야기지만 전쟁 전에 내가 가르치던 아이들이 비행기가 지나가는 것을 보면 "권 선생님 왔다"며 그렇게 좋아했다고 한다.

정작 집에는 그런 것들이 피해로 돌아왔다. 제5열의 암살 목표가 국군 장교, 경찰이었으니 가족들은 집이나 친정에 있지 못하고 알려지지 않은 먼 친척집을 전전긍긍해야 했다. 전쟁 직전에 낳은 큰 아이가 겨우 돌이 되었을 때인데 그 갓난애를 업고 피해 다니느라 고초가 얼마나 심했겠는가.

그래도 한편으로 안도가 되었다. 고향이 인민군에게 점령을 당한 것도 아니고 아직은 일가친척이 많이 있으니 어떻게든 우리 가족을 돌봐주지 않겠나 하는 생각이었다. 내 처신만 잘한다면 큰 문제가 될 것이 없었다. 하지만 서울에 가족을 둔 동료들은 그렇지 못했다. 부모나 가족의 생사는 물론 현재의 상황을 알 수가 없어 불안하고 초조해했다. 담배를 피우거나 술을 마시면서 그 불안감을 지우려고 노력하는 모습을 많이 봤다.

모든 전쟁이 다 고통스러운 것이지만, 특히 내전이 주는 고통은 말할 수 없이 크다. 동족끼리 벌이는 전쟁이라는 것은 더할 수 없이 비참했다. 갑작스런 상황의 변화로 병든 노모를 모시지 못해 괴로워하는 동료들, 가족이 적지에 남아 자기 때문에 고통 받는 것을 알면서도 어쩔 도리가 없는 그 괴로움은 참기 힘든 것이다. 내전, 동족 간의 전쟁은 그렇게 모든 사람의 삶을 비참하게 만들었다.

서울이 수복되어 어느 정도 정리가 되고 계속 북진을 해 38선을 돌파하자 육군본부도 돌아오고 공군본부도 여의도로 돌아왔다. 남들이 보기에는 보잘 것 없었을지 몰라도 우리는 그 장난감 같은 장비를 가지고 목숨을 걸었다. 우리 싸움이고 우리 국토에서 난 전쟁이기 때문에 승리를 위해서 목숨까지도 초개처럼 버릴 각오가 되어 있었다.

서울에 올라와 여의도에 있으면서 서열 순으로 F-51 머스탱기 전환교육을 받았다. 10월에는 중위로 진급했다. 유엔군이 벌써 평양 근처까지 올라가 입성하기 직전이라는 소문이 돌았다. 이번에도 국무성 요원을 태워 평양에 다녀오라는 명령이 내려왔다.

평양에 같이 간 요원은 서울에 왔던 요원이 아니었다. 그때는 미군들과의 대화에도 요령이 생겨 주머니에 영한사전과 한영사전을 넣고 다니며 대화를 할 땐 사전을 펼쳐놓고 서로 필요한 단어들을 가리키며 소통하는 정도가 되었다. 그런 식으로 영어 단어를 하나씩 외워가는 도중에 평양을 가라는 것이다.

F-51 머스탱기의 편대비행

평양 미림비행장은 아직 정리 중이라고 해서 떠날 준비를 하고 기다 렸다. 얼마 뒤 미군에서 평양에 가도 좋다는 연락이 왔다. 그런데 백선 이 그어진 곳에서만 행동을 하라는 것이다. 그 외 지역에는 지뢰가 있 을 가능성이 있다고 했다. 주의사항을 듣고 평양 미림비행장으로 향하 는데 공중에서 보니 대동강을 사이에 두고 인민군과 유엔군이 교전을 하고 있었다. 미림비행장에는 좁은 폭으로 백선이 그어져 있었고 무사 히 착륙할 수 있었다. 폭이 좁았는데도 정확히 그 선 안에 내리자 국무 성 요원은 엄지손가락을 치켜세우며 최고라고 했다. 지프차 한 대를 마 련해 평양 시내로 들어갔다.

평양으로 가기 전에 지시사항이 있었다. 만약 평양 시내에 들어갈 기 회가 있으면 김일성대학 근처에 우리 공군기가 하나 추락하여 조종사가 사망했으니 혹시 유품이 있나 찾아보고 챙겨오라는 것이다. 마침 국무성 요원이 먼저 평양 시내에 같이 가자고 해주어서 나로서는 반가울 뿐이었다.

이곳저곳을 들리더니 나중에는 김일성대학으로 가자고 했다. 숨길 것도 없이 그 국무성 요원에게 우리 동료가 이곳에서 격추되었는데 한 번 둘러봤으면 좋겠다고 말하니 그 요원도 흔쾌히 그렇게 하라고 했다. 김일성대학에는 교정에 구호가 요란스럽게 걸려 있었고, 적군이 남기고 간 중요한 서류들을 미리 챙겨가지고 기다리는 미군들도 있었다. 요원은 자신의 임무를 수행하고, 나는 동료가 격추된 곳을 찾았다.

그곳에는 비행기 잔해가 아직 남아 있었다. 비행기가 떨어지는 것을 목격한 사람들이 있느냐고 수소문하니 목격한 주민들이 나와서 언제 어떻게 공격을 받고 떨어졌다는 증언을 해주었다. 제대로 된 동료의 시신은 찾을 길 없고 겨우 발목 하나만 남아 있었다. 그리고 금붙이가 조금 나왔다. 조종사들이 적진에 떨어지는 등 만약을 대비하여 어디서나 쉽게 쓸 수 있는 금붙이를 많이 가지고 다니는데 불에 타 녹아내린 금붙이가 조금 발견된 것이다. 결국 발목 하나와 금붙이 조금이 그 동료가 남기고 간 것의 전부였다.

국무성 요원이 일이 많다고 해서 결국 그날 내려올 수 없었다. 저녁에 그곳에서 머물기로 하고 육군의 사단본부로 쓰는 건물을 찾아갔다. 그런 부대에는 통역장교도 있으니 정보를 수집하기 좋아서 찾아간 것이다. 그곳에서 저녁식사를 하는데 밥과 단무지, 김치 한 조각, 그리고 돼짓국이라고 하는데 검은 기름이 둥둥 떠 있는 국물을 조금 부어주는 것이다. 도저히 비위가 상해서 국은 쳐다보지도 않고 밥과 단무지만 조금 먹고 있는데, 그 요원이 슬슬 옆으로 와서는 놀리는 것이다. 무슨 한국 사람이 그런 국도 못 먹느냐는 것이다. 과연 그 요원은 얼굴색 하나 변하지 않고 그 국을 훌훌 마시는 것이었다.

나중에 미국에 교육을 받으러 가서 미국 사람들에게 그 이야기를 하자 "그 친구들은 생존훈련을 받아 어디에 내놔도 죽지 않을 사람들인데 그들과 같이 행동할 수는 없다"고 고개를 흔드는 것이다.

평양에서는 진짜 탄복할 수밖에 없었다. 한국 사람들도 먹기 어려운 그런 음식을 눈 깜박 안 하고 해치우다니, 한편으로는 내가 부끄럽기도 했다. 평양에 갔을 때도 한쪽에서는 여전히 전투 중이었다. 총소리가 들리고 저쪽 길 건너편으로는 되도록 가지 말라는 주의도 들었다. 그렇게 평양에서 하루를 보내고 그다음 날에는 다시 서울로 왔다. 그리고 유가족에게 연락하여 수습해온 전사한 동료의 유품을 전달했다.

미림비행장으로 기지를 옮기다

북쪽에서 한창 밀고 당기는 전쟁을 할 때 미군 고문관들이 찾아와서 머스탱 훈련을 제안했다. 전쟁이 터진 후 바로 주일미군이 가지고 있던 머스탱 10기를 가지고 왔으나 정작 비행은 주로 고문관들이 했다. 하늘을 나는 것은 얼마든지 우리도 할 수 있지만, 공중에 올라가면 지상과 교신을 모두 영어로 해야 하니 방법이 없었다. 비상시스템에서 위급할 때 말이 안 통하면 조치를 취할 수 없어 주로 미군 고문관들이 비행을 한 것이다. 그래서 고문관이 앞서가면 우리는 뒤에 따라다니며 배우는 정도였다.

나중에 들은 말이지만 북한도 마찬가지였다. 개량된 소련비행기를 얻기는 했으나 여러 가지 부족한 점이 많아 소련군 조종사들이 앞에 서면 북한 조종사들은 뒤에 따라다니는 정도였던 것이다. 결국 강대국의 틈바구니에서 대리전쟁을 치르느라 우리의 희생만 컸던 것이다.

그렇게 지상훈련을 포함하여 머스탱 전환교육을 받는데, 하루는 전투요원 모두 평양 미림비행장으로 올라가라는 명령이 내려왔다. 본격적인 전투에 참여하라는 신호였다. 당시 총장 입장에서는 그럴 수밖에 없었다. 전쟁 후에라도 인정을 받고 공군을 키우기 위해서는 우리가 적극 나서서 무공도 세우고 전과를 보여줘야 지원을 받을 수 있었던 상황이었기 때문이다. 가난하고 어려운 나라의 딱한 처지라고 할까. 미국은 전시에 한국 육군을 키우는 것은 상대적으로 미국 청년들의 희생을 줄일 수 있어서 적극적이었으나, 한국 공군의 확장은 비용이 너무 많이 소요되어 꺼리고 있었다.

그렇게 평양으로 올라갔다. 나는 한 번 가봤으니 앞장서서 미림비행장에 내렸다. 그때까지만 해도 우리는 완전히 통일이 된 줄 알고 그곳에서 자리를 잡겠다는 마음이었다. 부대가 제대로 활동을 하려면 비행기만 간다고 되는 것이 아니다. 정비, 통신, 보급이 따라와서 같이 돌아갈 때 비로소 기지가 구축되는 것으로, 그러기 위해서는 상당한 시간이 필요했다.

우선 지상요원 몇 명과 달랑 비행기만 올라갔다. 초겨울에 접어들어 날씨는 쌀쌀해지는데, 평양에 가서도 별로 할 일이 없었다. 아직 기지가 구축되지 않았으니 출격을 할 수도 없고 글자 그대로 대기 상태였다. 낮에는 기지에서 근무하고 밤에는 평양의 명동 비슷한 번화가에 가서 술을 한잔씩 하며 지냈다. 그런데 기지를 구축하기도 전에 갑자기 후퇴 명령이 내려졌다. 중공군의 인해전술에 당해 어찌해볼 도리도 없이 다시 밀리기 시작한 것이다.

비행기는 이미 다른 동료들이 가지고 내려가고 나와 몇몇은 버스를 구해 후퇴 길에 올랐다. 조종사들이라 운전이 가능했기에 교대로 직접 운전을 하며 후퇴하는 것이다. 길이 좋지 않아서 덜컹거리기는 했으나 그래도 무사히 서울까지 내려올 수 있었다.

제주도에서 머스탱 전환훈련

여의도에 도착은 했으나 이미 미군이 공군 기지로 사용하고 있었다. 어차피 그들이 주력 부대고 우리는 보조 역할이나 하니 일부러 거치적거릴 필요는 없었다. 한군데 정착하지 못하고 이곳저곳으로 옮겨 다니던 중, 이런 상황에서 교육도 제대로 못하고 또 주력으로 전투에 참여하는 것도 아니라면, 머스탱 전환교육을 본격적으로 시키고 훗날에 대비하자는 의견이 나왔다. 바로 제주도로 가라는 명령이 났고, 미군에서 제공하는 수송기 편으로 제주도로 향했다.

그곳에서 머스탱 전환훈련이 시작되었다. 전투기가 많지 않아서 일단 머스탱에 적응을 하고 두 사람씩 번갈아가며 여의도 전진 기지에 와서 고문관들과 출격하며 훈련을 받았다.

하루는 내 차례가 끝나고 황해도 안악 출신의 동료와 교대를 하였다. 마침 황해도 쪽으로 출격을 나갈 기회여서 오늘은 고향을 둘러볼 것이라고 좋아했는데, 그만 출격을 나갔다가 전사하고 말았다. 안악에서 탄광사업을 했던 집 아들로 춤을 좋아했던 멋쟁이였다. 전쟁을 하면서도 항상 댄스곡을 틀어놓고 즐기곤 했었는데 그만 고향 근처에서 전사한 것이다. 결국 그 친구의 유해는 찾지 못했다.

제주에서 F-51 전폭기 훈련을 받았다(가운뎃줄 왼쪽에서 세 번째)

훈련이 어느 정도 이루어지자 일부 인원은 여의도로 옮겨 김포를 미군이 쓰고 여의도는 우리가 사용했다. 그렇게 여의도를 기지로 사용하고 있는데, 미군으로부터 김포 기지만으로는 부족하다며 여의도를 비워줬으면 좋겠다는 요청이 왔다.

그래서 이번에는 기지를 사천으로 옮겼다. 사천에서는 마음대로 부대를 운영해도 좋다고 했고, 미 고문관들과 제주도에 있던 인원들도 다 사천으로 모였다. 이제 사천이 훈련과 전투 출격의 주기지가 된 것이다. 이미 전방은 38선을 최후의 방어선으로 삼고 교착 상태에 들어갔다. 우리는 사천에 머물면서 주로 후방에서 벌어지는 일들을 지원하는 임무를 맡았다.

북으로 가지 못한 인민군들이 남부군이라는 이름으로 지리산 뱀사골과 피아골 등을 주 무대로 유격전을 펼치고 있었다. 지리산은 골이 깊어 지상군만으로 전투하기엔 무척 힘든 산이다. 그래서 우리에게 도움 요청이 자주 들어왔다. 계곡이나 산등성이에 있는 적들을 잡아달라는 것이다. 그렇게 후방 지원 작전을 펼치며 1951년 7월 1일에는 대위로 진급했다.

그날도 출격 요청을 받고 지리산에 갔다가 돌아오는데 김영환 장군이 적군의 총탄에 맞고 추락하고 말았다. 김 장군은 다행히 섬진강변에 불시착하여 생명에는 지장이 없었다. 그런데 도저히 내가 타는 머스탱 전투기로는 내려갈 수 있는 곳이 아니었다. 결국 동료들은 공중에서 선회비행을 하며 김 장군을 지키고 나는 서둘러 사천 기지로 가서 다른 비행기를 가져오기로 했다.

사천에 도착해보니 그 많던 경비행기가 한 대도 없었다. 모두 영천기지에 가 있다는 것이다. 사천 기지에 있는 제일 가벼운 비행기로 고등훈련기 T-6가 있었으나 마력이나 활주로 길이로 봐서는 섬진강변에 내렸다가 다시 뜨기엔 불가능에 가까웠다. 그렇다고 영천까지 갔다 오기에는 시간이 없었다.

해가 지고 인민군이 활개를 치면 목숨을 보장받지 못한다. 동료들끼리 왈가왈부 말이 많았지만 다른 방법이 없었다. 마지막 수단으로 만약 구출에 실패하면 둘이 육로로 탈출할 수 있게 경찰과 육군 부대에 미리 협조를 부탁해달라고 하고 T-6에 올랐다.

섬진강변에는 도저히 내릴 수가 없어 간신히 인근 남원의 한 도로에 착륙을 시켜놓고 김 장군을 찾아 T-6가 있는 곳으로 데리고 왔다. 김 장군은 정착된 비행기를 보자마자 첫 마디가 "되겠냐"는 것이었다. "되든 안 되든 무리를 해서라도 시도는 해봐야지 다른 방법이 없다"고 했더니 김 장군은 "난 몰라, 알아서 해"라고 할 뿐이었다.

아무리 봐도 도로의 길이가 비행기가 뜨기에는 짧았다. 주위에 있던 경찰들의 도움으로 도로 끝의 빈터에 가마니를 덮고 물을 뿌려 활주로 길이를 한 10여 미터 길게 했다. 그 너머는 바로 절벽이었다. 주위에 있는 나뭇가지도 치우고 앞에 보이는 나무의 위쪽 가지들을 베어내 장애물을 제거했다.

이제 여기서 할 수 있는 준비는 모두 마쳤으니 나머지는 운에 맡길 수밖에 없었다. 김 장군에게 "같이 가시죠" 했더니 "자네같이 낙천적인 사람은 처음 봤어. 경상도 사람들이 대체로 좀 그런데" 하며 놀려댔다. "어쨌든 타십시오" 하니까 "아무래도 자신 없는 것 같은데 혼자 가면 어때"라며 혼자라도 갈 것을 종용했다. "그러면 내가 남을 테니 혼자 타고 가세요" 했더니 "나는 T-6 못하잖아"라며 손사래를 쳤다. "그러면 일단 갑시다. 떨어지면 같이 가는 것이고 할 수 없죠." 마지막으로 비행기를 최대한 가볍게 하기 위해 무거운 물건을 정리했다.

규정에는 이륙 시 비행기 날개에서 발생하는 양력을 증대시켜주는 플랩을 20도 이상 내릴 수 없는데 도저히 안 되니 30도로 조정했다. 20도로는 시도할 가치조차 없었다. 30도로 했다가 못 떠오르고 넘어지면 같이 가는 수밖에 없는 상황이었다. "플랩을 30도로 합니다"라고 했더니 김 장군은 "그래도 괜찮겠느냐"고 했다. "안 되면 같이 가는 것이지요"라고 대답했더니 허허 웃고 말았다.

그렇게 플랩을 30도까지 내리고 엔진을 최대한 올려 비행을 시도했다. 어차피 살고 죽고는 정해진 것인데 최선을 다하면 그만이지 하는 심정이었다. 옆으로 나뭇가지가 비행기에 스치면서 지나가는데 아슬아슬했다. 겨우겨우 힘겹게 고비를 넘기며 이륙에 성공했다. 사천에 무사히 내린 김 장군은 "비행기 옆으로 나뭇가지가 스쳐 가는데 죽는 줄 알았어" 하며 그 순간을 떠올렸다.

강릉에 비행전대가 생기다

우리 공군은 사천에 있다가 실력을 인정받아 1951년 9월, 강릉에 첫 독자적인 전투 기지가 생겼다. 이제 사천은 모기지 겸 훈련 기지가 되었고, 나는 강릉비행전대에서 생활하게 되었다.

우리가 강릉 기지에 비행전대를 만든 직후에 미국 해병항공대가 들어와 활주로 한쪽은 우리가 쓰고 다른 한쪽은 그들이 쓰는 동거생활을 했다. 물론 총장 이하 고급 간부들이 있었으나 강릉에 있던 비행전대 조종사 수는 20명이 채 안 되었다. 그것이 우리가 보유한 전투력의 전부였다. 초대 전대장은 김영환 장군이 맡았고 우리는 정말 최선을 다해서 싸웠다.

비행전대 하나가 중요한 것이 아니었다. 전체의 전력은 각 개인에게

강릉에 처음 생긴 우리 공군의 전투비행전대(앞줄 왼쪽에서 다섯 번째)

임무가 부여되고, 그 임무가 완수되었을 때 드러난다. 그 임무를 부여받는 객체 중 하나로 우리 공군이 능력을 인정받아 낄 수 있었다는 것이 중요하고 값진 것이었다.

여기서도 미 고문관들의 역할이 컸다. 평소에는 국적이나 인종에 따른 차별이 있을지 몰라도 전쟁에서는 그런 것이 존재하지 않았다. 살고 죽는 문제이니 그런 사소한 것들은 초월하는 것이다. 고문관들은 미군 해병항공단의 지원을 받아가며, 우리를 바로 옆에서 밀착 지원했다. 우리가 출격하면 한 명씩은 반드시 함께 출격하여 어려움을 해결해주었다.

우리가 주로 출격한 곳은 평양, 진남포, 원산, 함흥 그리고 중부전선 쪽이었다. 우리의 주력기는 머스탱으로 대부분 지상공격에 주력했다. 당시 전세는 거의 고착상태였는데 유독 심하게 전투가 벌어진 곳이 금화지역이었다. 그러나 그런 곳은 아군과 적군이 너무 근접해 있어 공중에서 지원을 할 수 없었다. 대신에 보급이라든가 적군의 후방 지원을 차단하는 데 중점을 두고 작전을 펼쳤다.

작전을 펼친 곳 중에서 제일 기억에 남는 곳이 신고산 지역이다. 아침 브리핑에서 오늘 타깃이 신고산이라고 하면 오늘 누가 또 가는 것은 아닌가 하는 걱정을 하곤 했다. 신고산은 원산에서 백두대간이 내려오는 곳으로 원산평야 절벽에 붙은 계곡이었다. 이쪽에서 출격하면 그 계곡을 지나 산 반대편으로 나가게 되어 있는 구조였다. 그 신고산 계곡 밑에 터널이 있었다. 북한의 모든 물자들이 대부분 이 터널에 있다가 저녁이면 각지로 흩어지는데, 그곳을 공격하려면 계곡 밖에서는 불가능하고 그 안으로 들어가야 했다. 계곡으로 들어갈 때 양쪽 언덕에서 집중 사격을 당하면 위험할 수밖에 없었다. 그래서 신고산 출격은 부담이었다.

신고산 출격이 있는 날이면 불안한 마음에 별것 아니지만 점을 치게된다. 라이터가 없는 대신 성냥을 썼는데, 성냥개비 하나로 불을 붙이면 잘 꺼지니까 일부러 두 개를 잡고 불을 붙였다. 하나로 불을 켜다 꺼지면 기분이 좋지 않았기 때문이다. 또 동전을 던져 자기가 원하는 면이 나오는지 본다든가, 낙하산을 메고 출격을 나갈 때 보이는 돌을 세며 기수와 우수 등으로 운수를 헤아려보는 것이다. 그 점괘가 자신이 원했던 대로 나오면 오늘은 총에 안 맞을 것이다 안심하고 더 용감하게 저공비행도 할 수 있었다. 반대로 자신이 원하지 않는 결과가 나오면 불안한 마음에 꼭 사고를 당할 것 같은 기분이 들어 시킨 임무만 수행하고 얼른 빠져나오곤 했다. 그런 것이 어쩔 수 없는 인간의 심리였다. 그렇게 매일매일을 자신의 제삿날인지 점치며 보내야 했던 시절이었다.

예전에 대구에 본부를 두고 여의도를 거쳐 전선에 출격할 당시 총장이었던 김정렬 장군은 꼭 자신의 방에 들렀다 가라고 했다. 출격 인사를 가면 준비해두었던 담배와 약간의 돈을 봉투에 넣어주며 몸조심하라고 격려해주기 위해서였다. 몇 명 안 되는 후배 겸 부하 조종사들을 아끼는 마음이 남달랐다.

하루는 4명이 출격을 하게 되었는데 저녁시간에 총장을 만나기에는 늦은 바람에 내일 아침에 뵙기로 하고 나오는데 그중 한 명이 약전골목으로 손금을 보러 가자고 했다. 먼 친척 되는 사람이 그곳에 있는데 동경제대(지금의 도쿄대) 철학과를 다니던 사람으로 지문법을 위주로 손금을 보니 한번 가자는 것이다.

물어물어 그 집을 찾아갔다. 손금을 본다는 그분이 한 친구를 보고 당신은 하고 싶은 대로 하라고 했다. 나에게도 같은 말을 하면서 죽을 일은 없지만 상관과는 싸우지 말라는 것이다. 또 다른 친구는 보더니 말해주기가 거북하다고 말을 아꼈다. 그 친구는 손금이 좋으면 좋은 대로 나쁘면 나쁜 대로 말을 해줘야지 조심할 것 아니냐며 듣기를 원했다. 손금 보는 사람은 그 친구에게 오늘 내일이 위험할 것 같으니 지금 무엇을 하고 있는지 모르지만 하는 일을 그만두라는 것이다. 그 친구는 내가 비행기 조종사인데 그것을 그만두라고 하면 무엇을 하느냐며 다른 방도를 물었다. 하지만 그 사람은 자신으로서는 다른 방도가 없으니 매사에 조심하라고만 했다. 나머지 한 친구에게도 괜찮다며 하고 싶은 대로 해도 탈이 없을 거라고 했다.

그곳에서 나와 저녁에 맥주를 한 잔 마시는데 안 좋은 소리를 들은 친구는 기분이 별로였다. 괜히 그런 곳을 가자고 해서 기분만 나빠졌다고 툴툴거렸다. 그런 일이 있고 일주일이 채 되기도 전에 그 친구에게 사고가 닥쳤다. 우리는 전투기 조종사로 출격을 하고 그 친구는 사천에서 비행교관을 하는데 비행 도중에 추락하여 활주로 근처 논에 떨어져 즉사한 것이다. 떨어질 때의 충격으로 논바닥을 2미터나 뚫고 들어갔다고 한다.

그런 일 때문이 아니더라도 출격 계획이 잡히고 그에 대한 브리핑을 들은 후 이륙하기 직전까지는 두렵고 무서운 마음이 든다. 하지만 이륙을 하면 그때부터 겁은 날아가 버리고 생존본능이 온몸을 지배한다. 어떻게라도 살아남기 위해 노력하는 것이다. 목표지점에 도달하여 공격할 때가 되면 상대편에서도 대공화기를 쏘는데 이는 흡사 비오는 날 밤에 운전하면 가로수 빛이 지나가는 것처럼 불빛이 옆으로 좍좍 흘러간다. 그 빛을 보면서 강적이구나 하는 생각은 들어도 무섭지는 않았다. 그런 것을 몇 번 당하면 브리핑을 듣는 순간이 가장 겁이 난다. 벌겋게 다가오는 대공화기 총탄들의 모습이 그려지며 두려움이 몰려오는 것이다. 그래서 그 불안감을 잊기 위해 출격이 끝나면 매번 술을 많이 마셨다.

강릉 출격 기지에서 출격 편대장의 브리핑

삶에 충실하기 위해 시작한 영어공부

낮 출격을 마치고 나면 밤마다 술을 마시러 나갔다. 오늘 살아 돌아왔지만, 내일 죽을 수도 있는 목숨이니 다들 술 마시는 데 쓰는 돈을 아끼지 않았다. 강릉 시내는 우리 공군뿐 아니라 육군도 모이는 곳이었다. 그래서 종종 싸움이 붙곤 했다. 공군 조종사들은 대부분이 장교로 늘 권총을 지니고 다녔기 때문에 안 좋은 사고가 일어난 적도 있었다. 그런 일이 있고 나서 죽는다는 것이 두렵다는 이유로 술로 마음을 달래면서 피폐하게 살아서는 안 되겠다는 생각이 들었다. 운이 있으면 살고 운이 없으면 언젠가는 죽는 것이니 일희일비하지 말고 현재의 삶에 충실하기로 마음먹었다.

그래서 시작한 것이 영어공부였다. 남들이 술을 마시러 나갈 때 나는 영어공부를 했다. 늘 함께 출격했던 미 고문관 중에 친하게 지내던 사이가 있었다. 말은 안 통하지만 서로가 느낌이 좋았던 그런 사람이었다. 영어를 조금씩 하면서 그 친구가 담배도 사다 주고 비교적 여유로운 미국 쪽 숙소에 가서 커피나 맥주도 마시면서 서투른 대화를 하곤 했다. 언젠가 내가 대위였을 때 그 고문관이 "헤이, 캡틴 권!" 하고 부르면 주위에서 니 친구 왔다고 할 정도였다.

한 번은 이 친구가 일본으로 휴가를 떠날 때였다. 다녀오는 길에 가능하면 영어사전을 사다 달라고 부탁했다. 일본말이 가능했기 때문에 일영사전으로 공부할 수 있었다. 그렇게 사다 준 사전으로 많은 공부를 했다. 대화하다가 모르면 찾아보고 친구가 가르쳐주고 배우면서 시간이 후딱 지나갔다. 다른 동료들은 앞으로 몇 백 년 살려고 영어공부 하느냐고 놀리기도 했다.

밤 12시가 다 되면 전대장이 부대 점검을 하자고 할 때가 있다. 당연히 부대 부관인 내가 모시고 돌아야 했다. 전시니까 무장한 당번병을 지프차에 동승시켜 부대를 한 바퀴 돌아보고는 전대장이 술을 좋아하니 부대 앞에 있는 막걸리 집에 들러 대포를 한잔하고 들어와서 달게 자는 것이다.

그날도 야간에 부대 점검을 하는데 천막 사이로 불빛이 번쩍번쩍 새어나왔다. 그때는 전기를 끌어다 사용했을 때라 전선에서 쇼트가 일어나는 것이 아닌가 하고 가보니 한 구석에서 열일곱이나 여덟 살쯤 먹은 어린 사병이 호롱불을 켜고 손금을 보며 울고 있었다. 왜 그러느냐고 물어보자 누가 손금을 보고 자신은 오래 살지 못할 것이라고 했다는 것이다. 그래서 자신의 손금을 보며 비관해 울고 있었다고 한다. 참 안쓰럽기도 하고, 한편으로는 어린 동생을 보는 것 같아 귀엽기도 했다. 훗날 그 사병의 부모를 만나보니 대구 약전 골목에서 양약 도매상을 크게 하는 집안 아들이었다. 그 부모도 전쟁 통에 어린 아들을 군에 보내고 얼마나 애가 탔을까.

산다는 것이 이렇게 힘들다는 것을 전쟁을 통해서 배웠다. 전쟁은 사람을 한없이 약하고 초라하게 만들기도 하고, 언제 죽을지 모르는 미래에 대한 불확신으로 작은 일에도 좌절하고 두려워하게 만들기도 한다.

"어려운 타깃, 오늘은 신고산이다" 하면 벌써 부대 분위기가 달라진다. 출격하러 활주로에 나서면 서로 안 보는 척하면서도 모든 부대원, 심지어는 취사반에 있는 사병들까지 신경을 써서 환송하는 것이 느껴진다. 모두 무사하기를 바라는 한마음인 것이다. 또 돌아올 시간이 되면 모두 나와서 비행기를 세어본다. 혹시 하나라도 떨어져 못 돌아오는 불행이 있지 않은지 걱정하는 것이다.

그것이 전쟁심리이다. 인간은 살아남으려 한다. 전쟁 속에서 죽지 않으려는 본능적인 교감이다. 다른 곳에서는 그런 모습을 찾을 수 없다. 돌아올 시간이 되면 안 보는 척하면서도 전부 나와서 수를 세고 모두 보이면 "어이 다 왔어" 하며 서로 기뻐했다. 그런 모습을 보면 비록 싸우다 죽는 것은 우리지만 그것을 바라보는 저들도 우리 못지않게 신경 쓰고 걱정하는 것을 느낄 수 있었다.

급성신장염으로 입원하다

강릉 기지에서 38선을 넘나들며 주로 폭격을 가해 인민군 진지들을 부수면서 지내던 1952년 2월 1일자로 소령에 진급했다. 소위에서 소령으로 진급하기까지 채 2년이 걸리지 않았으니 지금으로 보면 초고속이었다. 특히 당시의 공군은 전체 인원도 적고 고급 장교 수가 적어서 진급 주기가 빠를 수밖에 없었다.

그러던 중 1952년 4월에 예기치 않게 입원을 하게 되었다. 급성신장염에 걸린 것이다. 소변을 받아보니 혈뇨가 무척 심해 90%는 피가 섞여 나왔다. 의사는 당장 수술을 해야 하니 준비하라고 했다. 의사가 본부에 알려 바로 연락기를 타고 마산에 있던 군병원까지 후송되었다. 병원에 도착하니 가뜩이나 몇 명 없는 조종사가 신병으로 후송된다고 병원장부터 모두 나와 야단이 났다. 신장염 치료 방법에 대해서는 의사들끼리 의견 차가 있었다. 젊은 의사는 당장 수술을 해야 한다는 쪽이고 병원장은 안 된다고 했다. 이제 25세인데 신장 두 개 중 하나를 떼어내고 앞으로 기나긴 세월을 어떻게 사느냐는 것이다. 결론은 우리를 돕기 위해 스웨덴 병원선이 부산에 와 있었는데, 그쪽하고 협의해 치료하기로 했다.

그때 처음 나온 것이 마이신, 페니실린 등 항생제였다. 항생제가 있으면 치료가 가능하다면서 스웨덴 병원선에 연락을 해보고 그쪽에서도 안 된다고 하면 수술을 하자는 것이다. 병원장은 나이가 지긋한 대령이었는데 전쟁 전에 강원도립병원장을 하던 분이었다. 그만큼 관록이 있으니 그런 결정을 할 수 있었을 것이다. 서둘러 스웨덴 병원선에서 구한 항생제로 주사를 맞았고 신기할 정도로 가라앉았다. 훗날 그 병원장을 모시고 고맙다고 술을 한잔 산 적도 있다.

한 달쯤 입원해 치료를 받았다. 부기와 열이 다 빠지고 나서야 퇴원하여 강릉으로 올라갔다. 당장 출격하기엔 무리가 있지만 언제까지 병원에 있을 형편도 아니었다. 전대장이 바뀌어 다른 분이 전대장을 맡고 있었고, 내가 전대부관으로 있었는데 작전만 빼고 인사, 군수 등 부대의 모든 것을 관리해야 했다. 그래서 출격할 때는 혹시 사고가 날지도 모르니 보좌관에게 내 도장하고 박스에 든 부대 예산인 현금과 인수인 계 서류, 더불어 내 유서까지 맡기고 출격했다가 돌아오면 다시 돌려받았다. 그렇게 부대 살림을 도맡아 열심히 살았다. 나는 참전 훈장이 많지 않다. 부대 살림에 신경을 쓰느라 참전 공로는 이쪽저쪽에 다 나누어주고 스스로는 챙길 여유가 별로 없었던 것이다. 덕분에 전대장에게는 사심이 없다고 무척 신임을 받았다.

공군에는 조종사 식사라고 따로 있다. 칼로리 수를 조절해야 해서 별도의 음식을 만드는 것이다. 조종사 중에서 초임장교들이 돌아가면서 식당장교를 겸한다. 그것도 내가 관리해야 하는 부분이었다. 한번은 겨울이라 먹을 것도 없고 대구에서 받아오는 부식도 눈 때문에 수송이 불가능해서 식당을 맡은 초임장교가 개장국을 끓인다고 개를 잡았다. 전쟁 중에는 주인이 버린 떠돌이 개들이 많아서 그중에 한 놈을 잡은 것이다. 그것이 나중에 문제가 되었다. 개장국이 호불호가 극명한 음식이라 좋아하는 사람들에게는 문제가 없지만 싫어하는 사람들에게는 부정하고 혐오스러운 식품이 되는 것이다. 한쪽에서는 좋다고 하고 한쪽에서는 재수 없다고 하니 중간에 낀 내 처지는 참 곤욕스러운 것이었다.

물론 그 이유는 아니겠지만 그때 먹을 것이 없어 고민하다 재치 있게 개장국을 끓여냈던 장교가 전사를 했다. 비행기에 폭탄을 매달고 이륙하는데 안전핀이 빠져 상승기류에 폭발사고가 일어난 것이다. 부모는 일본에 계시고 학도병으로 전쟁에 참여했던, 성실하고 장래가 유망

한 친구였는데 안타까운 일이었다.

신장염으로 입원했다가 퇴원한 다음부터 당분간 출격을 못하니 부대 살림에 집중했다. 또 나 자신을 찬찬히 다시 한 번 돌아볼 여유도 생겼다. 게다가 부대 살림이 잘 안 돌아가면 바로 대구 본부로 쳐들어 갔다. 강릉에서 기분이 나빠 왔다고 하면 본부에 비상이 걸릴 정도였으니 지금 생각해보면 위세를 떨어도 보통으로 떨고 다닌 것이 아니다. 그래도 우리의 처지가 미군들은 20회만 출격하면 자기 나라에 돌아가 온갖 혜택을 받으며 자유롭게 사는데 우리는 죽을 때까지 출격을 해야 했다. 끝이 보이지 않는 암울한 미래를 생각하면, 또 전쟁이라는 특수 상황에 처하다 보면 심리적으로 황폐해지고 점점 거칠어질 수밖에 없었다.

물론 서로의 처지가 다른 것을 모르지 않지만 결국 우리의 전투비행 전대의 목숨 값으로 높은 분들의 본부 자리가 유지되는 것이 아니냐는 반발심이 생기기도 했다. 전쟁이라는 삭막한 환경이 만들어내는 부작용인 것이다. 그러니 본부에 가면 언제 난장판을 칠지 몰라 비상이 걸리고, 시간만 나면 총장이 직접 부대로 날아와 좋은 말로 달래기도 했다.

07

미국 공군대학 파견 교육

어느 날, 연락장교를 통해 동료 한 명과 함께 본부로 들어오라는 전화가 왔다. "무슨 일이냐"고 묻자 "잘 모르지만 아마 미국 가실 것 같다"는 대답이었다. "무슨 전장에 출격하는 사람에게 미국을 가라고 하느냐"며 본부로 갔다. 김정렬 참모총장실에 가니 "미국 공군대학에 가서 좀 더 배우고 오라"는 것이었다.

전쟁 초기처럼 우리가 일방적으로 밀리며 치열한 전투가 벌어지는 것은 아니지만 "전쟁 중인데 무슨 공부를 말하십니까" 하니 "쓸데없는 소리 하지 말고 갔다 와" 하며 말을 끊었다. 그때가 1952년도 말이었다.

훗날 예편을 하고 김정렬 장군과 여의도에서 자주 만나 바둑을 즐겼었는데 하루는 "그때 미국에 왜 보낸 줄 알아" 하고 미 공군대학에 보낸 때의 상황을 털어놓았다. "가만 놔두면 하나하나 죽어가는 마당에 씨가 마를 것 같아서, 아깝다 싶었지. 씨는 남겨둬야 하겠다 싶어 고문관들과 이야기를 했어. '전쟁 경험이 있는 유능한 조종사들을 미리미리 교육을 시켜서 내일의 공군을 지휘하게 해야 할 것 같은데 어떻게 생각하느냐'고 그랬더니 '아, 그것 좋다'고 해서 보낸 거야."

아마도 강릉 기지에서 다른 동료들이 술로 시간을 허비할 때 영어공부를 했던 것이 도움이 되지 않았나 싶다. 게다가 미 고문관과 가깝게 지낸 사실도 미국에 보낼 일이 생겼을 때 나를 우선적으로 고려하게 된 이유가 되었던 것이다.

그래서 나를 포함하여 선발된 7명이 미국의 공군대학에서 6개월간의 위탁 교육을 받았다. 조종사는 2명이고 나머지는 일제강점기 때 일본에서 대학을 졸업하고 공군에 특채 형식으로 들어온 엘리트 학자들 5명으로 영어에 능숙한 사람들이었다. 당시 육군은 싸우다가 많이 죽어나가는 걸 알았고, 공군은 조종사가 아니면 나가서 싸우다 죽을 일이 없으니 배운 사람들이 많이 지원했다.

결국 미국에 교육받으러 가는 7명 중에 조종사는 단 둘뿐이었다. 나머지 다섯은 명목상이고 함께 가는 조종사 둘을 보완하기 위해 같이 보냈던 것이다.

첫 번째 도미

강릉에서 대구로 올라와 미국 공군대학에 갈 준비를 했다. 간단한 생활영어도 익히고 공부할 때 필요한 것들을 챙겼다. 그러고 나서 드디어 미국행 비행기에 올랐다. 대구를 떠나 미국에 도착할 때까지 비행시간만 36시간, 제트기가 없던 시절이라 대구에서 도쿄에 가는 것도 4시간이 걸렸다. 도쿄에서 바로 떠나지 않고 며칠 머물면서 필요한 물품을 구입했다. 한국에서 떠날 때 가지고 간 것은 군복에 달 단추 몇 개뿐이었다. 전쟁 중이라 피폐해져 마땅히 챙겨갈 물자가 없기도 했고 다른 것은 일본이나 미국에도 있지만 대한민국 공군 단추는 구할 수 없으니 그것만 가지고 간 것이다. 도쿄에서 속옷부터 양말, 와이셔츠까지 필요한 모든 것을 준비했다.

1952년의 크리스마스를 도쿄에서 공군대학에 갈 준비를 하며 보냈다. 도쿄의 화려함이란 전쟁의 비참함 속에 있던 우리가 상상도 못할 정도였다. 그 모습을 보니 화가 났다. 패망한 지 몇 년 만에, 그것도 우리가 겪는 전쟁이라는 고통을 발판으로 저들은 호사를 누리는 것 아닌가. 번화하다는 긴자 4초메에 넘쳐나는 인파들은 고깔모자를 쓰고 긴 파이프 담배를 피며, 노래를 부르고 흥겨운 모습이었다. 반면에 그 당시 우리는 먹느냐 못 먹느냐, 사느냐 죽느냐의 문제를 놓고 고민할 때였다.

도쿄에서 모든 준비를 마친 다음 다시 미국행 비행기에 올랐다. 당시는 비행기 성능이 요즘처럼 좋지 않아, 중간에 연료를 보충 받아야 하니 웨이크 섬이나 미드웨이를 거쳐 하와이에 도착해야 했다. 도쿄에서 웨이크 섬까지 10시간, 다시 웨이크 섬에서 하와이까지 11시간이 걸렸다. 고도 7~8천 피트, 한없이 푸르른 망망대해 태평양 바다가 발밑을 스치듯 지나고 4개의 엔진에서 뿜어내는 배기 불꽃이 묘한 대조를 이

전쟁이 한창인 1952년, 미국 공군대학에 파견되어 교육을 받았다(왼쪽 끝이 저자, 왼쪽 세 번째가 김두만 전 참모총장)

루고 있었다. 그렇게 도착한 하와이에서 다시 11시간 정도 비행해야 샌프란시스코에 도착하는 긴 여정이었다.

하와이에서 미국 이민 1세들을 만날 수 있었다. 그들은 공군 정복에 부착된 태극기를 보며 이것이 우리나라 국기냐며 하염없이 눈물을 흘렸다. 망국의 한을 품고 살아온 세월에 대한 회한, 해방이 되자마자 전쟁에 휩싸인 조국에 대한 걱정, 한편으로는 가슴에 태극기를 달고 당당히 미국 공군대학에 파견되는 우리 공군의 자랑스러운 모습에 대한 뿌듯함이 그 눈물 속에 녹아 있었다. 그때 내 나이가 27세였는데, 이미 이민 2세들도 30세를 넘겨 40세 가까이 바라보고 있었다. 우리는 그렇게 하와이를 거쳐 드디어 미국 샌프란시스코에 도착했다.

나는 요르단 대사를 지낸 동료와 함께 세인트루이스를 통해 몽고메

●

조국을 위한 비상

리까지 기차여행을 하기로 했다. 또 한 팀은 로스앤젤레스와 샌디에이고를 거치고, 또 다른 팀은 솔트레이크시티와 시카고에 들른 다음 오기로 했다.

세인트루이스 고문관의 집 방문

내가 세인트루이스를 거쳐 가려고 한 이유는 강릉 기지에서 친하게 지내던 고문관의 집이 그곳에 있기 때문이었다. 그 고문관은 내가 미국 공군대학에 파견되는 것을 알고는 세인트루이스에 있는 자신의 집에 한번 들러달라고 부탁했다. 그는 미시시피대학 교수 출신으로 부인은 지금도 같은 대학의 교수였다. 집에 노부모와 부인 그리고 자식이 하나 있다며, 지금 당장 편지를 쓸 테니 잘 있다고 안부를 전해달라고 했다.

세인트루이스 역에는 미리 연락을 받은 노부부가 한국 공군을 환영한다는 안내판을 들고 서 있었다. 찾을 것도 없이 눈에 익숙하지 않은 이색적인 군복을 입은 우리를 보고 직감적으로 아는 눈치였다. 노부부는 우리를 향해 달려와 한국에서 오는 것이 맞느냐며 껴안고 뺨을 맞대는 자기네 식으로 인사를 해왔다. 그 순간 당황했다. 그런 인사법은 본 적도 들은 적도 없는 첫 경험이었다. 나중에 그 인사가 아주 친한 사람들끼리 하는 것임을 알고는 생판 모르는 우리를 자식의 전우라는 이유로 환대해준 그 노부부에게 깊이 감사했다.

그렇게 요란한 인사를 마치고 손을 잡고 역을 나가면서 인종차별에 대한 주의를 일러주었다. 당시 미국에는 인종차별의 잔재가 여전히 남아 있었다. 버스는 절대 뒤에 타면 안 되고 앞에 탈 것이며, 호텔에도 구별이 있으니 주의해야 한다는 것이다. 기차역 출구도 백인과 유색인이 나오는 곳이 달라서 표시가 있었다. 우리나라야 같은 민족이고 형제라는 생각이 당연하지만, 막상 현지에서 그런 모습을 보고 여러 민족이 섞여 있으면 그럴 수도 있겠다는 생각이 들었다. 이제 미국에 대한 본격적인 공부가 시작된 것이다.

노부부의 차를 타고 아들이 있던 대학에도 가보고 그 고문관의 부인도 만났다. 부인은 아직 강의가 남았다며 저녁에 만나자고 했다. 고문관의 부모와 함께 집에 돌아가서 잠시 쉬었다가 저녁 때 부인이 퇴근하고 돌아와 이야기를 시작하는데 나는 영어를 잘 못하니 같이 간 전우가 중간에서 통역을 해주었다.

부모가 자식에게 갖는 관심과 걱정은 동양이나 서양이나 다름이 없었다. 노부부는 고문관의 근황을 세세하게 묻고는 한국에서 필요한 것이 있으면 보내주겠다며 알려달라는 것이다. 나는 필요한 물자들은 다 미군에서 공급을 해주니 특별히 필요한 것은 없을 것이라 했다. 고문관이 새우를 좋아하는데 한국은 새우가 아주 많이 나 행복하게 지낸다고 말했다. 실제로 강릉에 인접한 주문진에서 새우가 많이 잡혔다. 고문관들은 자주 그 새우를 박스 채 구입하여 파티를 벌이곤 했다. 그제야 노부부는 조금 안심하는 듯했다.

노부부는 우리에게 지금 몽고메리로 가는 기차에 시달리느니 이곳에서 하루를 묵고 가라고 했다. 우리도 쉽게 그 청을 물리치기 어려워 그렇게 하기로 하고 깊은 밤까지 이야기꽃을 피웠다. 그 집에는 초등학교 2학년쯤 된 고문관의 아들도 있었다. 자기 아빠와 같이 있다가 온 동양인이니 얼마나 신기했을까. 손을 만져보며 우리가 하는 말을 진지하게 듣다가 가끔은 질문도 했다. 어느 정도 밤이 깊어지고 이제 잘 시간이라고 엄마가 단호하게 말하자, 아쉬움에 눈물을 흘리면서도 얌전히 자러 가는 것이 아닌가. 그 모습을 보며 자유롭지만 엄격하고 단호한 미국 가정의 한 단면을 보았다. 그것이 미국에 대한 첫 인상이었다. 이곳에서는 아이들 교육이 엄격하고 자신이 정한 시간 등의 책임에 철저하다는 것을 느낄 수 있었다.

미국 공군대학에 입학

그날 저녁을 잘 쉬고 다음 날, 세인트루이스를 떠나 몽고메리 공군대학에 갔다. 학생이 우리뿐만이 아니라는 것은 알았지만 무려 37개국에서 온 장교들이 인종박람회를 연 것 같아서 놀랐다. 적국이었던 독일과 일본군만 빼고는 세계 각 나라에서 모인 교육생들이었다. 이태리는 적국이었지만 도중에 항복을 해서 포함되어 있었고, 특히 남미 쪽에서 많이 참석했다.

2차 세계대전이 끝난 직후라 미국을 빼고는 다 형편이 어려웠다. 영국이나 프랑스는 전쟁에서 이겼다고는 하나 경제적 압박은 패전국과 다를 바 없었고, 유일하게 미국만 힘이 있어 이른바 경찰국가로서 지위를 누릴 때였다.

공군대학에서 처음 받은 강의가 '하우 투 스피크'라는 수업이었다. 속으로는 이 사람들이 전쟁을 준비하는 군인들을 모아놓고 무슨 장난인가 생각했으나 강의를 듣고 나서는 그것이 아니었음을 알았다. 부하들을 단시간 내에 장악하려면 어떻게 말을 해야 하고, 어떤 말을 통해 효율적으로 통솔할 것인가에 대한 분석과 결과에 대한 내용이었다.

이런 식의 강의를 들어본 적이 없는 나에게는 신선한 충격이었다. 이 사람들의 교육은 한 발 앞서 있구나, 우리가 이제까지 받았던 칠판에 적는 주입식 교육보다 월등히 과학적이고 한 차원 높다는 것을 느꼈다.

막상 영어 강의를 들어보니 무슨 말을 하는 것인지 알아들을 수가 없었다. 영어공부를 좀 더 열심히 하지 못한 것을 후회했다. 하지만 한편으로 생각하면 그럴 시간도 없었고, 마음의 여유도 없었다. 우리만이 아니었다. 그곳에 모인 사람 대부분이 영어에 서툴렀다. 단지 동양권에서는 필리핀 사람들이 그나마 잘하는데 발음이 참 이상했다. 나머지는 영어를 제대로 못하는 면에서는 차이가 없었다.

지휘관 과목 중에 5분간 발표를 하는 수업이 있었다. 전하고자 하는 바를 5분 동안 설명하여 상대를 납득시키는 과목이었다. 교관이 제시하는 시간 분배를 보면 1분은 분위기 조성, 3분은 본론에 대한 설득, 나머지 1분은 요약이었다. 지휘관으로 부하를 통솔하기 위해서는 자신의 생각을 충분히 전달할 필요가 있다고 생각했는지 그런 훈련이 많았다.

그러나 문제는 영어였다. 영어가 안 되니 발표가 어려울 수밖에 없었다. 사전을 찾아가며 어렵게 원고를 만들어 발표를 하는데, 하루는 계급이 대령인 볼리비아 공군 참모차장의 차례였다. 교관의 지목에 앞으로 나가 볼리비아 지도를 그려놓고 자국을 소개하겠다는 것이다.

미리 준비를 했겠지만 앞에 나가면 긴장해 아무 생각도 안 난다. 그 대령 역시 첫 문장이었을 'This is Bolivia'만 다섯 번 하니 주어진 시간이 다 되었다. 수업이 끝나고 그래도 잘했다며 서로 격려를 해주는데 한 명이 저 친구가 곧 부통령이 될지 모른다고 알려줬다. 당시 남미 지역은 육해공군이 돌아가며 무혈 쿠데타로 정권을 교체하고, 전 정권은 집권 기간에 마련한 비자금을 가지고 망명하는 것이 상습적 관례였다. 그런데 볼리비아 쿠데타가 마침 공군 차례라는 것이다. 공군에서 쿠데타를 일으키면 자연스럽게 총장은 대통령, 차장은 부통령이 된다고 했다. 우리로서는 상상도 못할 일이었다.

또 태국 장교는 모두 귀족 출신이라고 했다. 그래서인지 교육을 받으러 오면서도 전속부관과 당번을 데리고 온 것이다. 수업이 끝나면 부관이 교실 밖에서 기다리고 있었다. 우리에게는 신기한 일이지만 그것 또한 그럴 수도 있겠다고 고개가 끄덕여졌다.

교육 중에 이란의 장교를 한 명 알게 되어 아주 친하게 지냈는데 당시의 팔레비왕가의 시종무관이었다. 시종무관이라는 위치는 상당하여 아마 왕가의 친인척이 아니었나 생각된다. 그런데 그 친구의 영어실력도 우리와 비슷해서 오히려 친근감이 더했다. 교육을 마치고 헤어질 때 꼭 이란에 놀러오라고 하며 필요한 부분은 다 협조를 하겠다고 했었다. 1970년대 우리가 오일쇼크를 겪을 때 그 친구 생각을 했다. 그러나 이미 팔레비왕조가 없어졌으니 찾을 길도 없고 찾는다 해도 무슨 소용이 있겠는가. 그냥 즐거웠던 추억의 한 자락으로 남아 있을 뿐이다.

커피와 골프를 배우다

나는 지금도 커피를 즐기는데 그 습관도 공군대학 때부터이다. 강의가 끝나면 간단한 리포트를 작성해 제출해야 했다. 그런데 그것이 쉽지가 않았다. 영어권 동료들은 아침이나 저녁식사를 좀 일찍 마치고 그 자리에서 간단히 작성했지만 우리는 밤새 씨름을 해도 자신이 없었다. 그것을 붙잡고 밤을 지새우려니 속도는 더딘데 잠은 쏟아졌다. 그래서 생각한 것이 저녁식사 후에 커피를 잔뜩 가지고 와서 밤새 마시며 리포트를 작성하는 방법이었다. 날이 훤해서야 잠을 청한 것이 한두 번이 아니었다.

공군대학에서는 외국인 장교 한 명과 미군 장교 한 명이 서로 룸메이트가 되어 같이 생활하도록 했다. 미국 생활을 빨리 익힐 수 있도록 자기네 문화를 알리기 위해서였다. 나와 같이 있던 미군 장교는 독일계 미국인 대위로 고등학교 교사를 하다 군에 들어온 사람이었다. 하루는 그 친구가 "자신의 어려운 처지를 도와줄 수 있느냐"고 심각한 표정으로 말했다. 무엇이냐고 물으니, 자신이 받은 편지를 내 책상 서랍에 보관해도 되겠느냐는 것이다. 나는 흔쾌히 그러라고 했다. 나중에 알았는데 그 친구가 한국전에 참전한 미군 대령의 부인과 사귀며 받은 편지들이었다.

교육 중에 한 기지에서 같이 근무하는 장교 중에서 한 명은 일선에 나가 있고, 홀로 남은 부인과 다른 장교가 스캔들이 있다는 소문이 도는데 당신이 지휘관이면 어떻게 하겠느냐는 문제를 가지고 토론하는 시간이 있었다. 물론 처한 입장이 다르니 하나의 답을 요구하는 것도 아니었다. 만약 그런 상황이 벌어진다면 지휘관으로서 어떻게 대처하고 처리할 것인가에 대한 훈련이었다. 그러나 주어진 문제가 정확히 그 친구가 처한 상황과 맞아떨어진 것이다. 토론 결과 대체적인 의견은 파면 내지는 처벌이었다. 그런 것을 보면서 겁이 나 내 서랍에 보관하자는 것이었다. 그런 편의를 봐준 대신 일요일이면 자신의 차에 태워 구경을 시켜주는 등 내게는 잘해줬다.

지금은 우리도 서구화되었지만, 그 당시만 해도 미국은 우리의 문화나 가치관과는 완전히 다른 세계였다. 이해하고 넘어가는 것이 아니라 충격에 가까운 차이였다. 교육기간을 통해 이렇게도 사는구나 하는 공부를 많이 했다. 그때 미국에는 물자가 아주 많았고 값도 쌌다. 그 모습을 보며 또 한 번 놀랐다. 콜라 한 병에 5센트, 담배 한 갑은 10센트였다. 양복 한 벌을 해 입어도 25달러 정도니 엄청 싼 것이었다. 당시 장학금으로 받은 돈이 매달 150달러였다. 그중에서 장교 숙소 사용료가 1일에 1달러, 세 끼 식비로 2달러 50센트나 3달러 정도였다. 결국 하루에 1달러 50센트의 여유가 생겼다. 그것으로 자신에게 필요한 물품을 사거나 용돈으로 사용했다.

하루는 룸메이트에게 그들은 얼마를 받는가 물어봤다. 그들이 받는 급여는 250달러, 우리보다 100달러가 많았다. 부자 되겠다고 했더니 정색을 하며 아니란다. 미국에서 생활을 하자면 그만큼 필요한 물품이 많아 할부로 사서 매달 갚아나가야 한다는 것이다. 또 보험료가 그만큼 많이 든다고 하소연이다. 당장 자동차를 가리키며 저것도 몇 달 더 할부를 내야 한단다. 많이 받지만 그만큼 쓸 곳 또한 많으니 여유가 없기엔 그들이나 우리나 마찬가지였다.

1950년대 초, 그 당시에 벌써 미국은 금요일까지 근무하고 토요일과 일요일은 자유시간이었다. 토요일과 일요일에는 할 일이 없었다. 밖에 나간다 해도 멀리 갈 돈도 없고, 가까운 곳은 서너 번 가보니 더 이상 갈 일이 없었다. 마침 룸메이트가 골프를 좋아했다. 나에게 골프 칠 줄 아느냐고 물었지만 우리가 언제 골프라는 것을 보기나 했는가. 당연히 그런 것은 처음 본다고 했더니 한번 같이 가자고 했다. 미국은 땅이 넓으니 공군대학 내에 학생용 편의시설로 퍼블릭 골프장이 있었다. 그곳에 따라가서 골프라는 것을 처음 보았다. 작은 공을 막대기로 톡톡 쳐 홀컵에 넣는 것이었다. 그것을 왜 못하나 하면서 직접 해봤지만 쉽지 않았다. 그때부터 골프를 시작했다. 일요일이면 룸메이트에게 할 일이 있는지 묻고 별다른 일이 없으면 당연히 골프장으로 향했다. 값도 싸서 1달러를 내면 하루 종일 골프를 칠 수 있었다. 덕분에 다른 곳에 갈 필요 없이 무료한 시간도 보내고, 부족한 운동도 할 수 있어 일석이조였다.

37개국의 200여 명이 넘는 인원, 그것도 피가 끓는 젊은 장교들이 모였는데 조용할 리가 없었다. 하루가 멀다고 시끄러웠다. 식사시간에 돼지고기가 제공되면 종교적 이유나 신념으로 돼지고기를 멀리하는 사람들은 한곳에 모여 식판을 두드리며 항의를 했다. 자신들에 대한 배려가 부족하다는 것이다. 그러면 식당을 책임지는 장교가 연신 미안하다며 급하게 달걀을 부쳐 내는 등 한바탕 소란이 있은 다음에야 넘어갔다.

또 매일 정복만을 입을 수 없으니 보통 휴일은 사복을 입고 외출하는 경우가 많았다. 그때는 흑인 장교들의 불만이 쏟아진다. 식당이나 호텔에서 자신들의 출입을 거부하고 있으니 인종차별이라는 것이다. 그래도 자국에서는 장교들인데 그냥 넘기기엔 국가적 자존심이 있으니 대사관에 연락을 하면 학교로 연락이 오고, 총장이 나와서 사과를 하거나 난리를 치른 후에 조용해졌다. 그런 일이 비일비재했다.

조종사들에겐 유지비행이라고 해서 한 달에 4시간 이상 의무적으로 비행기를 타야 조종사로서의 자격이 유지됐다. 학교에서는 외국 조종사들에게도 비행기를 제공했다. 매일 탈 수가 없어서 주말에 신청을 받아 T-45라는 6명 정도 탈 수 있는 작은 쌍발 수송기를 제공해주었다. 그 수송기에는 뉴욕이나 샌프란시스코 등의 표시가 되어 있는데, 보통 6명이 타고 교대로 조종하며 목적지까지 다녀오는 것이다. 그러면 비행기록이 남으니 유지비행 시간이 충족되었다. 그런 모습들을 보며 역시 큰 나라가 다르다는 생각을 했다. 배려와 예우랄까 그런 것들을 챙기느라 나름 고심하고 애를 쓰는 모습이었다.

08

·

비행교육대장이 되다

대사관의 무관을 통해 교육을 마친 다음에는 여러 곳을 둘러보고 오라는 지시를 받았다. 1953년 3월 공군대학을 수료하고 뉴욕, 워싱턴, 보스턴 등 미국 각지에 들러 공군 기지나 시설을 견학하고 귀국했다. 또한 가지는 대학에서 발간하는 책이나 자료를 많이 구해오라는 것이었다. 그것들을 잔뜩 구해놓고 무게 제한 때문에 한꺼번에 못 들고 들어오니 대사관에 맡겨 틈틈이 들여올 수 있도록 했다.

미국에서 야경을 보며 생각에 잠기다

선물을 안 사갈 수가 없어 되도록 간단히 준비하기로 했다. 한 동료가 부인의 선물을 사러 같이 가자고 했다. 그래서 들른 곳이 백화점의 여성 속옷 코너였다. 여성용 브래지어를 사야겠다는 것이다. 사람이 있

·

을 때는 쑥스러워 들어가지 못하고 곁눈질로 물건을 고르며 몇 바퀴를 돌았다. 그러다 손님이 없는 틈을 타 잽싸게 하나를 구입했는데 가지고 와서 보니 너무 큰 것이었다. 브래지어에 사이즈가 있다는 자체를 몰랐으니 어쩌겠는가. 그 친구와 둘이 한바탕 웃을 수밖에. 또 친구에게 주려고 가죽 벨트를 샀는데 우리 허리에는 두 바퀴를 돌리고도 남았다.

나는 집에 있는 어린 아들이 좋아할 만한 카우보이 쌍권총을 하나 골랐다. 그 선물을 받은 아이가 얼마나 좋아하는지 밤에도 권총 벨트를 하고 잘 정도였다. 먹고 살기에도 바쁜 우리나라에서는 구경하기 힘든 물건 중에 하나였으니 얼마나 신이 났겠는가.

선물까지 다 준비하고 귀국하기 위해 샌프란시스코에서 밤 비행기를 타고 떠났다. 하늘에서 내려다보면 샌프란시스코부터 오클랜드 저 멀리 눈에 보이는 곳까지 화려한 야경이 번쩍였다. 우리나라는 꿈도 못 꿀 그런 광경이었다. 그 야경을 보며 살아생전에 마지막으로 보는 야경이라는 생각이 들었다. 아직도 우리는 전쟁 중이고 돌아가자마자 조국의 승리를 위해 목숨을 건 전투비행을 해야 하기에 그 화려한 불빛이 서글프게만 느껴졌다. 혹시라도 목숨이 길어 살게 된다면 꼭 이 시간에 다시 한 번 이곳을 찾아오리라 다짐을 했다. 그것은 미국에서 뿐만이 아니었다. 도쿄에서도 똑같은 상황이었다.

도쿄에 도착해서는 미국에서의 기억들은 다 버리자고 했다. 우선 PX에 들러 권총과 부츠를 사고 여러 가지 도구가 붙은 잭나이프 등을 구입했다. 감상에 젖을 것이 아니라 당장 전쟁터에 투입되기 위한 준비였다. 도쿄에서도 밤 비행기를 이용했다. 도쿄의 야경도 미국 못지않게 화려했다.

또 하나 그 당시와 연관되어 잊지 못할 기억으로는 귀국하고도 한참 뒤에 장성으로 진급하여 본부의 참모부장으로 있을 때 미국 시카고에서 교육을 받은 적이 있다. 케네디대통령의 자문관으로 있던 켄트라는 저명한 인도의 학자가 어떻게 하면 불필요한 국방 예산을 줄이며 최대한 많은 효과를 얻을 수 있는가에 대해 약 한 달간의 일정으로 진행되는 교육이었다.

각 나라의 군 예산을 담당하는 책임자들이 모인 것으로 한국에서는 각 군에서 한 명씩 3명이 파견되었는데, 그곳에서 그리스에서 파견되어 미 공군대학에서 같이 교육을 받았던 동기생들을 다시 만났다. 그들은 벌써 공군 참모총장과 차장으로 진급해 있었고 그리스에서는 5~6명이 파견되어 교육에 참여하고 있었다.

교육이 끝나갈 무렵 그리스의 동기들이 눈물을 글썽거리며 자기들은 대사관에서 파견된 무관을 따라가야 하니 헤어져야 한다고 했다. 무슨 일이냐고 하자 그리스에서 쿠데타가 일어났다는 것이다. 정권이 바뀌어서 돌아갈 수도 없는 망명객이 된 것이다. 자기들은 워싱턴의 대사관을 찾아가 상의를 해야겠다며 헤어진 적도 있었다.

그때 나라에 대해, 정치에 대해 많은 생각을 했다. 어떤 순간에 자신이 원했든 원치 않았든 상관없이 얼마든지 자신의 처지가 바뀔 수도 있는 것이다. 우리나라라는 한정되고 좁은 곳에 있다가 이렇게 교육에 참여하고 또 필요에 의해 움직이면서 참 많은 공부가 되었다. 별의별 경우를 다 보게 되니, 그래 사람이 살다보면 저런 경우도 있고 그럴 수도 있겠다는 생각이 먼저 들었다.

지금이야 '코리아'라고 하면 경제나 스포츠로 이름이 알려져 외국에서도 모르는 사람이 별로 없을 정도지만 그때 우리나라의 존재는 참 미약했다. 미국 사람들은 동양이라고 하면 중국을 먼저 생각했다. 그러다가 일본과의 전쟁으로 중국 외에 일본도 있구나 하는 정도였는데, 이번엔 한국전쟁이라고 하니 '어 여기도 국가가 있나' 하는 정도의 인식이었다. 그만큼 우리는 작고 알려지지 않은 은둔의 나라였다.

사천 비행교육대장으로 발령

공군대학에서 같이 교육을 받은 7명 중 5명은 공군의 선진화와 교육 기반 수립을 위해 자신들의 위치로 돌아가고 나는 강릉의 전투비행전대가 아니라 사천으로 가서 비행교육대장을 하라는 명령을 받았다.

그때가 공군사관학교 1기생들이 소위를 달고 처음 비행교육에 넘어왔을 무렵이었다. 물론 그 중간에 조종간부라고 전쟁 중에 급하게 소집하여 약간의 교육 후에 내보낸 적이 있지만, 정규 사관학교 교육을 마친 첫 졸업생들이 비행훈련을 위해 대기하고 있는 것이다. 배우기도 많이 배운 장교이고, 말도 잘 안 듣고 가르치기도 까다로운 존재니까 미리 알고 비행교육대장으로 가르쳐보라는 것이다.

막상 교육대장을 맡고 나서는 위에서 걱정했던 부분은 큰 문제가 아닌데 육체적으로 너무 혹사를 당했다. 비행기는 적고 가르칠 인원은 많으니 어쩔 수 없는 노릇이었다.

하루의 일과가 일어나서 세수만 하고 해 뜨기 전에 비행장에 나간다. 미리 커피를 준비하라고 하여 한 잔 마시고, 부옇게 날이 밝아오기 시작하여 비행기가 뜰 정도가 되면 바로 훈련이 시작되는 것이다. 서너 명의 훈련을 마치고 나면 그제야 해가 완전히 뜬다. 잠시 쉬며 화장실도 가고 아침식사를 한다. 그리고 다시 비행기에 올라가면 날이 저물어 캄캄할 때까지 훈련을 시키는 것이다. 하루 종일 비행기를 타다 땅에 내려오면 젊은 나이인데도 다리가 후들거릴 정도였다.

비헹기 조종이라는 것이 승용차 운전과 같아서 조종사가 차분히 곱

사천 기지에서 비행훈련을 위해 이동하는 조종사들

조국을 위한 비상
149

게 조종하면 뒤에 타고 있는 사람도 편안한데, 처음 하는 서툰 조종에 흔들리면 뒤에 매달린 사람의 고통은 말할 수 없었다. 그러니 식사시간을 제외하고는 하루 온종일 흔들리는 비행기에 앉아서 올라갔다 내려왔다를 반복했다. 집에 들어오면 얼마나 피곤한지 녹초가 되었다.

처음이자 마지막인 아버지 노릇

그래도 사천에서 근무할 때를 돌이켜보면 내가 자식에게 아버지 노릇을 처음이자 마지막으로 제대로 한 시간이었다. 저녁에 퇴근하면 피로를 풀기 위해 매일 집 근처에 있는 목욕탕을 찾았다. 목욕탕에 갈 때면 꼭 아들을 앞세워 같이 갔다. 그곳에서 땀을 쭉 빼고 나와서 가는 곳이 근처에 있는 다방이었다. 그곳에서 커피와 분유를 물에 타주는 밀크를 시켜놓고 둘이 마주 앉아 삶은 달걀을 하나씩 까먹는 것이 저녁 일과였다.

물론 큰 애는 목욕보다 달걀이나 밀크를 먹는 맛에 따라나선 것이지만 아버지와 자식으로 거리를 좁히고 친해질 수 있었던 기회가 그때뿐이었다. 큰 애는 그때도 꼭 미국에서 선물로 사온 권총을 차고 다녔다.

변명 같지만 아주 어렸을 때는 참전하느라 사랑을 주지 못했다. 또 사천 근무 이후에도 교육을 받거나 주어진 임무에 최선을 다하느라 돌볼 여유가 없었다. 그래도 지금 자식들을 보면 훌륭히 성장하여 제 나름대로 자리를 잡고 있으니 모두 고마울 뿐이다.

사천에 있을 때 휴전 소식이 들리기 시작했다. 조종사로서 전쟁 상황에서 출격을 해본 것하고 못해본 것은 많은 차이가 있다. 쉽게 말해 목숨을 내놓고 적의 총탄 앞에 서봤느냐는 차이이다. 휴전이 곧 이루어진다고 하니 서로 출격하기 위한 경쟁이 붙었다. 전쟁 초기와 달리 조종사의 숫자가 상당히 늘어나 있었지만, 그들 모두가 출격 기회를 잡을 수 있는 것은 아니었다.

그것이 조종사들 사이의 내분으로 이어졌다. 결국 휴전 한 달 전에 전투비행단에 갔다가도 서열에 밀려 출격을 못한 조종사도 생기고, 나중에는 누구에게 잘못 보여 출격팀에 끼지 못했다는 말까지 돌기에 이르렀다. 휴전이 임박했으니 멀리 갈 필요도 없었고 간단하게 휴전선 근방을 맴돌아도 기록에는 전시 출격조종사가 되니 서로 출격을 한 번이라도 더 하기 위해 안달이었다.

막상 치열한 전투가 벌어지던 전쟁 초기나 중기에는 서로 출격을 하지 않으려고 해도 조종사가 몇 사람 없어 피할 수 없는 형편이었는데 상황이 역전된 것이다. 연락병들이 누구가 출격을 못해 단단히 화가 나 있다고 전해줄 때마다 쓴 웃음을 지을 뿐이었다.

사천 기지에서 전두환, 노태우 전 대통령을 처음 봤다. 둘 다 육군사관생도로 타군의 운용에 대한 교육을 받기 위해 사천 기지에 한 달쯤 파견 나온 것이다. 그때 경비행기도 태워주고 비행부대의 운용 등을 가르쳤다.

1953년 휴전협정

1953년 7월 27일 휴전협정으로 치열한 전투 상황은 종지부를 찍었다. 지금의 휴전선과 비무장지대 등이 만들어진 것이다. 그리고 그해 9월 1일부로 나는 중령에 진급했다.

해가 바뀌어 1954년 1월에는 사천에서의 교육비행대장을 마치고 육군과 합동작전 이른바 공지합동작전을 가르쳤다. 그때까지만 해도 육군이 공군의 지원을 받고 싶어도 어떻게 요청해야 하는지 모르고 있었다. 그렇다고 공군이 수속 절차도 없이 함부로 움직일 수 있는 형편도 아니었다. 국군이 만들어지고 제자리를 잡기도 전에 전쟁이 터져 우왕좌왕했으니 그런 훈련들이 제대로 됐을 리가 있겠는가. 이제야 휴전이 되어 하나하나 바로 잡아가는 것이었다.

공지합동작전학교를 만들어 1기생들만 지도해달라는 요청이 와서 맡게 되었다. 지금 태릉의 육군사관학교 자리에 하사관학교가 있었는데, 그곳을 빌려 조종사 몇 명과 고문관 한 명을 교관으로 하고 공지합동작전에 관계되는 육군 쪽 장교와 하사관을 상대로 교육을 했다. 3개월 정도였는데 명칭만 좋은 교장이었다.

그 교육을 마치고는 미 5공군 사령부 합동작전센터의 한국 측 책임자 겸 작전장교를 맡았다. 5공군 사령부는 소련과 중공에 대비하기 위한 부대였다. 실무는 주로 부하들이 처리하니 아침에 나가 부대를 점검하고 저녁에는 관사에 돌아와 생활했다.

그 숙소 옆방에 있는 미 공군 중령이 군수참모를 맡고 있었다. 바로 옆방을 쓰니 식사시간에나 만나면 서로 '헤이' 하며 아는 척을 하고 지냈는데 나중에 알고 보니 그 친구가 비밀요원이었다. 공산주의 국가와 접해 있는 주변 국가의 공군 기지만 돌아다니며 정보를 수집하는 임무였던 모양이다. 하루는 이야기 끝에 자신은 결혼을 안 했다는 것이다. 왜냐고 물으니 곤란한 표정을 지어 더 이상 묻지는 않았으나 나중에 비밀요원이었음을 알고는 이해가 됐다. 그런 임무 때문에 결혼을 안 한 모양이었다. 미국에서 제트 비행훈련을 받을 때 그 친구와 다시 만나는 기쁨을 누리기도 했다. 당시만 해도 우리 공군은 프로펠러 비행기에서 벗어나지 못했는데 얼마 안 있어 한국 공군을 정식으로 미 공군 군사원조에 등재된 공군으로 키워준다는 반가운 소식이 들렸다. 그와 함께 고문관 수도 많아진 데다 제트기를 제공하여 프로펠러 공군에서 제트 공군으로 넘겨주겠다고 했다.

그 해에 또 큰 기쁨 중 하나는 가족이 한 명 더 늘었다는 것이다. 전쟁 전에 얻은 아들에 이어 전쟁이 끝나자 첫 딸이 탄생했다. 국가도 가족도 혼란기를 넘어 점점 안정된 기반에 들 준비를 하고 있었다.

제트기 도입은 우리 공군으로서는 너무나도 반가운 소식이었다.
서열 순으로 고참 조종사 10명이 미국으로 제트 비행훈련을 받으
러 가는데 나도 당당히 한 자리를 차지했다. 나로서는 미국 공군
대학 파견에 이어 두 번째 미국행이었다.

3장

대전환의 바람이 불다

09

프로펠러 공군에서
제트 공군으로

제트기 도입은 우리 공군으로서는 너무나도 반가운 소식이었다. 공군 수뇌부는 모두 기뻐서 어쩔 줄 몰랐다. 그만큼 프로펠러 공군과 제트 공군은 하늘과 땅 차이었다. 우리가 언제 제트기를 가져보고 타보기를 했던가. 먼발치에서 날아다니는 것을 부러워하며 구경만 하던 시절이니 제트 공군의 낭보에 흥분할 만도 했다.

서열 순으로 고참 조종사 10명이 미국으로 제트 비행훈련을 받으러 가는데 나도 당당히 한 자리를 차지했다. 나로서는 미국 공군대학 파견에 이어 두 번째 미국행이었다. 제트 비행훈련에 파견될 인원이 정해지자 총장이 불러 만면에 웃음을 띠며 "이번엔 통역관이 없어" 하면서 농담을 건넬 정도였다. 그러면서 우리에게 당부를 하는 것이다.

"자네들 열 사람이 이번에 갔다 오면 우리 공군이 프로펠러에서 제트로 넘어가는 것이니 전부 이번 교육을 갔다 오는 자네들이 알아서 해야 해."

그 말은 단순히 비행기술뿐만 아니라 제트기에 대한 운영과 경영 등 모든 것을 보고 배우고 준비해오라는 것이었다. 그 당시 제트기는 훈련을 받으러 파견되는 우리를 통해서만 알 수 있었다. 그만큼 파견되는 사람들의 어깨가 무거웠다.

제트훈련을 위한 두 번째 도미

휴전하고 일 년 남짓, 아직도 전쟁의 기운이 채 가시기도 전인 1954년 9월 두 번째로 미국에 갔다. 제트 비행훈련을 받기 위해 왔으나 쉽게 비행기를 태워주지 않았다. 비행훈련을 받기 전에 언어교육부터 받고 오라는 것이었다.

언어 소통이 안 되면 비상시 대처하지 못하고 더 큰 사고로 이어질 수 있으니 언어코스를 통과하지 않으면 비행기에 태울 수 없다고 했다. 두 번째 미국에 온 나와 몇몇은 그래도 비교적 빨리 통과할 수 있었다. 그러나 몇몇은 도저히 통과하기 힘든 상황이었다. 그렇다고 그들을 빼고 비행훈련을 받을 수도 없었다. 마지막 남은 것은 휴일도 반납하고 1대 1로 붙어 집중적으로 공부를 도와주는 영어시험 통과 작전이다. 군인이니 모든 생활에서 작전을 펼치는 것은 당연했다.

원래 언어 교육이 3개월로 잡혀 있었다. 그러나 우리 형편에 그것은 너무 길었다. 아무리 휴전이라지만 언제 어떤 상황이 벌어질지 모르고,

미 공군이 있다지만 한국 공군의 핵심요원은 모두 이곳에 있는데 한시라도 빨리 교육을 끝내고 돌아가는 것이 목표였다. 우리에겐 하루가 다급했다.

언어시험을 통과하기 전까지는 우리끼리 저녁 외출도 금했다. 모의시험도 치르고 한 결과 한 달 반 만에 전원 언어시험을 통과할 수 있었다. 언어교육 시간을 반으로 줄인 것이다. 하지만 속성으로 배운 탓에 부작용이 없을 수가 없었다.

나중에 비행기를 타고 이륙을 했을 때 교관의 지시를 알아듣지 못한 몇몇은 동료들에게 다짜고짜 "도대체 뭐라고 하는 거야" 하고 묻기도 했다. 지시사항은 알아들을 수 없고, 마음은 다급하고 그 속 타는 심정을 누가 알아주랴. 우리의 제트 공군 초창기에는 이런 이면도 있었다.

그것뿐이 아니었다. 프로펠러 비행기하고는 전혀 다르니 지상훈련부터 교육이 많아 무척 고생했다. 그런 기술교육만 받기에도 급급한데 우리에게는 부가적인 임무가 있었다. 비행장 내 시설인 도로부터 시작하여 마크, 사인, 유류 창고, 탄약고 등 모든 조금이라고 도움이 될 만한 것은 다 사진 기록으로 남겨야 했다. 평일은 별로 시간이 없으니 휴일을 이용하여 탄약고와 시설물 사진을 찍고 다니자 그것을 본 미군에 의해 상부에 보고가 되어 말썽이 일었다. 그것도 대사관으로 연락이 가서 오히려 대사관에서 무슨 일인지 되묻는 것이다. 알았다고 우리가 직접 해결하겠다고 하고 바로 부대장에게 솔직히 말했다.

사실 우리의 입장은 이러이러하다. 다른 뜻은 없다. 만약 지금까지의 사진을 달라면 다 주겠다. 또 보여달라면 다 보여준다. 그러나 여기서 돌아가면 모든 것을 우리가 다 해야 하는 입장을 이해해주었으면 좋겠다고 말했다. 부대장도 그 문제를 충분히 인식하고 그 후부터는 그런 것을 가지고 문제 삼지 않았다.

계급을 강등하고 교육을 받다

하루는 식사시간이 되어 식당에 갔는데 그날따라 준비가 늦어 잡담을 하며 대기하고 있었다. 그때 비행단장이 참모들과 식사하기 위해 식당으로 오고 있었다. 우리들은 단장 일행이 오는 것을 보며 한쪽으로 비켜서서 계속 잡담을 하고 있었다. 그런데 그 일행 중에서 갑자기 "헤이 커널 권" 하며 나를 부르는 것이 아닌가.

우리는 그때 2계급씩은 강등한 계급장을 달고 교육을 받고 있었다. 교관들이 대위, 중위들인데 우리가 실제 계급대로 중령이나 소령이면 제대로 교육이 되지 않을 것이며 의사소통도 자유롭지 못할 것이라는 판단에서였다. 그래서 나도 대위 계급장을 달고 있는데 갑자기 내 실제 계급을 아는 사람이 나온 것이다. 깜짝 놀라서 보니 한국의 미 5공군 사령부에서 같이 중령으로 근무했던 군수참모가 그곳 군수참모로 와 있었다. 그리고 나를 알아보고는 반가운 마음에 인사를 건넨 것이다.

다급하게 가만히 있으라고 나는 중령이 아니라 캡틴, 대위라고 했더니 싸워서 강등된 것이냐고 묻는다. 그래서 한쪽으로 불러서 사실을 설명했다. 우리 모두 계급을 낮춰서 왔다. 우리가 정식 계급이면 너희 교관들이 어려울 것이 아닌가. 그래서 우리도 임시로 계급을 낮춰왔으니 비밀을 지켜달라고 해서 넘어갈 수 있었다. 그렇게 비밀은 지켜졌다.

어느 정도 비행훈련을 마치고 단독비행을 시작하자 비행단장과 참모들이 긴장한 모습으로 참관을 했다. 실제 단독비행 때 사고가 가장 많아 그때는 부대 전체가 긴장하는 것이다. 나중에 알았지만 그렇게 단독비행을 지켜보던 단장과 참모 일행이 과연 매끄럽게 내릴 수 있느냐 없느냐를 놓고 자기들끼리 1달러 정도씩을 걸고 간단한 내기를 했다고 한다. 그 결과 돈은 군수참모 그 친구가 모두 땄다고 했다.

아무리 제트 비행기지만 프로펠러 비행기와 그 기본은 같을 수밖에 없다. 다만 속도가 빠르고 그것에 맞춰 기계 운용이 복잡할 뿐이니 프로펠러기에 익숙해 있던 우리 조종사들은 제트기 착륙에도 문제가 없었다. 그 군수참모는 우리의 실제 계급을 아니 비행 실력을 알고 있었고, 나머지 비행단장과 참모들은 아무것도 모르니 군수참모가 내기에서 이길 수밖에 없었다.

비행교육을 수료하면서 우리도 고급장교인데 교육만 받고 떠나기가 어려워 미리 비행단장과 관계자들의 선물을 한국에서 준비해 갔었다. 그리고 교육을 수료한 후 단장과의 자리에서 군수참모도 불러내 그동안의 오해를 풀었다.

"사실은 여기의 군수참모하고 나는 중령으로 한국에서 같이 근무하다가 이번 교육에 참여했다. 그리고 교관들과의 관계 때문에 계급을 일부러 낮춰 왔다. 이것에 대한 비밀을 지켜달라. 다음 훈련이 남아 있는데 먼저 그런 사실들이 밝혀지면 서로 곤란하지 않겠느냐."

단장은 그제야 모든 의문이 풀렸다며 교육받으러 온 사람들이 사진을 찍고 뒤지고 해서 불량군인인 줄 알았는데 그것이 아니고 돌아가서 한국 공군을 움직여야 한다니 모두 이해된다고 했다. 미리 알았으면 더 도와줬을 텐데 미안하다는 것이다.

모든 일은 충분히 해명이 되었고 오해의 소지가 말끔하게 정리되었다. 그때 비행단장이 갑자기 군수참모를 가리키며 너는 나쁜 사람이라고 한다. 너는 다 알고 있었으니 비행 실력에 관한 내기에서 번번이 당할 수밖에 없지 않았느냐며 저희들끼리 농담을 했다.

그렇게 좋은 경험을 얻고, 교육도 빨리 끝내 무사히 수료를 할 수 있었다. 그곳이 미국 남서부 멕시코와의 접경지역으로 조금만 더 가면 국경을 흐르는 '리오그란데'라는 큰 강이 있는 곳이었다.

공짜로 얻은 자동차로 네바다 주까지

다음 목적지는 로스앤젤레스에서 내륙으로 들어간 네바다 주로 조금 더 가면 유명한 그랜드 캐니언이 있는 근처였다. 그곳에 있는 F-86 세이버 전술부대에서 교육을 받아야 했다. 그곳까지 이동을 해야 하는데 무엇으로 갈 것인지를 묻는다. 비행기로 갈 사람은 비행기를 배치하고 기차로 갈 사람은 기차표를 예매해주고 또 자동차로 갈 사람은 미

비행을 위해 대기하고 있는 F-86 전투기

리 신청하면 여비를 준다는 것이다. 그때 우리에겐 비행장을 오갈 때 사용하던 좀 낡은 차 두 대가 있었다.

어떻게 이동할 것인가는 이구동성 자동차를 선택했다. 미리 출발해 구경도 하고 즐기며 가자는 것이다. 상위 다섯 사람이 한 팀이 되고, 나머지가 기존에 가지고 있는 차 두 대로 이동하기로 했다. 문제는 이들 중에서 나만 면허증이 있다는 사실이었다. 시험을 봐도 번번이 떨어지니 기지 내에서 이동할 때는 아무나 운전을 하지만 밖으로 나갈 때는 항상 내가 운전을 했다. 자동차로 이동할 경우 1마일에 6센트씩 연료비가 든다고 했다. 그곳에서 네바다 주의 목적지까지는 약 1,500마일이니 1인당 약 100달러 가까운 여비가 지급되는 것이다.

어차피 그곳에 가서도 차는 필요할 것이고 우선 내 돈으로 살 테니 알아서들 하시라고 하며 500달러를 주고 차를 샀다. 그들은 번번이 얻어 타기가 미안했던지 나중에는 주식회사로 하자며 100달러씩 투자했다. 그렇게 5명은 차 한 대에 100달러씩 투자한 주주가 되고 승용차는 주식회사가 되었다.

그때가 54년도인데 차가 52년식 포드니 잘 산 것이었다. 그것도 자동차 시장에서 산 것이 아니라 기지 게시판에 개인이 매물로 내놓은 것이어서 쓸 만했다. 거기에 유류비로 100달러씩 받은 것까지 치면 자동차 한 대가 공짜로 생긴 셈이었다.

짐은 다른 사람들 편에 보내고 간단한 가방 하나씩만을 가지고 떠났다. 면허는 없지만 운전 실력들이 좋아서 도시를 지날 때는 내가 운전을 하고, 도시를 벗어나면 나는 뒷좌석에서 잠을 자고 나머지 네 사람이 교대로 운전을 했다. 천천히 운전하며 경치도 구경하고 중간에 인디언 마을도 들리고 하니, 이동시간이 거의 5일은 걸렸다. 오랜만에 동료들과 여유롭고 흥겨운 여행을 즐겼다.

그렇게 로스앤젤레스에 왔는데 그때 처음 고속도로라는 것이 생겼을 때였다. 우선 한국영사관에 들러야 하는데 서로 지도를 보며 몇 번 브리지로 내려가면 된다고 의견들이 분분했다. 난생처음 고속도로에 올라보니 8차선의 넓은 도로를 차들이 쌩쌩 달리는데 정신이 하나도 없었다. 한참을 갔는데도 브리지를 못 찾고 지나쳤단다. 고속도로 끝까지 가서 차를 돌린 다음 처음부터 다시 달렸는데 또 못 찾아서 지나쳤단다. 그 와중에 그만 타이어에 펑크가 나고 말았다.

차들의 속도가 너무 빨라 겁이 나 어찌할 줄 모르고 도로 옆에 차를 붙인 다음 비상라이트를 켜고 있는데 잠시 후에 사이렌 소리와 함께 경찰차가 다가왔다. 타이어에 펑크가 났다고 사정을 말하자 잠시 기다리라며 견인차를 불러서 고속도로 밖으로 견인을 해주었다. 그렇게 물은 벌금이 50달러, 그리고 그들이 한국 영사관을 가르쳐줘 찾을 수 있었다.

영사관에서 밥을 먹고 시내 구경을 한 다음 그날은 영사관에서 잤다. 다음 날, 라스베이거스 근처에 있는 넬리 기지를 찾아가기로 했다. 가는 도중 미국이 크다는 것을 다시 실감했다. 중간쯤 가는데 안내 표지판에 꼭 여기서 연료를 가득 채우고 출발하라는 경고다. 주유소에 가서 기름을 가득 넣는데 직원이 어디를 가느냐고 물었다. 라스베이거스에 가는 것을 알고는 카뷰레터를 다시 조정해준다. 요즘 자동차는 전자식 카뷰레터를 쓰지만 옛날에는 고도에 따라 그 흡기 양을 조정해주어야 했다.

운전을 하며 멀리서 보기엔 별로 높아 보이지 않지만 막상 올라가 보면 산이 그렇게 높았다. 약간 경사면이라는 느낌으로 올라가는데 가도 가도 끝이 없었다. 한참을 올라가다 보면 카뷰레터를 손봤음에도 불구하고 고도의 차이 때문에 출력이 떨어지고 제 속도를 내지 못했다. 산 정상 가까이에 커피를 마시며 쉴 수 있는 쉼터가 있었다.

그렇게 라스베이거스를 거쳐 비행장을 찾아가는 길에 마음이 급해 과속을 하는 바람에 또 단속을 당했다. 이번엔 벌금 10달러, 10달러면 상당히 큰 금액이었다. 요즘 100달러가 비교가 안 될 정도였다. 규정 속도보다 몇 마일 넘었다고 비행장 입구에서 바로 단속에 걸렸다.

일단 차를 세우더니 묻는다. 재판에 나올 것인가 여기서 인정하고 벌금을 낼 것인가. 이제 기지에 들어가면 바로 훈련을 받아야 하는데 언제 재판에 나갈 시간이 있겠는가. 벌금이 얼마냐고 물었더니 10달러란다. 억울한 생돈 10달러를 벌금으로 냈다.

올림픽에서 금메달을 딴 자랑스러운 한국인 2세

그렇게 기지에 도착하여 마지막에 F-86에 대한 비행훈련을 받았다. 여기는 벌써 먼저 있던 곳에서 수준이 어느 정도라는 통보를 받은 눈치였다. 우리에 대한 정보를 이미 파악하고 있었다. 한번은 휴식시간에 대위인 교관과 같이 담배를 피우는데 슬며시 옆에 와서는 "커널" 하는 것이었다. 놀리는 것이 아니라 자기들도 다 알고 있다는 표시였다. 오히려 그 편이 서로 부담이 없고 편했다.

이미 라스베이거스 신문에 한국 공군 조종사들이 훈련을 받으러 왔다고 크게 보도가 되어, 그 소식을 보고 한국에서 근무하다 근처에 온 사람들이 찾아와 만나기도 했다.

1948년 런던올림픽과 1952년 헬싱키올림픽 다이빙 부문에서 금메달을 2연패 한 새미 리라는 한국인 2세가 라스베이거스에서 큰 도박장을 운영하고 있었다. 하루는 우리를 초청해서 대접을 잘 받았다. 하와이에 갔던 이민 1세의 자식이 벌써 본토에 들어가 자신의 특기를 발휘해 미국 대표선수로 올림픽에서 금메달을 목에 걸고, 이렇게 라스베이거스

중심부에 큰 사업장을 운영한다니 보기만 해도 뿌듯했다.

그들에게 대접을 잘 받고 헤어질 때가 되자 그곳 도박장에서 사용할 수 있는 칩 100달러씩을 받았다. 호기심에 도박을 할 사람은 도박을 하고 도박에 흥미가 없으면 언제든지 현금으로 교환해준다고 했다. 또 한 가지 만약 도박을 하더라도 이 돈을 잃고 나면 더 이상은 도박을 하지 말라고 신신당부를 했다.

도박의 확률은 6대 4로 업주 측에 유리하게 되어 있는데 그 4도 도박에 참여하는 불특정 다수를 다 포함하는 것이니 절대로 이길 수 없다는 말이었다. 그것은 너무 불공평하지 않으냐고 묻자 그는 도박장에서 벌어들이는 6에 대한 세금으로 네바다 주가 운영이 된다고 했다. 또 정부에서 그 정도면 시설 유지나 사업 면에서 볼 때 신사적이라고 인정하고 허가를 내준 것이라고 했다. 결론은 도박을 해서 딸 확률은 없으니 재미로 하더라도 지금 나눠준 100달러 이상 하지 말라는 것이다.

그와 헤어진 다음 도박도 경험이라고 100달러를 가지고 시작해보았다. 몇 시간 후 새벽 1시쯤에 물어보니 몇몇은 아직 돈이 남았단다. 10명 전원의 돈이 다 털린 것은 새벽 서너 시쯤, 도박장을 나서는데 안내원이 저쪽에 아침식사로 뷔페가 준비되어 있으니 먹고 가라며 쿠폰을 하나씩 나눠주었다. 어차피 100달러짜리 뷔페인데 영양 보충이나 하자고 새벽에 실컷 먹고 귀대한 적도 있다.

원폭 시험 희생자 부모를 만나다

먼저 기지에 있을 때와 달리 넬리스 기지에 있을 때는 주말에 할 일이 없어서 자주 라스베이거스까지 외출을 했다. 외출할 때는 왕복 택시비와 저녁식사비 정도를 가지고, 가볍게 바람을 쐬는 정도였다.

그날도 동료들과 카페에서 가볍게 맥주를 한잔하고 있는데 옆 좌석에 있던 노부부가 어디서 왔느냐고 묻는 것이다. 한국에서 왔다고 하자 신문을 통해서 봤다며 자기가 맥주를 한잔 사고 싶다고 한다. 좋다고 어르신은 어디서 오셨느냐고 했더니 어디어디서 왔다고 일러준다.

라스베이거스에는 일 년에 한 번, 이날에만 찾아온다고 했다. 그 이유는 자기 아들이 네바다사막의 원폭시험장에서 죽었다는 것이다. 단지 죽었다는 연락만 받았지 어떤 상황에서 죽었다는 말도 못 듣고 시체 확인도 못 했단다. 국가적인 기밀사업이어서 아무런 항의도 하지 못하고 사망통지를 받은 날을 기일로 일 년에 한 번씩 라스베이거스에 와서 네바다사막을 보며 슬픔을 달랜다고 했다. 아무리 유족이라도 더 이상은 접근하지 못하니 여기에서라도 아들을 추모한다고 했다.

물론 처음 만드는 무기라 시행착오가 많았겠지만 강한 나라의 뒷면에 그런 아픔의 그림자가 있었다. 1954년 라스베이거스에서의 일이었다. 그 아들은 무엇을 위해 희생되었으며, 노부부의 아픔은 누가 어루만져 줄 수 있을까. 반대로 어쩌면 그런 희생을 감내했기에 세계에서 제일 강한 나라가 되지 않았을까. 개인적인 불만이 있다고 그것을 다 들어내는 것이 과연 옳은 일인가. 어떤 행위가 개인의 사리사욕을 채우기 위한 것이라면 나쁘지만, 사회나 국가를 위한 것이라면 어느 정도의 개인적인 희생은 큰 차원에서 감수해야 하는 것이 아닌가. 그때 묵묵히 맥주를 기울이는 노부부를 보며 그런 생각을 했다.

또 북한에서 플루토늄을 재처리하고 원폭 지하실험 등을 하는 과정에서 얼마나 많은 인명이 희생당했을까. 미국처럼 기술이 발달하고 자유롭고 개방적인 나라에서도 시행착오를 거치면서 억울한 목숨이 희생되었다. 또 국가적 기밀사업이라 묵묵히 감내하며 아픔을 삭이는 사람들이 있는데, 낙후된 기술과 철저한 통제 속에 가려진 저 나라는 얼마나 많은 우리 형제들을 희생시키고 가족들에게 아픔을 주었겠는가.

그런 소모적인 행동이 남북한 경제와 그곳에서 사는 사람들의 삶에 어떤 영향을 미치는지 알고 하는 것인지 의문이 든다. 하루라도 빨리 이런 문제들은 평화적으로 깨끗하게 해결되기를 바랄 뿐이다.

원폭구름 속에서 '메이데이 콜'

그 노부부의 아들뿐만 아니라 넬리스 기지에서 훈련을 받는 우리도 원폭 구름에 휩싸이는 위기가 닥친 적이 있다. 훈련을 받을 때 직접 원폭시험이 있다고 이야기를 하지는 않지만, 그런 시험 계획이 잡히면 보통 내일은 훈련을 쉰다던가 하는 통보를 해주었다. 물론 넬리스 기지와 원폭시험장과의 거리는 상당히 떨어져 큰 위험은 없으나 그때만 해도 방사능 처리가 잘 안 되어 원폭구름에라도 휩싸이면 큰일이니 미리 시간을 조절해 훈련을 하는 것이다.

훈련을 거의 마칠 단계가 되어 공중 전투훈련을 받았다. 그 훈련은 주로 그랜드 캐니언 가까이에서 받았다. 하루는 잘 올라가서 열심히 훈련을 받고 있는 중에 위급상황을 알리는 '메이데이 콜'이 갑자기 들어왔다. 즉시 기지로 돌아와라, 엔진을 끄는 것 외에는 아무것도 손대지 말고 지정된 장소에서 대기하라고 했다. 영어를 한다고 해도 겨우 의사소통을 할 뿐이지 위급상황에서 빨리 말하는 것을 알아듣기란 쉽지 않았다. 메이데이 콜이란 것이 원래 목숨이 위험할 때 사용하는 것이니 무엇인가 큰일이 난 것은 틀림없었다.

혼자 올라간 것이 아니라 동료들과 함께하는 전술훈련이어서 같이 올라간 동료와 교신을 했다. 물론 우리끼리는 한국말로 했다. "큰일이 난 것 같고 즉시 내려와 지정된 장소에서 손대지 말고 대기하라는 것 아닌가." "응, 나도 그렇게 들었어." 지시대로 즉시 기지로 돌아오자 평소에 멈추던 곳이 아니라 다른 곳으로 유도한다. 그러고는 그곳에 멈춰서서 엔진만 끄고 가만히 있으라고 했다. 절대로 손대지 말고 문도 잠시 후에 열어주겠다며 모두 비행기 안에서 꼼짝 말고 대기하라는 것이다. 시키는 대로 엔진을 끄고 있자 잠시 뒤에 소방차가 와서는 비눗물로 비행기를 씻기 시작했다. 그리고 방호복을 입은 사람들이 사다리를 걸고 문을 연 다음에는 비행기에 손대지 말고 내리라는 것이다.

우리가 비행기에서 내린 후 바로 구급차에 태워 빈 천막으로 데려가 옷을 모두 벗고 샤워를 하라고 했다. 옷에 있던 귀중품이나 지갑 등도 있으면 자기들이 챙겨주겠다며 옷을 모두 가져갔다. 샤워를 마치자 방사능 측정을 했다. 약하게 '삐릭' 하는 소리가 났지만 그 정도면 안심해도 되는지 모두 새 옷 한 벌을 가져다줘 갈아입었다.

후에 상황을 알아보니 그날도 원폭시험이 있는 날이었다고 한다. 우리 훈련 방향과는 반대로 바람이 불어 영향을 주지 않을 것으로 판단하고 훈련을 시작했던 것이다. 그런데 갑자기 바람의 방향이 바뀌면서 원폭구름이 우리가 훈련을 받고 있는 공간으로 퍼졌다. 그것도 모르고 우리는 전술훈련을 하고 있었으며, 그 원폭구름이 덮치기 직전에 비상이 걸려 그 틈새를 빠져나왔다는 것이다. 만약을 위해 오염 물질을 씻고 잔류 방사능 수치를 측정했으며 걱정하지 않아도 될 수치였다고 했다.

아무리 강대국이라고 해도 바람의 방향까지 예측을 못해서 이런 일도 있을 수 있구나 생각했다.

음속 돌파와 야간 항법훈련

그곳 훈련에서 가장 기억에 남는 것이 음속돌파훈련이다. 우리에게는 음속이라는 단어도 생소하고 또 그것을 돌파한다는 말을 듣지도 못할 때였다.

음속 돌파라는 것은 음의 파장이 밀려오는데 그 파장의 속도보다 빠른 속도로 부딪히게 되면 아주 미세한 순간이지만 상대적으로 음은

서 있고 그것보다 빠른 속도가 그 음을 뚫고 나간다는 것이다. 그러면 엄청난 소리, 폭탄 터지는 소리가 나니 저공에서는 절대로 할 수 없다는 교육을 받았다.

이것이 이론이고 이제 몸으로 음속돌파비행을 해야 한다. 음속 돌파를 해야 두려움이 극복되어 제트기 조종사가 될 수 있는 것이다. 우리 비행기가 올라갈 수 있는 최고의 높이인 3만 3~4천 피트까지 올라가서 거꾸로 내려가야 한다. 음속을 돌파한다고 해도 느껴지는 것은 하나도 없었다. 소리가 들리는 것도 아니고 단지 계기판을 보며 조종할 뿐이다.

그래도 음속을 돌파할 때 무척 심한 진동이 있었다. 흡사 비행기가 분해되는 것이 아닌가 할 정도로 심한 떨림이었다. 그 과정을 다 마치고 내려오면 축하주와 함께 음속을 돌파했다는 마크를 하나씩 달아주

편대비행 중인 F-86

었다.

수료할 때쯤에는 야간항법훈련을 받았다. 기지에서 떠서 애리조나주 근처에 있는 후버 댐을 들러, 샌디에이고와 로스앤젤레스를 거쳐서 돌아오는 코스였다. 고도 3만 피트 이상 올라가서 2시간 비행을 하는데 일몰부터 시작했다. 먼저 시작하는 사람은 자정쯤에는 끝나지만 마지막 순서에 걸리면 어스름 새벽이나 되어서 돌아오게 되는 단독비행이었다.

야간 항법훈련을 하러 올라가 캄캄한 밤에 홀로 비행을 하면 외로웠다. 새벽 3시경 혼자 고공에 앉아 계기를 보고 있으면 아무 소리도 들리지 않고 별빛이 초롱초롱 그렇게 맑을 수가 없었다. 갑자기 인생이 참 피곤하다는 생각이 들었다. 내가 이 깜깜한 밤에 왜 혼자 나와서 남의 나라 상공을 돌아다녀야 하나, 한편으로는 어서 훈련을 마치고 귀국해서 일을 해야겠다는 책임감 이 두 가지가 복잡하게 얽히다 나중에는 피로하다는 생각뿐이었다. 아예 저 별을 따라서 가버릴까 하는 생각이 들기도 했다.

하늘을 나는 사람들은 또 그들만의 고독함이 있다. 일반인이 보기엔 용감하게 보일지 모르지만 인간으로서의 고독함은 항상 따라다닌다. 지금까지도 그때의 기억을 떨칠 수 없다.

그렇게 무사히 제트비행훈련을 마치고, 교육 중에 찍었던 사진과 기록 그리고 각종 자료들을 가지고 무사히 귀국했다. 귀국해서 며칠 후 진급 발표가 있었다. 1955년 6월 1일 임시 대령으로 진급했다. 요즘은 없지만 그 당시에는 임시 계급이 있었다. 육해공군이 전부 팽창해 나갈 때여서 새로운 직책들이 생겨났다. 그러려면 그 직책에 맞는 계급이 있어야 했는데, 그 일을 맡을 적임자가 정식으로는 그 계급에 미달하여도 업무를 처리하기 위해 임시로 만들어주는 계급이었다. 그렇게 임시 진급이라는 제도가 있었다. 나도 정식 대령이 아닌 임시 대령이 된 것이다.

1950년 4월 25일 소위로 임관해 1955년 9월 1일에 임시 대령이 되었으니 5년 4개월 만이었다.

10

제트 공군 전환의 어려움과
사회적 혼란

제트 교육을 함께 받고 온 우리 선임 조종사 10명은 각자의 보직을 맡아 흩어졌다. 누구는 어디 비행단장, 누구는 어느 비행전대장으로 보임됐으나 나는 본부 작전과장이었다.

조종사들이 제일 싫어하는 것이 본부근무였다. 조종사들은 하늘을 날며 마음껏 자유를 누려야 하는 사람들이었다. 그런데 작전과장은 층층시하에 들어가 공군의 맏며느리로 살림을 다 해야 하니 누가 좋아하겠는가.

그래도 명령이 난 이상 따를 수밖에 없었다. 나중에 눈치를 보니까 막상 공군을 움직이는 최고 간부들이 제트에 대해 전혀 모르는 탓에 누군가 제트에 대한 교육도 맡아야 하고, 각 실과 국에 우리 공군이 제트화를 위해 무엇이 필요한지 뒷받침할 임무가 나에게 주어진 것이다. 옛날 학교 선생을 했다는 경력이 유죄인 것 같았다. 작전과장으로 출근하자마자 바로 총장실로 불려가서 질문 공세를 받았다.

개념이 다른 제트 비행기

이제까지의 프로펠러 비행기와 제트 비행기는 개념 자체가 달랐다. 그래서 조금만 부주의해도 사고가 많이 날 수밖에 없었다. 제트 비행기가 이륙하기 위해 풀 파워를 넣으면 공기 흡입구 가까이 있는 사람은 빨려 들어갈 정도이고 후방으로 내뿜는 불기둥은 웬만한 것은 다 태워 버린다. 이제까지와는 전혀 다른 세계였던 것이다. 그러니 질문이 많을 수밖에 없었고 그에 대한 대비도 더욱 철저히 해야 했다.

실제 작전국의 일보다 우선 제트화에 대한 교육이 먼저였다. 작전계장을 불러 꼭 필요한 일 이외는 알아서 처리하라고 지시한 다음 본격적으로 교육에 집중했다. 한여름 여의도 콘센트 막사가 얼마나 더운가. 속옷만 입고 있어도 금방 땀에 푹 젖을 정도였다.

참모회의가 끝나면 제트화에 필요한 최소한의 교육이 이어졌다. 중요한 사항에 대해 메모를 해주면 자료를 찾아 교안을 만들고 그것으로 다시 교육을 하는 과정이었다. 물론 교본이 있지만 그것은 무슨 말인지 이해하기가 어려웠다.

프로펠러에서 제트로 넘어간다는 것은 세대를 뛰어넘는다는 인식의 전환이 필요했다. 기본 원리는 같지만 전혀 다른 사고에서 시작되는 것이다. 전환한다는 것, 기존 사고의 틀을 깨고 새로운 생각으로 바꾼다는 것이 쉬울 수 없었다.

우리 역사를 보면 조선의 유교사회에서 갑자기 서구의 근대문명이 들어와 개화되는 과정이 있다. 그때 우리 공군의 처지가 바로 그런 모습이었다. 모든 관습과 제도를 바꾸어 새로운 환경에 적응하고 익숙해져야 하는 그런 상황이었다.

공군대학 준비팀으로 세 번째 도미

고된 업무와 교육에 대한 부담으로 점점 힘들어졌다. 조종사 자격을 유지하기 위해서는 또 바쁜 시간을 쪼개 한 달이면 4시간의 유지비행을 해야 했다. 하루는 이제 점점 체력의 한계에 도달한 것 같으니 비행

공군대학 준비를 위해 세 번째 도미(뒷줄 왼쪽 두 번째)

공군대학 창설식 후 한미 공군들과 함께(앞줄 왼쪽 두 번째)

부대에 보내달라고 건의했다. 그러고도 한참 뒤에 미국을 다시 다녀오라고 지시가 왔다.

"아니 두 번이나 다녀왔는데 또 무엇입니까?"

"아니야 이번엔 쉬라고 보내는 거야."

이번에는 공군대학을 만들기 위한 것이었다. 고급장교를 위한 교육시스템이 없으니 그런 제도를 만들라는 것이다. 미국 공군대학에 나를 포함하여 3명이 파견을 나갔다.

우리 공군대학을 설립하려면 어떻게 만들어 어떤 교육을 시킬 것인가를 파악하고, 또 너무 먼 곳이 아닌 동아시아권에서 그 교육을 담당할 수 있는 교관 리스트까지 준비해야 했다.

한정된 시간에 쫓기는 것도 아니고, 교육을 받는 것도 아니어서 쉬는 것은 맞았다. 국내에서는 쉴 수 없다는 것을 알고 미국에서 좀 쉬면서 공군대학 설립을 준비하라는 배려였던 것이다.

3~4개월 동안 긴장에서 벗어나 자료도 모으고 운동도 하는 아주 평화로운 시간을 보냈다. 미국 공군도 우리에게 아주 호의적이었다. 필요한 자료를 수집하거나 어느 교관이 지금 어디에 있는지 파악하는 데 협조적이어서 어려움이 없었다.

여의도에 공군대학 설립, 부교장 겸 교수부장

귀국 후, 공군본부는 대방동 언덕에 새로운 건물을 지어 옮겨갔다. 본부로 쓰던 여의도의 콘센트는 그대로 인계받아 그곳에 공군대학을 만들고 부교장 겸 교수부장을 맡았다. 그때 한 시간 강의를 위해 하와이에서 비행기를 타고 오는 교관도 있을 정도로 미국 공군의 적극적인 지원을 받았다.

공군대학 제1기 교육이 끝나자 1957년 9월 수원에 있는 비행단의 부단장 겸 비행전대장으로 발령을 받고 계급도 정대령이 되었다. 가족들을 수원 팔달문 옆에 있는 관사로 옮기고 둘째 딸을 얻었다. 아들 하나와 딸 둘을 거느린 가장이 된 것이다.

우리 선임 조종사들은 제트 기초교육을 미국에 가서 받았지만, 나머지 인원은 오산에 있는 미 공군 기지에서 정기적으로 돌아가며 훈련을 받았다. 우리에게 시설이나 교육에 대한 준비가 미흡하여 미 공군이 대신 해준 것인데 한계가 있으니 자체에서 교육을 시켰으면 좋겠다고 했다. 그 교육을 대구에서 시키게 되었는데 내가 담당을 했다. 일 년 남짓 수원비행단에 있다가 1958년 말 대구에서 제1훈련비행단 부단장 겸 제트훈련전대장으로 가게 된 것이다.

제트기에서 가장 무서운 것이 파워를 키고 출력을 높이면 공기가 빨려 들어가는데, 이때 쇠붙이 같은 이물질이 같이 들어가 엔진이 망가지는 일이다. 멀쩡히 잘 날아가던 여객기 엔진에 철새가 빨려 들어가 급히 회항하는 것과 마찬가지이다.

당시 대구비행장 활주로는 시멘트나 아스팔트가 아니라 PSP라는 일렬로 구멍이 쭉 뚫린 긴 철판이 깔려 있었다. 원래 PSP는 전시 야전비행장용이었다. 동남아시아에 미군들이 진주하던 2차 대전 때 비행장을 만들어야 하는데 정식 비행장을 만들 수는 없으니 나무 등 장애물을 없앤 다음 대충 땅을 평평하게 만들고 그 위에 PSP를 깔아서 사용했던 것과 같다. PSP를 깔면 지반이 좀 약해도 서로 얽혀 있으니 쉽게 파이거나 하지 않았다.

대구비행장도 한국전쟁이 터지고 난 다음 시멘트 시설을 할 시간이 없어 길이만 좀 연장하여 임시로 이 PSP를 깔았던 것이 여전히 깔려 있었다. 지상의 고체 조각 하나라도 제트 엔진에 빨려 들어가면 큰일이니 상당히 조심스러웠다.

내가 부단장이자 비행전대장으로 기지에서 가장 높은 사람인데도 아침에 차를 타고 기지에 들어가 활주로에 내리면 차는 먼저 보내고 들

대구 기지 활주로 준공식(오른쪽 세 번째)

어오는 참모들과 일렬로 서서 활주로 끝까지 훑으면서 비행기에 위험이 되는 것은 다 주웠다. 하루도 안 빼고 아침마다 활주로의 이물질들을 주워도 사고가 났다.

대구비행단 단장은 사천비행단 단장이 겸임을 했는데 주로 사천에 있어 일주일이면 한 번씩 보고하러 사천에 내려가곤 했다. 얼마 후에 그 단장은 다른 보직으로 옮겨가고 내가 대구와 사천비행단의 단장을 맡았다.

대구비행장에 언제까지 PSP를 깔아 사용할 수 없으니 한쪽에서는 콘크리트 활주로를 만드는 공사 중이었다. 교육, 공사, 부대 살림…… 등 여러 가지를 챙기느라 항상 바빴다. 대구 기지에 공군 병력이 1만 2~3천 명 있었다. 다른 창장들은 모두 나보다 선임이고 선배들이었다.

규정에 의하면 모든 기지 업무는 비행단장이 책임지게 되어 있었다.

따라서 기지 내 모든 살림살이까지 모두 내 몫이었다. 기지 내 실질적인 지휘권은 내게 있지만 고참 창장을 모시고 살아가기가 쉬운 일은 아니었다.

3·15 부정선거와 4·19 혁명

1960년은 우리에게 사회적 혼란기이자 또 한 번의 큰 전환점이 이루어진 해였다. 우리나라 근대화의 암울한 그림자이기도 하다. 나는 대구 제1훈련비행단장으로 있으면서 1960년 3월 15일 제4대 정·부통령 선거를 치렀다. 기지를 책임지고 있으니 당연히 선거도 내 책임하에 있었다. 선거가 가까워오자 밀어닥치는 압력은 상상하기도 어려웠다. 자유당도 당위원장부터 국방, 행정계통까지 온통 자기들이 원하는 만큼 표를 내라고 요구했다.

가끔 만나는 주위의 부대장들에게도 어떻게 됐느냐고 물어보면 큰일 났다고 옷 벗고 나가게 생겼다고 했다. 위에서부터 압력은 내려오지, 그렇다고 선거를 내 마음대로 할 수는 없지 중간에 있는 사람들은 그야말로 죽을 맛이었다.

그래도 육군은 형편이 나았다. 순박한 시골 출신이 많아 강압적으로, 투표할 때 지켜보고 있으니 그대로 찍으라고 해서 통용된 부대들이 많이 있었다.

부정선거의 굴레에서 교묘히 빠지다

공군은 그것이 아니었다. 배울 만큼 배워 똑똑한 사람들이었고, 조종사의 경우 사회적 환멸을 느낀다고 비행기를 몰고 북으로 넘어가면 대책이 없는 것이다. 성적은 내라고 하고, 어떻게 할 방법은 없고 참 난처한 지경이었다. 선거일이 가까이 올수록 더욱 죽을 지경이었다. 이 고비를 어떻게 넘기느냐 참모회의를 해도 별다른 묘안이 없었다.

비행부대 운영에 대해 신경을 쓰는 것이 아니라, 선거에서 찬성표를 어떻게 만들어야 하는가에 머리를 써야 하는 상황이 벌어진 것이다. 며칠을 고민하다가 결단을 내렸다. 내가 할 테니 돈을 만들어라. 예산이 따로 잡힌 것도 아니니 참모들이 이것저것 내다 팔 것은 팔고, 심지어는 공사를 맡은 건축회사에서 좀 떼어내고 해서 자금을 좀 만들어가지고 왔다. 그것을 반으로 나누어 자유당 도당위원장에게 점심이나 하자고 찾아갔다. 둘이 마주앉아 봉투를 내놓으며 말했다.

"도와주시오. 아시다시피 우리 애들은 너무 똑똑하고 많이 배운 아이들이어서 그렇게는 안 된다. 강요하면 터진다. 내가 어떻게 해볼 테니 그것에 대해 말이 들어와도 참아달라. 이것은 선배 쓰시오."

다행인 것은 내가 그 지역 출신이라는 것이다. 또 돌아가신 형님이 한동안 정치판에 있어 자유당 도당위원장도 하고 했으니, 누구누구 동생이다 하면 다 아는 처지였다.

"그렇겠네, 어떻게 하나. 자네 입장이 참 어렵겠네. 하여간 내가 커버할 수 있는 것은 다 해주겠네."

그렇게 한곳은 무마시켰다. 원래 기지 인원이 1만 명 이상 되면 투표소 한 곳을 기지 내에 설치하게 되어 있었다. 이제는 그것을 옮기려고 시도했다. 일단 투표소를 기지 밖으로 옮기면 우리 부대의 독자적인 표는 표시 나지 않으니 일단은 넘어갈 수 있으리라는 생각에서였다. 기지를 관할하는 경찰 책임자와 행정 책임자를 일단 만나 딱 깨놓고 말했다.

"자, 돈이 얼마 있는데 양분해서 두 분께 드린다. 선거준비 하는 데 돈이 많이 들 것이니 쓰시오. 내가 할 수 있는 성의는 이게 전부다. 대신 투표소를 옮겨달라. 만약 기지 내에서 투표하라고 했다가 99% 거부표가 나오면 어떻게 하겠는가. 내가 강요하게 되면 이 중에는 똑똑한 놈이 터뜨릴 수도 있고, 또 비행기 타고 올라가 버리면 나는 말할 것도 없고 당신들도 책임져야 하지 않느냐. 그러니 투표소를 밖으로 옮겨달라. 나머지는 알아서 하소. 내 성의는 이게 다다. 어떡하겠는가. 하겠는가 안 하겠는가. 못 한다면 난 사표 내고 공군을 나가겠다. 비행기도 많이 타봤고, 할 일 다 했으니 이제 미련도 없다."

"알겠습니다."

그 사람들도 내가 그 지방 출신인 것을 알고 있고, 평소에도 나를 좋아했던 사람들이었다. 또 여러 가지 인간적으로 얽혀 있었다. 다행히 투표소를 밖으로 옮길 수 있었다. 나는 부대 내에서 일체 투표에 대해서는 말하지 않았다. 그저 원론적이고 공식적인 말 '투표는 권리이니 정당하게 행사하라'고 했을 뿐이었다. 나머지는 어떻게 했는지 모르지만 나중에 투표 결과를 보니 99% 찬성으로 나왔으니 다행이었다.

민주당 집권

당시 수원비행단장은 우리 동기, 김포비행단장은 선임자였는데 두 곳 다 신문에 큼지막하게 터졌다. 김포시에서는 투표 당일 야성이 있는 장병들을 다 휴가를 보냈고, 수원에서는 또 이러이러했다고 보도가 돼 곤욕을 치렀다. 투표가 끝나고 총장이 각 비행부대장을 불렀다. 총장의 입장도 난처했을 것이다. 수고했다고 저녁을 내고 술을 한잔씩 했다.

당시에 대구는 야성이 강해서 모스크바라고 불렀다. 그런 연유로 대구를 가장 걱정했는데 막상 뚜껑을 열어보니 대구는 말 한 마디 없이 조용하고 다른 곳이 터져 나오니 어떻게 한 것이냐고 서로 묻는다. 나는 극비라 가르쳐줄 수 없고 먼 훗날 시효가 끝나면 이야기해주겠다고 했다.

그렇게 극성을 부리며 선거를 치르더니 결국은 그것에 발목이 잡혀 4·19가 일어나고, 이승만 대통령이 하야와 함께 망명했다. 그리고 자유당 정권 대신 민주당이 정권을 잡았다. 육군 사단장급, 공군 비행단장급, 해군 기지사령관급 이상은 모두 교체 대상으로 정부에서 아예 발표를 할 정도였다.

나는 일찌감치 총장에게 "원래 내 임기가 일 년 더 남았는데 그만두고 올라가겠습니다"라고 했더니 "가만 있어, 왜 자네 마음대로 올라오려고 해. 나도 그만두는데"라며 만류했다.

본부 작전국장 때 맞은 5·16

결국 임기를 일 년 남겨놓고 올라오긴 올라왔다. 정권이 바뀌면서 참모총장도 바뀌고 나는 작전국장으로 보임된 것이다. 김 신 참모총장(독립투사 김 구 주석의 아들)과는 강릉 비행전대에서 전대장과 부대 부관으로 인연을 맺은 바 있었다.

총장을 뵙고 "국방대학원에 가고 싶다"고 했지만 "학교는 아무 때나 갈 수 있으니 나를 좀 도와줘야겠어" 하니 고집을 피울 수도 없었다. 비행부대장으로 마음껏 누리던 자유가 한순간 박탈된 것이랄까. 다시 층층시하의 시집살이가 시작된 것이다.

본부 작전국장으로 열심히 일하는 와중에 5·16이 터졌다. 1961년 5월 16일 새벽, 전화 한통이 걸려왔다. 비상이란다. 갑자기 비상이니 당황했다. 비록 휴전이 됐지만 그때까지도 북한과 관계는 긴장이 지속되고 있었다. 일반인은 몰라도 작전 계통으로는 긴장의 연속이었다. 항상 움직임을 모니터하고 위태위태할 때였다.

"알았다, 들어간다." 그때 집이 공군본부 옆인 성남고등학교 부근이었다. 바로 들어가 보니 이미 일은 벌어졌다. 급히 총장과 차장에게 연락을 했는데 둘 다 전화를 받지 않았다. 계속 연락을 하라고 지시한 다음 기다렸으나 지휘할 사람들이 연락이 안 되니 어찌할 도리가 없었다.

얼마 후 간접적으로 총장에게서 연락이 왔다. '필요한 것이 있으면 연락할 것이니 집으로 전화 안 해도 된다. 웬만한 것은 국장이 알아서 하고, 중요한 것은 집으로 연락을 해두면 된다'는 것이다.

5월 16일 아침에 육군 작전참모부장에게서 전화가 왔다. 육군본부로 들어와 보는 것이 좋겠다고 해서 가보았다. 육군 작전참모부장 방에는 박정희 소장을 비롯한 군사혁명 주체세력들이 모여 있었다. 눈이 벌겋게 충혈되어 있었고, 목숨을 내놓고 있는 사람들답게 살기등등했다.

벌써 야전군 사령관이 말을 안 듣는다고 사람을 보내 체포할 때였고, 전차 부대가 밀고 들어오는 중이었다. 또 한편으로는 미군에서는 혁명을 인정할 수 없다고 하고 혁명세력은 인정하라고 하며 줄다리기를 할 때였다.

육군 작전참모부장을 만나보니 지금 밀고 당기는 중인데 아직 승부가 안 났다고 했다. 자기 생각으로는 우리가 도와줘야 할 것 같다는 것이다. 이 사태를 어떻게 처리해야 할지 캄캄했다. 하지만 한편으로는 올 것이 왔구나 하는 생각이었다.

5·16과 상관없이도 군인들이 모이는 자리에서는 나라꼴이 말이 아니니 언젠가는 한 번 터져야 한다고 했었다. 젊은 장교들은 한 번 일어나자는 분위기였으나 직책이 있고 높은 자리에 있는 사람은 현재 자기 밥그릇 챙기느라 앞장서려고 하지 않았다. 그래도 속으로는 모두 이렇게 혼란이 지속되다가 나라가 망할 것을 우려했다. 어떤 식으로든 새로운 변화로 질서가 잡혀야 한다고 생각들은 했었다.

자유당 정권 때부터 전국에 걸친 부정부패, 억압정치에 대항해 잘못된 정치를 바로잡자는 크고 작은 시위들이 많았다. 대대적인 부정투표를 실시한 3월 15일, 마산에서 대규모 시위가 있었고 학생 한 명이 실종

됐다. 계속되는 크고 작은 충돌 때문에 정국은 불안한데 4월 11일 마산 앞바다에서 머리에 최루탄이 박힌 실종 학생의 시체가 떠올랐다.

이것이 기폭제가 되어 4월 19일 대대적인 시위가 있었고 경찰은 시위대를 향해 발포, 피의 화요일이 되고 말았다. 그리고 곧 계엄령이 내려져 계엄군이 서울에 진입하였다. 계엄군은 국민의 군대라고 시민들을 안심시켰다.

이어 4월 25일에는 교수단의 시위가 있었고, 그다음 날인 4월 26일 전국에서 대규모 시위가 이어지자 이승만은 결국 대통령에서 물러나 하와이로 망명했다.

그 후 허정의 과도정부를 거쳐 1960년 7월 총선을 통해 민주당이 정권을 장악하여 윤보선을 대통령, 장면을 총리로 뽑았다. 자유당이 망하고 민주당이 정권을 잡았는데 하루도 시위가 끊이지 않았다. 정권을 잡은 민주당이 정치를 잘해주었으면 되는데 대통령과 총리 등 신·구파 간의 갈등으로 정국이 매우 불안한 상태였다. 또 시위가 얼마나 많은지 몇 사람이 모이면 모두 시위집단이었다. 하루 종일 시위가 이어졌으며, 나중에는 평양에 가겠다는 초등학생을 비롯해 지게꾼, 파출부, 경찰관까지 나설 정도로 사회는 극심한 혼란에 빠져 갈피를 잡지 못하는 시기였다.

나중에 기록을 보니 그 당시 우리의 모든 상황을 실시간으로 보고받아 이북에서는 다 알고 있었다. 북한의 지령을 받아 남한에서 활동하는 간첩 수가 무려 20만이 넘었다고 한다.

그들의 첩보대로라면 이대로 두어도 남한은 곧 망할 수밖에 없다는 것이다. 그때는 자연스럽게 밀고 내려와 남한을 차지할 수 있으니 기다리라는 보고를 했다고 한다. 좀 더 분위기를 조성하고 어떤 계기를 만들어주면 내부에서부터 폭발이 일어나 명분과 실리를 다 얻을 수 있다는 논리였다. 실제로 북한에서 밀고 내려오면 그 당시의 우리로서는 막을 방법이 없었다. 군이나 사회 모두 불안하고 정비가 안 된 상태로 어수선했다. 경제력, 군사력 등 모든 면에서 북한이 월등히 앞서 있었다.

훗날 들리는 말에 의하면 김일성이 밀고 내려오지 못한 것을 후회하며, 난생처음 사태 파악에 실패했다고 자인했다고 한다.

김포에서 비행 편대를 띄우다

그런 상황에서 5·16이 터졌다. 미군 측에서 군사혁명을 인정하지 않고 계속 반대를 하자 마지막 수를 쓴 것이 육사생도를 동원하여 종로에서 벌인 혁명 지지 행진이었다.

그때는 다시 공군본부에 와 있었는데 육군 작전참모부장에게서 전화가 왔다. 협조 좀 해달라는 것이다. 그 협조라는 것이 비행기를 띄워 지지의 표시를 해달라는 것이었다.

총장도 없고 차장도 없는데 "내가 혼자 어떻게 비행기를 띄우나. 나 혼자 띄워도 되겠소" 했더니 "총장과 연락하면 안 되느냐"고 했다. 대략 어디에 있는지 짐작은 했지만 표면에 나서지 않으려는 사람들을 억지로 끄집어낼 수 없어서 모두 행방불명이라고 했다. 이제 바라는 것은 현상대로 피해 입지 않고, 누구도 상하지 않고 가는 길이었다. 미리 비상을 걸어놨으니 각 비행단에서 연락이 왔다. 지휘관 거취는 어떻게 하느냐는 것인데 모든 것은 현재의 상태를 유지하라고 했다.

육군에 있는 친구들이 사적으로 연락을 해왔다. 그때마다 "너희는 어떻게 하느냐"는 질문에 "난처하지만, 대세가 이러니 밀어버려야지 여기서 중지하면 서울이 불바다가 된다"고 했다. 반대로 "너희는 어떠하냐"고 묻자 논란이 많았는데 "전체적으로는 밀어주자는 분위기"라고 말한다.

전체적인 분위기가 밀어주자는 쪽이 우세했다. 그렇다면 우리는 어찌할지 생각하며 고민했다. 총장에게 전화를 해도 연락이 안 되고 참 감투를 잘못 썼다고 후회했다. 육사생도 행진은 어떻게 됐느냐고 했더니 남대문에서 중앙우체국을 지나 롯데 앞을 지나간다고 한다.

더 이상 늦출 수가 없어 김포 비행단장에게 전화로 한 편대만 띄워 항공 시위를 한 번 하라고 지시했다. 김포 비행단장은 "총장이 없는데 괜찮겠소" 하는 것이다. "내가 명령했으니 무슨 일이 있으면 나를 파시오." 그렇게 공군도 참여한 것이 되었다. 김포에서 비행기가 떠 시위에 참여하자 바로 고문단장이 정보국장을 앞세워 나를 찾아왔다.

"누구 명령에 의해서 띄웠나."

"내가 지시했다."

"당신이 그런 권리가 있나."

"총장도 없고 차장도 없으니, 그다음엔 내가 책임져야 한다. 그래서 내가 판단하여 띄웠다."

"그것이 위법인지 아는가."

"모른다. 어떤 법에 위배되는가."

"군사원조법에 의하면 정치 행사 등에는 군사원조장비를 쓸 수 없다. 그러니 군사원조법을 위배했다."

"그래, 몰랐다. 만약 그 일에 대해 문책이 있으면 내가 책임지겠다. 당신 책임으로 돌리지 않겠다."

같이 있는 정보국장에게도 무슨 일이 있으면 내가 책임지겠다는 것을 증명하라고 하자 고문단장도 더는 말하지 않았고 그렇게 한 고비가 지나갔다. 나중에 보니 혁명에 참여한 공로는 어찌된 일인지 정보국장에게 돌아갔다.

세상의 이치가 돈 버는 사람과 쓰는 사람이 따로 있듯이 내 책임하에 이루어졌지만 또 다른 사람이 혜택을 입은 것이다. 그것도 몰랐는데 어느 날 후배가 찾아와 "권 선배, 너무 점잔 빼지 마시오. 그게 뭐요" 하고 핀잔을 주는 것이다. 그때 고문단장과의 일이 벌써 퍼져서 작전국장이 덮어쓰고 책임진다고 했는데 엉뚱한 사람이 혜택을 보았다고 소문이 퍼진 것이다.

국방대학원에 입교

사태가 좀 잠잠해지자 총장에게 국방대학원에 가겠다고 보고하고 1961년 8월에 바로 입교했다.

돌이켜보면 죽을 고비도 여러 번 넘겼지만, 내 인생에서 두 번 혼이 났는데 첫 번째가 1960년 정·부통령 선거이고, 두 번째가 바로 1961년의 5·16이었다. 여러 상황을 많이 겪었지만 그렇게 심각하고 속 태우고 고민한 것은 이 두 번이다. 첫 번째는 성공했다고 말할 수 있으나, 두 번째는 성공했는지 아닌지 모르겠다. 하여간 더 이상은 겪고 싶지 않아서 국방대학원에 입교했다.

아침에 지프차를 타고 등교해서 공부를 했다. 낮에는 골프연습장에 가서 운동을 한 뒤 도서관에 가서 책을 보고 집에 오는 일 년 동안 아주 편안한 생활이었다. 국방대학원에 있는 동안 혁명입법을 비롯하여 여러 가지 일들에 힘들어하는 후임 국장을 보며 과연 잘 그만두었다고 생각했다.

1962년 7월, 국방대학원을 수료하고는 어디 비행단장으로 가서 좀 편하게 생활하고 싶었으나 다시 본부로 들어오라는 명령이다. 본부 작전국장을 맡을 적임자가 없어 차장이 작전국장을 겸하고 있었는데 내가 국방대학원을 마치자 바로 들어오라는 것이다.

그때는 혁명정부에서 요구사항이 많았다. 찬성할 점도 있었지만, 우리 입장에서는 거북한 점도 많았다. 그래서 빨리 빠져나오기 위해 기회만 보고 있었다.

여의도 비행장을 옮기다

서울이 점점 커지기 시작하자 공군이 가지고 있는 여의도 비행장을 그대로 유지하기가 어려웠다. 그래서 여의도 비행장을 서울시에 넘기고 다른 곳에 비행장을 만들어 나가게 되었다. 비행장을 만들려면 여러 가지 고려할 조건이 많았다. 지형, 교통, 날씨, 주변의 형편까지 모든 것을 종합적으로 판단해야 했다. 더구나 이런 말들이 흘러 나가면 땅값이 들썩이니 모든 것이 극비 상황이었다.

시간이 나면 총장과 단 둘이서 작은 비행기를 타고 일단 공중에서 정찰을 시작했다. 서울에서 너무 떨어지면 곤란하니 가까운 곳부터 시작했다. 그렇게 선정된 곳이 지금의 안양 호계동 부근으로 작은 봉우리 하나만 없애면 비행장으로 쓰기에 충분했다. 그런데 어느 날 다시 한 번 살펴보니 안개가 깔려서 그곳까지 밀려왔다. 안개가 깔리면 비행장으로 쓰지 못한다. 그 지역은 포기하고 다시 찾아다니기 시작해서 결정된 곳이 바로 성남의 서울비행장이다.

그 당시만 해도 성남시가 생기기 전이고 잠실부터 시작해 허허벌판이었다. 잠정적으로 그곳으로 정하고 비오는 날, 흐린 날 등 여러 가지로 살펴보았더니 비행장 만들기에 적합했다. 이제 본격적인 작업을 위해 시설국장과 함께 실측에 나섰다. 지역주민이나 다른 사람들에게 알려지지 않게 지프차도 타지 않고 허름한 작업복 차림으로 택시를 타고 다니며 알아보았다.

그쪽 땅값은 평당 평균 300~400원 정도였다. 여의도 비행장이 80만

평이니 최소한 100만 평을 확보해야 했다. 보안 유지를 위해 주로 일요일에 시설국장과 만나 격납고, 활주로, 장병 막사 등 총 공사비를 따져 보니 50억 정도의 비용이 산출되었다.

이제 서울시와 타협할 차례였다. 어차피 여의도 비행장을 서울시에 팔고 그 자금을 가지고 새로운 비행장을 만들기로 한 것이니, 서울시에 여의도 비행장을 얼마에 넘길 것이냐가 문제였다. 총 공사비가 50억이므로 대략 60~70억을 불러 밀고 당기다 서울시장을 만나 상의 끝에 결국 여의도 비행장을 50억에 넘기고 비행장 부지를 확보하여 무사히 떠날 수 있었다.

그렇게 일제시대에 우리나라에서 처음으로 만들어졌던 여의도 비행장이 역사 속으로 사라졌다. 지금 국회의사당 자리가 격납고 등이 있던 곳이고, 그곳부터 증권거래소가 있는 자리가 활주로의 끝부분이었다. 나머지 주변의 모래밭은 농민들이 주로 땅콩 농사를 짓던 곳이다.

다시 작전국장으로 본부 생활을 시작한 지 6개월 만에 총장의 임기가 다되어 후임 총장이 취임했다. 후임 총장과는 취임하자마자 오해가 생겨 사이가 불편했다. 서로 그럴 처지가 아니었는데 아침에 결재를 받으러 가면 먼 산을 보고 있었다. 아무리 부하지만 같이 전쟁을 하고 관계도 나빴던 것은 아니어서 함부로 할 수는 없던 모양이다. 그래도 본인이 들은 이야기는 불쾌하니 아예 얼굴을 맞대는 것을 싫어했다. 그렇게 몇 번 계속되자 참다못해 저녁에 관사로 총장을 찾아가 아무 말도 안 하고 사표를 내밀며 제대하겠다고 했다.

"나는 더 이상 이런 죄인과 같은 생활을 하고 싶지 않습니다. 지은 죄도 없는데 온 동네에서 내가 무슨 큰 잘못을 저지른 사람처럼 취급하는 분위기라 이제는 그만두겠습니다" 했더니, 그제야 비로소 "자네가 이러이런 말을 하고, 이런 말도 했다"라고 하는 것이다. 나는 그 자리에서 바로 해명을 했다. 총장은 내가 한 해명이 옳은 말인 듯하자, 허허 웃으며 "내가 잘못 알았는데 어떻게 하나." 하지만 나는 단호했다. "저는 이제 그만두겠습니다." "쓸데없는 소리 말고 내일 아침에 만나 다시 이야기하세." "내일부터 안 나가겠습니다" 하고 돌아왔다.

그리고 다음 날부터 출근을 하지 않았다. 그때는 정말로 군복을 벗을 작정이었다. 그러나 전속부관을 두 번이나 보내 찾아와 안갈 수도 없어 총장을 찾아가니 이미 오해는 다 풀려 있었다.

전국 비행단장 회의 후에 항공창에 지원

얼마 지나지 않아 전국 비행단장 회의가 있었다. 작전국장이 그 회의의 사회부터 진행을 책임졌다. 회의에서 비행단장들이 이구동성으로 하는 말이 후방 지원이 따라오지 못한다는 것이었다. 분위기가 험악해질 정도로 아우성이었다. 그 모습들을 보며 가만히 생각하니 이해가 갔다.

혁명정부가 들어서기 전에는 군수물자가 민간으로 많이 흘러들어 갔다. 부대 근처에 가서 새 타이어로 바꾸어주고 돈을 받고, 군용 트럭을 가지고 나가 휘발유를 빼서 팔고, 트럭이 가는 방향이 같으면 화물을 실어주고 돈을 받고 하는 일들이 비일비재했다.

그것도 내막을 살펴보면 그리 탓할 일도 아니었다. 부대에 예산이 없으니 어디를 다녀오라고 해서 제 시간에 맞춰오지 못하면 밥도 못 얻어먹는 형편인 탓에 조금씩 물자들을 빼돌려 밥을 얻어먹곤 한 것이다. 이런 일들이 상식화되어 있었다.

하지만 혁명정부가 들어선 이후에는 전문적으로 군수물자를 빼돌려 자신의 배를 불리는 비리를 차단하기 위해 특별법을 만들어 집중 단속했다. 예전 같으면 영창 1~2주 정도로 그칠 것이 징역 1~2년을 받고, 휘발유 한 드럼을 빼돌리면 사형 선고가 나올 정도로 엄격하고 무서웠다. 단기간에 군에서 흘러나오던 물자들이 꽉 막혔다.

다들 위험한 것은 취급하지 않으려 하고, 규정대로 사무적으로만 처리하게 되었다. 세상일에 여유가 있고 조금씩은 서로의 형편에 맞춰야 하는 것인데 그런 것들이 단번에 없어지니 숨이 막힐 지경에 이르렀다.

결국 비행단에서 들고 일어나 마지막에는 작전국장인 내게 화살이 돌아왔다. 비행부대를 챙겨주고 격려하는 자리가 작전국장인데 무엇하고 있느냐는 것이다. 비행단장 회의를 마치고 총장이 보자고 불러 단둘이 앉아 이야기했다. 총장은 분위기가 험악한데 어떻게 하면 좋겠느냐고 물었다. 나는 "이대로는 안 되겠으니 후방 지원을 담당하는 자리에 내가 가겠다"고 자원을 했다. 총장이 펄쩍 뛰며 무슨 소리냐고 했다. 어차피 내가 가야 한다. 잘되면 내 덕이고 못 되도 저 사람까지 자원해 갔는데 안 되면 어쩔 수 없지 않느냐는 분위기가 조성될 것이라고 했다.

그때까지 후방 지원은 조종사가 아닌 사람들이 했다. 보급이나 정비를 하던 사람들이 지원을 맡고 있어 비행부대의 생리를 잘 몰라 필요할 때 물품이 안 들어온다든가, 필요한 물품의 수량이 적다든가 하는 문제가 있었다. 아무래도 비행부대의 생리를 모르니 그럴 수밖에 없었다.

총장은 정통 조종사가 후방 지원을 맡는다는 것이 미안한지 주춤거렸고, 나는 공군창이 있는 대구가 고향이니 선산도 둘러보고 괜찮다고 했다. 총장도 좀 더 보자며 바로 승낙하지는 않았다. 그럭저럭 하다 보니 연말이 되었고 소문이 도는데 진급이 걸려 있었다.

11

장군 진급과
초대 공군 군수사령관

소위에서 대령까지 진급은 5년 5개월 만에 초고속이었으나 벌써 8년째 대령에만 머물고 있었다. 평생 진급에 대해서는 별로 신경을 안 썼는데 그때는 대령만 8년을 달고 있으니 싫증이 났을 때였다. 어느 날 국방부에 있던 동료가 전화를 걸어와 "어이, 너 한잔 사야 할 것 같구나" 하며 운을 떼었다. "좋은 소식 있나." "그래 됐다." "고맙다, 한잔 사지." 그렇게 전화를 끊었다. 장군으로 진급하는 인원은 그 수가 정해져 있어 때를 놓치면 점점 힘들게 되어 있었다.

1963년 3월 1일부로 진급한다는 연락이 왔다. 곧바로 총장이 부르더니 내년 봄에 항공창장으로 내려가라고 했다. 지금 있는 사람은 나보다 훨씬 선배였는데, 진급이 안 돼 나갈 상황이니 그 후임으로 가라는 것이다. 1963년 2월 말 대구 항공창장으로 발령이 났고 바로 3월 4일에는 준장으로 진급했다.

1963년 3월 4일 국가재건최고회의 의장 박정희 대장 주재 장군임관식(오른쪽 두 번째)

항공창장으로 내려가서 일단은 브리핑을 들었다. 브리핑을 듣고 나니 후방 지원 부진의 원인을 알 수 있었다. 누구의 잘못이 아니라 자연히 발생한 약점이었다.

물자가 안 돌아가는 이유

합판으로 예를 들자면 한국전쟁이 끝나고 우리에게 남은 것은 아무것도 없었다. 모든 것이 파괴되고 부서지고 온전한 것을 찾기 힘들었다. 지휘관이 발령받아 부임을 하면 부대 예산으로 관사를 빌려서 제공했다. 참모들은 윗사람이 오니 관사를 좀 봐주고 싶지만 손 볼 재료가 없었다.

그때 우리나라에 처음으로 군사원조로 합판이 들어왔다. 이 합판이

두껍고 질겨서 잘라 세우기만 하면 집이 되었기에 선풍적인 인기였다. 그러다 높은 사람뿐만 아니라 고참 하사관이 부탁하면 한 장, 두 장 빼주었던 것이 누적이 된 것이다. 전쟁이 끝나고 10년 동안 그런 상황이 누적되었다. 장부상에는 분명히 있는데 창고의 실제 물건은 이미 누가 썼는지도 모르게 없어진 것이다. 또 휘발유 같은 것도 그동안 조금씩 팔기도 했으니 장부에는 아직도 재고가 남아 있지만 실제는 모자랐다. 그런데 이것을 밝히려면 역대 것을 모두 밝혀야 하니 감히 손을 못 대는 것이다.

　장부상의 전체 물량 중에서 실제로 돌아가는 것은 60~70%에 불과하고 나머지 20~30%는 허수로 잡혀 있으니 제대로 돌아갈 수가 없었다. 이것을 바로잡아야만 했다. 누구든지 책임을 지지 않으면 앞으로도 계속 이런 문제로 시달릴 수밖에 없었다. 그래서 어느 날 갑작스럽게 '오

대구 항공창에서 미 고문단과 함께(가운데 오른쪽)

늘부터 보급창과 수리창에 대한 재물조사에 들어간다'고 선언을 했다.

수리창의 물품은 비행기 부품 등 특수한 것으로 일반에게 흘러들어 갈 것이 별로 없어 문제가 안 되는데, 일반 물품을 취급하는 보급창이 문제였다. 보급창에 대한 재물조사를 하는데 얼마나 덥고 바람은 안 통하는지 죽겠다는 하소연을 듣고는 내가 앞장서서 들어가 조사를 했다. 그 더운 여름날에 수십 명이 한 달 정도 달라붙어 모든 물품에 대해 철저하게 재고조사를 벌였다. 그러고 나서 이제 기존의 장부와 비교를 해서 얼마나 차이가 있는지 확실히 하라고 지시했다.

그것까지 다 확인한 후에 각 부대에 나가 있는 보급관계자들을 불러 그동안 조사한 것을 브리핑을 하고는 "오늘부터 이 새로운 숫자를 기준으로 하고 오늘 이전의 숫자들은 다 불문에 붙인다. 여기부터 새로 시작이다. 대신 여기서 시작한 이후 틀리는 것에 대해서는 특별법에 따라 처벌할 것이다. 군수품 유출이 얼마나 무서운지는 자네들이 잘 아니 알아서 해라. 오늘 이전의 것은 절대로 불문한다. 그 대신 차이가 생긴 수량만은 재확인할 겸 나에게 보고하라"고 선언했다.

사무실에 들어가자 부창장이 "어떻게 하시려고 합니까. 고문관이 알면 난리 납니다" 하며 걱정스럽게 묻는다. 나는 부창장에게 "솔직히 이야기해야지 더 이상 이대로 갈 수는 없다. 부대가 움직이지 못한다"고 말했다. 나는 고문관들하고 비교적 친했다. 내가 항공창장으로 가니 고문단장이 "이제 파일럿이 오면 이해할 것이다. 전에는 내가 아무리 이야기해도 이해를 하지 못했다"고 할 정도였다.

장부에만 있던 허수를 정리하다

하루는 고문단장에게 솔직히 이야기를 했다.

"내가 모든 책임을 질 테니 당신이 사인을 해주었으면 좋겠다. 실제 차이가 이만큼 난다." "그것은 권 준장이 사인해야 한다. 조금 있으면 우리 군사원조 국정감사가 오는데 거기서 걸리면 우리 고문관 힘으로는 도저히 감당을 못한다. 한국 공군이 책임져야 할 텐데 그래도 좋겠는가." 해서 "알았다. 내가 책임진다"고 말했다.

재물조사를 하고 이런저런 소문이 돌자 총장이 내려왔다.

"어떻게 돌아가는 거야." "누군가 한 사람이 이걸 안고 정리하지 않으면 영구히 해결될 수 없고, 날이 가면 갈수록 부대가 안 돌아간다. 마침 내가 왔으니 나는 비행기를 조종하던 사람이라 후방에 책임부담이 없으니 사인했다. 남들이 권성근이 떼어먹었다는 이야기는 안 할 것이다. 이번 아니면 기회가 없다. 여기서 선을 그어야 한다"고 건의 드렸더니 "그러면 당신 부담이 너무 클 것 같은데" 했다. 나는 "걸려서 책임지라고 하면 옷 벗고 나가지요. 양심에 가책이 없으니 괜찮다"고 말했다.

그때는 공군 출신 조종사들이 많이 들어간 대한항공에서 부사장으로 오라는 제의도 있었다. "안 되면 대한항공으로 가지요." "그래, 당신이 한다면 할 수 없지." 그렇게 보급품에 대한 허수를 과감히 정리할 수 있었다. 그때 물품 폐기 결재에 얼마나 많이 사인을 했는지 손가락이 부을 정도였다.

정리하자 너무 잘 돌아가 부작용

주위 참모들부터 시작해 자연히 소문이 퍼졌다. 모처럼 훌륭한 조종사 지휘관이 와서 훌렁 벗고 시작해 선이 그어지고 해결이 됐다며 이 기회를 놓치면 못 살아난다는 분위기여서 적극적인 협조를 얻어냈다. 모두가 다 알고 있는 문제였다. 누구 하나 돌 던질 수 있는 사람도 없고 모두 직간접적으로 얽혀 있었다.

항공창은 이런 과정을 거치면서 점점 잘 돌아갔다. 20~30%의 허수가 없어지니 물자가 남아돌 정도였다. 그러자 비행부대에서 전화가 왔다. 한결같이 이제 잘 돌아간다는 말이었다. 본부의 참모들도 수시로 내려와서 이제 제대로 돌아간다고 수고하셨다고 인사를 했다.

그 대신 생각지도 못한 부작용이 생겼다. 어느 비행 기종이 한 시간

항공창을 방문한 미 공군 관계자 영접

에 연료를 얼마나 소모하는지에 대한 기준이 있는데 우리는 늘 그 기준보다 연료를 많이 사용해왔고 그것은 매번 고문관들과 트러블의 요인이었다.

다른 지역 보급창에서 올라와 그런 문제로 고문관들하고 다투면 본부로 찾아와 지원 좀 해달라고 했다. 그러면 직접 고문관들을 만나 우리는 활주로 상태도 나쁘고 기술도 떨어져 연료가 좀 많이 소모된다고 갖다 붙이기도 하고, 그것도 안 먹히면 관광을 시켜서라도 겨우겨우 고비를 넘겼다.

그렇게 혁명정부가 들어서고 군수물자를 빼돌릴 수 없게 되자, 재고는 정리되고 공급은 예전에 비해 줄지 않아 늘 부족했던 연료가 넘쳐나기 시작해 감당이 안 될 정도였다. 그 현상이 한 군데가 아니라 전국에

보급창에서 물자관리에 대한 보고를 받고 있다

서 일어났다. 한번은 육군에서 부사령관을 하는 동기생이 위에서는 가뭄 때문에 농민을 위한 양수지원 작전을 펼치라고 야단인데 연료가 없어 문제라며 연료를 빌려달라는 것이다. 좋다고 빌려준 것이 자세히 파악하지는 않았지만 내가 있는 곳에서도 몇 백 드럼이 나갔다. 잉여분의 기름이 농민들을 위해 가뭄을 막는 데 쓰인 것이다.

그런 고비들을 넘기면서도 보급은 아무 문제없이 잘 돌아갔다. 시간이 지나 항공창도 항공본창사령부로 변하고 비행기와 인원이 더욱 늘어나면서 공군 군수사령부로 바뀌었으며, 그렇게 격상됨에 따라 나도 초대 공군 군수사령관을 지냈다.

공군 남쪽지역 재심 재판관이 되다

공군은 대전을 기준으로 하여 군사법원 관할구역을 양분하고 있었다. 군 범죄가 있으면 해당부서에서 1심을 하고 불복하면 2심을 하는데 대전을 기준으로 북쪽은 공군본부에서 하고 남쪽은 군수사령부에서 하게 되었다. 결국 남쪽 지역 재심 판결을 내가 맡게 된 것이다.

한 선배가 전역을 하고 나가면서 몇 번을 부탁한 사건이 있었다. 자기 좀 살려달라는 것이다. 무엇이냐고 물으니 약간의 군수품을 팔다가 상습범으로 걸려 1심에서 사형 판결을 받은 것을 재심에서 겨우 무기징역으로 만들었으니 제발 감형을 해달라는 것이다.

혁명정부가 들어서며 이런 군 범죄에 관한 처벌이 5~6배 강화되었다. 또 휴가를 갔다가 일주일 정도 늦게 온 사병에게 전에 같으면 영창이나 몇 주 집어넣고 말 것을 징역 10년을 선고했다. 스무 살 내외의 젊은이에게 징역 10년은 평생 씻을 수 없는 굴레를 씌우는 것이었다. 자식을 키우는 입장에서 차마 못할 짓이었다. 선배가 부탁하는 이 사건도 제발 재심에 올려서 감형을 시켜달라는 것이었다.

그렇다고 군 검찰에서 마음대로 할 수 있는 것은 아무것도 없었다. 만약 정해진 대로 형량을 주지 않으면 오히려 군 검찰이 혁명 검찰에 불려가 처벌을 받는 등 무서운 시대였다. 이런 어려움뿐만 아니라 혁명 때문에 파생되는 여러 가지 어려움들이 많았다. 지금이야 정상화되어 가는 과정에서의 어려움이라고 하겠지만 그 가운데 들어 있던 사람 중 하나로 생각해보면 그때는 참 힘들었다.

우리나라에서 처음으로 키펀처 도입

그 당시 우리 공군 군수사령부에서 취급한 물건이 약 20만 종 정도였다. 육군이 채 10만 종이 안 된 것으로 알고 있으니 엄청난 숫자였다. 현재 부품의 수가 가장 많은 기계로 우주비행선을 꼽는다. 우주비행선에 직접 쓰이는 부품뿐만 아니라 발사에 필요한 모든 장비의 부품 수를 합하면 약 50만 개가 된다고 하니 공군에서 취급한 20만 개가 얼마나 많은가.

비행기 부품을 다루는 공군의 특성상 그 종류가 많을 수밖에 없었

미 공군 군수학교장 방문

다. 그 많은 것을 모두 사람 손으로 하다 보면 여러 가지 실수가 많이 생겼다.

육군에서는 당시 인기 주문 품목이었던 나일론 양말을 장병들에게 주기 위해 두어 켤레씩만 돌아가게 주문하라고 했는데, 주문서에 점을 하나 잘못 찍어 나중에 나일론 양말이 산더미처럼 들어와 꼭 필요한 물품은 돈이 깎여 못 들여오는 낭패를 보았다는 웃지 못할 이야기도 있었다. 이처럼 아무리 확인을 한다고 해도 그 종류가 워낙 많아서 어느 것은 많게 또 어느 것은 너무 적게 들어와 곤란했다.

하루는 고문관이 지금 막 들어온 정보라며 미군 공수기지사령부에서 새로 도입한 것으로 키펀처라는 것이 있다고 했다. 요즘으로 치면 전자계산기의 초기 형태라고 하면 맞을 것이다. 타이프를 치면 그대로

미 국무성 군원국장의 방문

기록으로 남아서 나중에 다시 확인을 하고 맞으면 보낼 수 있는 장치라고 했다.

그 대신 빌리는 값이 상당했다 연간 5만 달러, 1963년도에 5만 달러면 엄청나게 큰돈이었다. 한국전쟁 당시 큰 활약을 했던 머스탱 비행기 한 대 가격이 5만 달러였으니 연간 사용료로 비행기 한 대 값이 들어가는 것이다.

그래도 실수로 허비되는 비용보다는 적겠다 싶어 다른 부분의 예산을 줄이고 도입을 했더니, 그 후로는 착오가 눈에 띄게 줄어들었다. 그러나 예산이 깎인 쪽에서는 더 불이익을 당할까 직접 항의는 못하고 본부를 통해 항의를 해왔다. 왜 예산을 깎았느냐는 것이다. 그래서 사정을 설명하고 이런 필요에 의해서 조정한 것이지 사심이 있는 것은 아니라고 하자 조용해졌다.

키펀처를 사용하면서부터는 수치가 정확하다는 소문을 듣고 국방부 군수차관보가 어떤 기계인지 구경을 하러 내려온 적이 있을 정도로 값은 비록 비쌌지만 도입은 성공적이었다.

고문단을 통해 배운 새로운 경영기법

미국의 고문단은 한국전쟁 때부터 우리에게 많은 지원과 도움을 주고 있었다. 우리 군수사령부에도 몇 명의 고문관이 있었고 그중에 경영학을 전공한 사람이 있었다.

그 고문관을 만나면서 경영학의 중요성을 느꼈다. 그가 맨 처음 제시한 것이 맨아워Man Hour 계산법이었다. 우리 군수사령부에만 근무자가 3~4천 명이었는데 한 사람 한 사람이 어떤 일을 처리할 때 몇 시간이 걸리는지 계산을 해내는 것이다. 맨아워 계산에 의해서 어떤 성과가 나왔을 때 '이것은 어떤 기준에서 보면 손실이 많다, 그러나 또 다른 기준에서 보면 이익이 많을 수도 있다'라고 평가하는 것이 경영학이구나 하는 생각이 들었다.

나중에는 연세대학교의 경영학과장과 교수들이 찾아온 적도 있다. 다 이야기를 듣고 왔다며 방학을 이용해 우리 학생들에게 견학을 시켜줄 수 없겠느냐고 부탁을 해왔다. 그 후 몇 년 동안 주로 겨울방학이면 연세대 경영학과 학생들의 견학코스가 되었다.

그 당시 우리 군수사령부 같은 최신식 공장이 우리나라에는 없었다. 설비나 시스템 등 모든 면에서 가장 앞섰다. 군에서 예편하고 나서도 같이 있던 사람들을 만나면 자기들은 그때 충격을 받았다고 한다. 군인이라고 하면 배만 불룩 나온 권위주의자로 알았고, 또 자기들의 교수는 몇 년 묵은 강의노트를 반복하고 있는데 군은 벌써 설비나 시스템이 상상할 수 없을 정도로 현대화되어 있는 것을 보고 놀랐다고 했다.

12

혁명 후 첫 대통령과
국회의원 선거

1963년 10월에 혁명 후 첫 대통령 선거가 있었고, 11월에는 국회의원 선거가 있었다. 대통령 선거를 앞두고 '박 대통령을 만들기 위해 노력해달라. 놓치면 안 된다'는 연락이 왔다. 그런 연락을 받고 선거운동을 안 도와줄 수가 없었다.

그보다 먼저, 내가 장군으로 진급하자 고문관이 자신이 쓰던 세단차를 선물했다. 그 당시는 세단을 타는 장군이 없었고 모두 지프차에 별을 달고 다녔다. 그 고문관도 예산 때문에 새로운 차를 사야 하는데, 쓰던 차가 몇 년 안 되어 폐차하기엔 아까우니 쓰라고 해서 타게 된 것이다.

군수사령부도 안정이 되어서 오전에는 일을 보고 오후에는 나갔다. 사령부 정문을 나서면 미리 부관이 준비해준 사복으로 갈아입고 연락해둔 재향군인회 지회들인 영덕, 포항, 안동, 울진 등을 열심히 다니며 선거 협조를 구했다.

국회의원 출마를 권유받다

대통령 선거가 끝나고 얼마 후 중앙정보부에 있던 포항 출신의 후배가 찾아왔다. 위에서 의사를 물어보라고 해서 왔는데, 권 선배가 가장 적격인 것 같으니 고향에서 출마하지 않겠느냐는 것이다. 고향이 군수사령부 근처인 영천이고, 중시조가 임진왜란 때 청송으로 피신하여 대대로 있었고, 고향에서 교편을 몇 년 잡아 아직 제자들이 많이 있는 데다 형님이 도의원을 지내 지명도로 봐서는 제일 좋을 것 같다고 했다. 나도 모르겠다고 시간을 좀 달라고 하자 재차 부탁하며 시간이 별로 없다고 한다. 그때가 주말쯤이었다. 언제 올라가느냐고 물었더니 오늘 저녁에는 올라가야 한다고 했다. 그래서 같이 올라가자고, 나 혼자 결정할 수는 없고 총장에게 물어보고 결정하기로 했다.

총장에게 전화해 저녁에 뵙겠다고 하니 무슨 일이냐고 묻는데 전화로는 안 되고 찾아뵙겠다 해서 저녁에 공관에서 만나기로 약속을 잡았다. 총장을 만나 그 상황을 설명하고 선배나 동기들 중에서 별을 단 사람을 봐서는 차례로 총장을 하려면 몇 십 년은 걸릴 것이니 나갈 계기가 되는 사람은 먼저 나가는 것도 좋겠다고 생각해 상의 말씀을 드리러 왔다고 말했다.

그 말을 들은 총장은 굉장히 화를 내며 국회의원이 그렇게 좋으냐, 정치가 얼마나 더러운지 알고 있으면서 왜 하려고 하느냐, 여기서 다 끝나고 나가서 해도 되는데 그렇게 하고 싶으면 당장 하라며 돌아섰다. 역시 이것은 아니구나 생각이 들어 알겠다고 사과를 하고, 그날 저녁 서울에서 그 후배의 집에 전화를 걸어 도저히 안 되겠다는 말을 하고 끝냈다.

국군의 월남파병

선거를 마치고 1964년에는 미국 정부에서 월남에 국군을 파견해줄 것을 요청해왔다. 파병을 안 해주면 여기 있는 병력을 돌려야 하니 선택하라는 분위기였다. 그 문제를 놓고 군 내부에서도 말들이 많았다. 혁명정부가 들어서고 군인들이 사회 곳곳에 대거 진출하여 도지사도 군인 출신이고 대구시장도 육군 출신의 내 친구였다. 그러니 우리끼리 술 한잔 하자는 의미로 '한 사발'이라고 하면 모여서 여러 문제에 대해 논의하곤

1965년 베트남전쟁에 파병되는 장병들 환송식

했었다.

파병 문제는 무조건 보내야지 안 보내고는 버틸 수가 없었다. 또 체면상 안 보낼 수도 없다. 우리 전쟁 때 그들이 와서 3~4만 명이 죽었는데 그런 그들을 안 도와주면 어떻게 할 것인가. 결국은 보내야 한다는 것이 결론이었다.

정보 관계자들이 파병에 대한 입장을 물어봤을 때, 우리는 파병에 찬성한다고 대답했다. 서울에서 장병을 기차에 태워 부산항으로 내려보냈다. 대구를 통과할 때는 밤중이 되는 경우가 많았다.

나와 도지사, 시장, 2군 사령관 등 4명은 파월장병이 지나갈 때마다 역에 나가서 환송을 했다. 밤중에 우리가 역에 나가 있으면 파병되는 젊은이들은 문을 열고 태극기를 흔들며 지나갔다. 국가가 바로 이런 것이라는 생각이 들기도 하고 젊은이들이 목숨을 걸고 전쟁에 나가야 하는 안타까움에 눈물이 다 나왔다. 그래서 더욱 열심히 환송을 했다.

야당에서는 젊은이들의 피를 팔아 정권을 유지하려 한다고 날마다 야단이었다. 나야 물론 정치를 안 하지만, 다른 이유를 내세우면 모를까 너무 지나치다는 생각이 들었다. 개인적으로 친분이 있는 야당 성향을 가진 친구도 그런 소리를 하고 다녔다.

하루는 술을 한잔 살 테니 나오라고 한 다음 파월장병이 지나가는 시간에 맞춰 대구역으로 데려갔다. 그리고 그들이 떠나는 모습을 보여주며 너는 이 모습을 보고도 그렇게 모진 소리를 할 수 있나. 저들이 무슨 죄가 있나. 지난 전쟁 때 미국의 젊은이들도 저렇게 한국에 와서 죽어갔다. 그 빚을 지금 갚아달라고 하는데 안 갚을 수 있겠나 했더니 그다음부터는 아무 말이 없었다.

그래도 말들이 많으니 정부에서는 야당 당수인 박순천 씨를 월남에 보내서 실상을 보여줬다. 월남에서 공산주의와 맞서 싸우면서도 월남 인과 하나가 되어 열심히 땀 흘리며 일하는 국군의 모습에 감동한 박 순천 씨는 귀국한 뒤에는 더 이상 월남에 대해 비방하지 말 것을 지시 했고, 그에 반발한 야당에서는 그 사람을 당수 자리에서 끌어내렸다.

경제개혁과 포항제철 설립

1965년도에는 경제개혁을 한다고 대일청구권 5억 달러가 들어온 일이 있었다. 무상지원 2억 달러와 유상차관 3억 달러였다. 그것을 두고 나라 를 팔아먹는다고 시위가 극심했다. 우리는 그때 민족 자본이 전혀 없던 때였다. 돈이 있어야 공장을 세울 수 있지 않은가. 그래서 그나마 아쉬 운 대로 지은 죄가 있는 일본에 협조를 구해 5억 달러를 얻은 것이다.

그것이 비밀 회담으로 불똥이 튀고, 급기야는 대통령과 연관된 비자 금설까지 유포되어 혼란스러웠다. 그 3억 달러의 상당 부분으로 포항제 철이 생기고 세계에서 알아주는 기업으로 성장했으니 득이 많다고 해 야 할까 실이 많다고 해야 할까.

포항제철의 시작은 국운에 대한 걱정에서 비롯됐다. 북한은 우리의 두 배 가까운 국력을 지니고, 중공업이 발달하여 총포는 물론 대포까지 자체적으로 생산하는 데 반해 우리는 아무것도 만들지 못하고 있었다. 당장 소총을 만들려면 철강을 생산하는 것이 먼저였다. 그래서 서둘러 포항제철이 생긴 것이다. 일단 가장 필요한 개인화기라도 우리 손으로 만들어 나라를 지키자는 것이 포항제철의 출발점이었다.

제철소를 만들자면 당장 자본이 있어야 하는데 아무리 돌아다녀도 상대를 안 해주니 돈을 빌릴 수가 없었다고 한다. 당시 경제부총리였던 박충훈은 박 대통령에게 아무리 계산을 해봐도 어디에서도 돈을 못 빌릴 것이니 포항제철을 해서는 안 된다고 말했다. 박 대통령은 그 자리에서 그만두라고 말을 잘랐고, 결국은 경제부총리에서 물러나고 말았다는 소문이 났다.

처음에는 포항제철의 연간 생산규모가 10만 톤이 목표였다. 그것만 가지고도 개인화기 정도는 충분히 만들 수 있지만 대외적인 눈이 있으니 좀 부풀려서 30만 톤으로 늘렸다. 그런 계획서를 들고 다녔으나 30만 톤도 부족하고 최소한 100만 톤은 되어야 채산성을 맞출 수 있다고 해서, 다시 이것저것 다 끌어다 붙였는데도 수요가 70~80만 톤뿐이었다고 한다. 결국 억지로 모든 것을 끌어다 붙여서 100만 톤짜리 계획서를 만들어 돌아다녔는데, 그것도 너무 작아 채산성이 떨어진다고 상대를 안 해주더라는 것이다.

마지막에는 신일본제철에 가서 솔직히 말을 했다고 한다. 공산주의인 저쪽은 개인화기는 물론 대포까지 만들고 있는데 우리는 개인화기도 못 만든다. 그것을 만들려고 하는데 안 된다고 하니 도와달라, 우리

도와줘서 손해 볼 것이 있겠나, 우리 도와주면 결국 우리가 그 사람들을 막아주는 것이오, 그렇지 못하면 당신들도 골칫거리가 될 것이라고. 실은 이런 과정을 거쳐 어렵게 포항제철이 생긴 것이라고 들었다.

박정희 대통령의 잦은 대구 방문

1963년 11월 국회의원 선거에 나가지 못한 나는 계속 대구에서 군수사령관으로 있었다. 그 해 12월에 대통령에 당선된 박정희 대통령은 야당의 윤보선 후보와 표 차이가 20여만 표 정도였는데 거의 경북지역의 지지를 받아 이긴 것이었다.

그래서 고맙다는 표시인지 아무 연락도 없이 대구에 자주 내려왔

1963년 국가재건최고회의 의장 박정희 대령이 대구를 방문하여 공군 군수사령관으로서 영접했다

다. 대통령이 내려오는 날이면 도지사가 전화를 해서 "넘버 원, 저녁에 한 사발 하자"고 바람을 잡았다. 전화로 몇 시까지 비행장에 오겠다고 약속을 잡고, 시간이 되면 내 방에 있다가 같이 나가서 대접을 하는 것이다.

박 대통령은 남에게 나타나는 것을 꺼려 좋은 집에 가는 것을 싫어했다. 그래서 달성공원 뒤에 있는 추어탕 집을 자주 찾았다. 호텔에 짐을 풀고 비서나 경호원까지 모두 물린 다음 우리끼리 지프차에 타고 추어탕 집에 가서 막걸리를 마셨다.

박 대통령은 가식이 없는 소박한 사람이었다. 그 전에 2군 부사령관이나 부산에서 군수사령관 할 때는 내가 대구비행단장을 하였으니 2군 사령부에서 파티를 하면 같이 참석했었다. 그러면 저쪽 구석에 가서 혼자 술을 마시고 있었다. 바른 말을 잘하는 탓에 모두들 그 곁에 가는 것을 싫어했다.

나는 여기저기 인사를 한 뒤 박 대통령이 혼자일 때면 찾아가서 인사를 하곤 했다. 처음에는 잘 모르니까 왕따를 당한다고 오해를 할 정도였다. 혁명 후에는 가만히 살펴보면 우리와는 달리 독기라고 할까 강력한 의지가 있었다. 그래서 우리나라에 좋은 분이 대통령이 되었구나 하고 생각했다.

미국의 원조는 줄어들고 국산품으로 대체

정국이 안정화되고 국내에서 생산되는 물품들이 늘어나자 미국의 원조도 그만큼 줄어들었다. 국내에서 조달할 수 있는 물건들은 우리에게 넘겨 국고로 조달해서 사용하라는 것이다. 그렇게 제일 처음 넘어온 품목이 시멘트였다. 그것을 시작으로 하나하나 원조가 줄어들었다.

어느 해인가는 특수타이어를 제외한 모든 타이어를 다음 해부터는 신청할 수 없다는 통지를 받았다. 비행기 등에 쓰는 특수 타이어를 제외한 일반 차량용 타이어는 국내 생산품을 사용하라는 것이다. 그것을 보고 참모들이 내년도 원조 자금이 남았으니 원조가 중단된 타이어를 추가 신청하는 것이 어떻겠느냐고 했다. 그때 원조금이 100만 달러쯤 남아 있었다. 그것을 모두 타이어 추가 신청으로 썼다. 그 후 타이어가 들어오기 시작하는데 부산에서 난리가 났다. 얼마나 많이 들어오는지 보관할 곳이 없다는 것이다.

부산에 가보니 부산항에 타이어 천지였다. 이것을 고문관들이 안 보는 곳으로 옮겨야 하는데 비행장에는 고문관들이 다 있어 장소가 마땅치 않았다. 그래서 생각한 장소가 레이더 기지였다. 트럭이 들어갈 수 있고 고문관이 없는 곳은 산꼭대기에 있는 레이더 기지뿐이었다. 그곳으로 타이어를 옮겨놓자 기지마다 타이어가 산더미처럼 쌓였다.

그래도 남는 것은 물자가 부족했던 육군에게 주기도 했다. 육군은 물자가 풍족하지 못했으나 공군은 상대적으로 원조를 넉넉히 받았다. 이를 치료하는 금이나 두루마리 화장지까지 원조를 받았으니 상당히 여유로운 편이었다. 또 다른 면에서 보면 그런 것까지 원조를 받아야할 정도로 전쟁이 끝난 직후의 우리는 가난했고 국내에서 만들 수 있는 물건이 적었다.

가뭄에 전국을 돌며 물푸기를 독려한 박정희 대통령

박정희 대통령 시절이었다. 한 해는 비가 오지 않아 모를 심지 못했다. 관정管# 개발을 하라고 지시하고 대통령이 직접 전국을 다니며 독려했다. 대구에도 와서 상황을 보고는 올라갈 때 직접 살펴보겠다고 비행기 대신 기차로 올라갔다. 역에 나가 환송을 하고 사령관실에 와 앉았는데 바로 도지사에게서 전화가 왔다. 넘버원이 도로 내려와 난리가 났으니 빨리 나오라는 것이다.

그 웃지 못할 사연은 박 대통령이 대구에서 기차를 타고 올라가다 구미를 지나 김천을 도는데 갈라진 논이 그대로 있었다는 것이다. 그렇게 이야기했건만 기관장 놈들이 무얼 했느냐고 호통을 치며 차 세우라고 해서 기차는 올려 보내고 승용차로 다시 내려와 기관장들을 집합시키고 화를 낸 것이다.

회의실에 가보니 대통령이 잔뜩 화가 나 책임이 누구이며 무엇을 했느냐고 따졌다. 결국 담당 군수가 나서서 괜찮다고 설득했다. 그런데도 무엇이 괜찮으냐고 역정을 내는데, 군수가 지도를 편 다음 기차는 이렇게 돌아가고 물은 저 멀리서 퍼가지고 지금 그곳까지 가는 도중이라는 것이다. 물이 조금만 더 가면 되는데 시간이 모자라 메마른 논이 보인 것이었다. 군수는 자신 있게 지금쯤 물이 들어갔을 거라며 직접 가보자고 했다. 대통령이 그러자고 나서니 그때 모였던 사람들은 자연히 따라갈 수밖에 없었다.

과연 그곳에는 물이 들어와 있었다. 그러자 대통령이 처음으로 군수를 향해 씩 웃으면서 "여보, 미안해" 하고 사과하는 것이다. 자기가 잘못한 부분이 있으면 그 자리에서 바로 인정할 정도로 깨끗하고 순수한 사람이었다.

'하면 된다'는 희망을 가지다

일제시대를 거치며 천대를 받아와 우리는 이류, 삼류 국민이었다. 무능하고, 성의 없고, 게으르다는 등의 나쁜 수사는 다 붙어 있는 것이 우리 국민이라고 생각했었다. 또 교육을 그렇게 받았었다. 그래서 무엇을 하다가도 안 되면 자학적인 표현으로 짚신이니 엽전이니 하며 자기 비하를 일삼았다.

게다가 모임에 5분, 10분 늦으면 원래 그런 것이라고 넘겼고, 나중에는 외국 사람들까지도 한국 사람은 시간을 안 지킨다고 코리안 타임이라는 용어가 생길 정도였다. 으레 우리는 뒤떨어진 이류 국민이니까 무엇을 해도 기대하지 말라는 것이 몸에 배어 있었다.

그런 시기에 박 대통령이 나서서 독하고 매섭게 몰아붙이며 하나하나 바꿔가는 것을 보고 이제 우리도 된다는 신념이 생기기 시작했다. 그 좋은 예가 경부고속도로이다. 그때는 내가 이미 군에서 나왔을 때였지만 경부고속도로가 막 개통이 되었을 때였다. 어느 중앙일간지에 개 한 마리가 고속도로 위에서 놀고 있는 것을 찍어가지고 '누구를 위한 고속도로인가!'라는 제목으로 실린 적이 있었다. 결국 정치자금 때문에 만든 것 아니냐는 말이었다.

또 호미하고 괭이만 있으면 되는데 무슨 제철공장이냐고 했다. 사실대로 개인화기를 만들기 위해서 필요하다고는 할 수 없었지만 알 만한 사람들은 다 아는 사실이었는데 그렇게 비꼬는 것이었다. 지금 생각하면 다 앞을 내다보는 통찰력으로 버스를 놓치지 않고 제때 타게 하는 지도자가 있었기에 다행이었다.

훗날 필리핀이나 태국의 친구들이 와서 만나면 이런 이야기를 했다. 너희는 훌륭한 지도자를 만나 운이 좋았다고. 이렇게 발전된 모습을 보면 부럽기 짝이 없다고. 자기들은 지금도 옛날의 그 모습에서 벗어나지 못하고 매일 민주주의로 싸우고 있다고 한탄을 한다. 어려웠을 때 친하던 친구들을 오늘날까지 만나니 완전히 비교가 되는 것이다.

나는 목마르고 배고팠던 시절부터 살아왔기에 돌이켜보면 경제발전이야 누구든 잘하면 이룰 수 있는 것이었고, 그보다 박 대통령이 우리에게 준 것은 '하면 된다. 우리도 할 수 있다'라는 자신감을 심어준 것이 가장 큰 공로라고 생각한다. 군에서 예편한 후 1975년도에 영국 런던에 갔다가 이튼학교를 구경하러 갔는데, 그곳에서 검은 머리의 동양 청년을 만났다. 일본사람인 줄 알고 일본말로 물어보니 한국에서 왔단다. 반가운 마음에 어디 출신인지 물어보자 부산에 있는 송월타올에서 시장을 개척하러 왔다는 것이다. 잘될 것 같으냐는 물음에는 자신 있다고 했다.

그 젊은이와의 대화를 통해 그들에게는 우리와 같은 패배의식, 이류 국민이라는 인식이 전혀 없으며, 하면 된다는 진취적인 생각만 있음을 느끼고 참 흐뭇한 마음이 들었다. 그렇게 우리는 일련의 과정을 통해 발전을 향해 가는 토대와 마음가짐을 만들 수 있었다.

군수사령관에서 작전사령관으로

원래 지휘관의 임기는 2년으로 다른 보직을 받아서 이동해야 하는데 나는 군수사령관직을 자원해서 한 번을 더 했다. 그곳에서 4년을 보냈다. 위에서 보기에 아직도 궤도에 오르기 전이라 좀 더 있었으면 하는 눈치였고, 나도 이미 손을 댄 일은 기틀을 확실히 잡아놓고 싶었다.

그렇게 4년을 보내고 1967년 봄에 작전사령관으로 발령을 받았다. 4년 동안 대대적인 정비를 통해 부대를 새롭게 하고, 또 고향이 지척이다 보니 정이 참 많이 들었다. 군수사령부를 떠날 때 비행기로 훌쩍 떠나면 너무 아쉬울 거 같아서 일부러 기차를 타고, 그간 정들었던 동지들과 친구들의 배웅을 받으며 올라왔다.

일단 가족을 서울로 옮겼다. 작전사령부가 있는 오산까지 출퇴근을 할 수 없으니, 주중에는 관사에서 혼자 생활하고 주말은 서울에서 가족과 함께 보냈다. 혼자 생활하는 시간이 늘어나고 나이가 들면서 점점 고독해지는 것을 느꼈다. 그렇다고 나를 위해 가족을 오산으로 옮길 수도 없고 쓸쓸해도 혼자 생활할 수밖에 없었다.

무장공비의 청와대 습격 미수사건

작전사령관으로 지내면서 1968년 1월 1일 소장으로 진급했다. 그때까지도 남북의 관계가 좋지 않아 긴장의 연속이었다. 후방에서 보급과 정비 등을 책임지는 군수사령관으로서는 조금 여유가 있었지만 작전사령관으로서의 역할은 긴장의 연속이었다.

1·21사태로 비상이 걸린 기지를 점검하고 있다(가운데)

1월 21일 일요일, 우려했던 사건이 터졌다. 북한의 무장간첩단 31명이 청와대를 습격하기 위해 휴전선을 넘어 자하문 근처까지 침투하여 교전을 벌인 1·21사태이다.

나는 휴일을 맞아 서울 외곽 한양컨트리클럽에서 친구들과 골프를 치고 있었다. 당시에는 특별하게 연락할 만한 장비들이 없었는데 작전 계통에 있는 주요 인물들에게는 워키토키가 지급되어 언제라도 연락이 가능했다. 사건이 터진 직후 워키토키가 울려서 받아보니 부관이 다급한 목소리로 초비상을 알려왔다.

당시의 레벨로 보아 전쟁 직전 상황인 최고로 높은 비상이 걸린 것이다. 여기서 보낸 헬기를 타고 빨리 들어오라고 했다. 평소에도 내 위치는 어디를 가 있던 작전상황실에서 항상 모니터하고 있었기 때문에

조명탄을 투하하기 위해 준비 중인 C-46 수송기

비상이 걸리자마자 바로 연락하고 헬기를 띄운 것이다. 무전을 끊자 벌써 저쪽에서 헬기가 다가오고 있었다. 그 헬기를 타고 바로 작전사령부로 들어가 한 달 동안 사령부 내에서 꼼짝을 못했다.

일단 북한군의 전면 도발에 대비 초비상상태에 돌입했다. 전 전투기를 비상출격이 가능토록 했다. 사건이 터진 저녁부터는 무장공비 소탕작전이 벌어졌다. 어두운 밤에는 밤새도록 C-46 군 수송기를 하늘로 띄워 조명을 비추는 '플레어작전'을 펼쳤다. 군경이나 행정조직의 요청이 있으면 무장공비의 예상 도주로에 조명탄을 쏟아붓는 작전이다. 결국 29명은 아군에 의해 사살당하고 한 명은 생포, 한 명은 북으로 도주했다. 북한이 그 정도로 나올 줄 이쪽에서는 상상도 못했다.

그 사건이 있은 직후 대방동 공군본부로 불려갔다. 공군 참모총장이던 장지량 장군은 화가 머리끝까지 난 코드원(박정희 대통령)의 지시를 받고 '공군은 당장 보복 대책을 갖고 오라'는 명령을 하달했다. 목표는 청와대 습격을 주도한 북한의 124군부대로, 존재 자체를 없애버리는 것이었다. F-86 2개 편대, 즉 여덟 대의 전투기가 한꺼번에 북한 124군부대를 '외과수술식 정밀타격Surgical Strike'으로 흔적을 지워버린 뒤 빠져나오는 계획이었다.

바로 10전투비행단장을 불러 준비를 시켰다. 124군부대의 위치는 파악하고 있지만, 당장 그곳을 목표로 연습할 수 없으니 똑같은 조건의 남쪽 한 지점을 정해 지정된 시간에 갔다가 작전대로 돌아오는 비행훈련이 이어졌다. 실제 상황에서는 남쪽이 아니라 북쪽으로 방향만 바꿔서 실행하면 되도록 한 것이다. 계획대로라면 북한은 손 쓸 틈도 없이 당했을 것이다. 레이더를 통해 '어, 뭐 이상한 놈들이 올라온다'고 포착하는 순간 상황은 끝난다. 이미 우리는 남쪽으로 도망친 상태로, 그렇게 되면 증거조차 없다. 명령만 떨어지면 바로 날아갈 참이었다.

비상사태였기에 24시간 작전사령부에서 떠나지 않았다. 비록 TV를 보며 정세가 어떻게 돌아가고 민심의 방향을 살피면서도 언제 어디서 무슨 일이 일어날지 몰라 자정까지 자리를 지키다가 관사로 이동해 잠시 잠을 자고 새벽이면 또 출근하여 상황을 보고받았다.

이때 미국은 눈에 불을 켜고 박정희 대통령이 혹시 사고를 치지 않을까 감시했다. 미군이 의심할까봐 문서나 전화로 상황을 체크하는 것은 엄두도 내지 못했다. 당시 작전사령관실 옆방은 미군 314비행사단장이 사용했다. 공조작전 등을 위해 서로 협력해야 했기에 가까운 거리에서 근무하고 있었다. 비상근무를 시작하고 나서부터 이상하게 그 미군 사단장이 아침 5시부터 국기하강식이 끝나면 내 사무실 문을 두드리며 골프를 치러 가자고 했다. 저녁내기 골프가 끝나면 같이 저녁을 먹고, 저녁식사 후에는 새로 나온 영화를 보고 12시가 다 되어서야 헤어졌다. 또 아침 6시면 전화를 해서 커피를 마시고 커피를 마신 후에는 또 골프를 치자고 했다. 결국 잠자는 시간만 빼고는 항상 옆방의 미군 사단장과 함께 있는 상황이었다.

그렇게 며칠을 보내는데 참모총장이 비상근무 격려차 오산을 내려와 상황실 등을 둘러보고는 둘만 있을 때 슬며시 지금 미군들이 긴장

작전사령관 시절 주요 간부회의 주재

해서 지켜보고 있으니 조심하라고 말해주는 것이다. 아마 총장의 동태
도 미 고문관들이 항상 체크하는 것 같았다. 그 말을 듣고 생각해보니
미군 사단장의 요즘 행동이 밀착감시라는 것을 알았다. 비상이 걸린
후 청와대 습격사건을 빌미로 불시에 전쟁이라도 일으키지 않을까 주
요 군 간부들을 살피는 것이다.

　그때까지 미국은 군사혁명으로 이루어진 정부를 불신하고 새로운 무
기를 공급하지 않았다. 새로운 무기로 무장하여 군사력이 강해지면 무
슨 일을 저지를지 모른다는 이유에서였다. 그러다 무장공비사건이 터
지고 전쟁도 불사하겠다는 분위기가 조성되자 다급해진 것이다.

　긴장 속에서 지내고 있는데 결국 미국에서 특사를 파견해 전쟁은 안
된다, 대신 그동안 한국에서 요구했던 무기의 판매를 허용하겠다는 입

작전사령관으로 장비를 둘러보고 있다

장을 전해왔다. 우리가 요구했던 것은 공군에서 북한이 미그21로 무장하고 있어 우리가 보유하고 있던 F-5로는 안 되겠으니 팬텀기로 바꾸겠다는 것이었다. 육군에서는 T1전차, 해군에서는 잠수함과 고속정 등으로 무기체계를 한 단계 높이자고 했다.

하지만 미국은 이스라엘에는 팬텀기 판매를 허용하면서도 우리에게는 판매를 하지 않았다. 한국군에게 적을 능가할 수 있는 무기를 주면 가만히 있을 것 같지 않다는 이유로 판매를 금지하고 있었는데, 지금 전쟁을 포기하면 필요한 무기를 판매하겠으니 진정하라는 것이 골자였다.

보복공격 대신 무기를 얻는 실리를 취하다

결국 보복을 포기하는 대신 우리 군은 그동안 원했던 여러 가지 무기들, 장거리포를 비롯하여 단거리 유도탄까지 우리가 뒤떨어졌다고 생각했던 것들을 다 얻을 수 있었다.

그러나 끝까지 얻지 못한 것들도 있었다. 그중 하나가 지금은 아무것도 아닌 GPS 장치다. 우리가 팬텀을 받을 때 분해해서 배에 실어오기도 하고 완성품으로 받기도 했는데, 완성품으로 받을 경우 미국에서 한국 군산까지 날아와도 목적지에서 500~600미터만 차이가 날 정도로 항법 장치가 뛰어났다.

그것이 바로 GPS 덕분인데 당시에는 극비의 군사 기술이었다. 미국은 팬텀기를 팔면서도 그것을 빼고 넘겼던 것이다. 팬텀기를 인수받으며 그런 장치들이 빠진 것을 보고 고문관들에게 한국과 미국이 이렇게 믿지 못하는 사이냐고 항의를 하기도 했다.

이렇게 새로운 장비로 무장하자 북한에 비해 군사력이 강해졌다. 그 이전까지는 비등하거나 우리가 조금 약할 수도 있는 상황이었는데 이제는 넘어선 것이다. 실제 전략상으로 봤을 때 김신조 사건이 있을 무렵 장비에서 훨씬 유리했던 북한이 밀고 내려왔으면 우리는 한국전쟁 때만큼은 아니지만 밀릴 수밖에 없는 상황에 있었다. 한 달쯤 지나자 보복 공격도 흐지부지되었고, 사회도 많이 안정되어 비상은 해제가 되었다.

매일 전국의 레이더 기지를 불시 점검

그 후 평일에는 집에서 오산까지 출퇴근을 했다. 홍익대학교 앞의 상수동 집에서 차를 타고 김포비행장에 가면 헬기가 대기하고 있었다. 그것을 타고 오산의 사령부로 가는 것이 아니라 용문산, 강릉, 수원, 백령도 등 곳곳에 있는 레이더 기지를 임의로 정해 점검하기 시작한다.

헬기를 타고 접근하고 있으니 레이더에 잡혀야 하고 그것을 모니터하는 것이다. 점검을 하고 오산 기지에 도착하면 보통 11시, 참모들이 결재 받을 것을 들고 오면 사인을 하고 점심 후에는 다시 비행기를 타고 지방에 있는 비행 기지를 둘러본 다음 오산에 돌아와서 헬기를 타고 김포로 퇴근하는 것이 일과였다. 언제 내가 나타날지 모르니 비행단장들은 항상 긴장하고 있었다. 그들이 어떤 경우에서도 맡은 임무를 완수할 수 있도록 훈련시키는 것이 목적이었다.

김신조 사건을 계기로 우리 군도 많은 것이 바뀌었다. 특수전에 대비하여 특수부대가 생겼다. 김신조 일당이 내려왔을 때 미리 잡지 못한 것은 그들이 우리가 생각한 속도보다 훨씬 빨랐기 때문이다. 우리가 예상한 지점에 갔을 때는 이미 그 이상의 초인적인 속도로 사라진 다음이었다. 마치 사람이 아닌 들짐승 수준이었다. 그 비결이 바로 산 속에서 훈련받을 때 발목에 20~30kg에 달하는 모래주머니를 차고 뛰었다는 것이었다. 그런 훈련 후 모래주머니를 풀고 침투했으니 우리가 생각한 속도보다 훨씬 빨리 이동할 수 있었던 것이다. 그런 훈련 방법들도 우리 군에 도입되기 시작했다. 지역에는 군에서 제대한 예비역 장병들을 모아 향토예비군이 설치되었다. 그리고 보수교육을 통해 일종의 지역자치군을 만들기에 이르렀다.

전투기 보호용 이글루를 짓기 시작

이북에서는 비행기도 산 속에 굴을 파서 넣어두고 있었으나 우리는 비행장에 일렬로 세워두고 있었다. 전쟁만 없으면 비행장에 세워두는 것이 훨씬 편했다. 일단 육안으로 확인할 수 있고, 보급차가 다니기도 쉬우며 정비하는 것도 훨씬 편했다. 일렬로 세워두는 것의 단점은 전쟁이 나면 한 번의 폭격으로도 손실이 막대하다는 것이다. 그래서 그 사건이 있은 후에는 콘크리트로 이글루를 지어 전투기를 그 속에 넣어두

적군으로부터 전투기를 보호하기 위한 이글루

기로 했다. 이글루 속에 있으면 적의 공격을 받아도 동시에 파괴될 가능성이 없으니 안심이었다.

비행기는 보유 대수가 많다고 해도 모두 사용하는 것은 아니다. 대략 3분의 2정도가 운용되어도 잘 돌아간다고 말할 수 있다. 나머지 3분의 1은 정비를 하거나 고장 등의 이유로 일단은 사용할 수 없는 상태가 된다. 대신 보유 대수 중에서 3분의 1은 항상 언제라도 사용할 수 있는 상태로 유지해야 한다. 그 비상 출격할 수 있는 3분의 1의 비행기를 보호할 수 있는 이글루를 만드는 것이었는데 그것만을 만드는 데 드는 예산도 만만치는 않았다.

13

·

예산 투쟁을 위한 보직

1968년 상반기가 지나고 얼마 지나지 않아 새로운 참모총장이 취임했다. 총장이 취임하자마자 좀 도와달라고 했다. 당시 제일 중요한 업무 중 하나가 필요한 예산을 배정받는 것이었다. 육해공군이 모두 예산을 많이 배정 받으려고 하니 경쟁이 치열했다. 정부의 예산 편성뿐만 아니라 국회에서 동의를 받는 것도 중요했다. 국회에서 설득을 잘못해 예산이 삭감되면 아무 소용이 없는 것이다. 나보고 아는 사람들이 많으니 국회의원들 상대로 로비를 해달라는 것이다.

한창 골프가 유행일 때였다. 3군의 장군들이 태릉에서 골프 모임을 가질 때, 박정희 대통령도 같이 치자고 권하니, 아직은 아니라며 국민소득이 500달러가 되면 매주 나가겠다고 해서 우리끼리만 모임을 가진 적도 있었다.

본부에 가지 않고 그냥 작전사령관으로 있겠다고 했지만 소용이 없

·

고 행정참모부장 겸 군수참모부장의 보직을 받고 본부로 올라왔다. 인사와 군수를 맡으면서 또 주어진 임무가 바로 예산, 특히 비행기를 보관할 수 있는 이글루를 만드는 예산을 확보해내는 것이었다.

예산을 얻으려면 먼저 연합참모본부에 3군이 모여 필요한 것들을 추려 1차 조정을 거친다. 이 의견을 가지고 국방부에 들어가서 전체 국방예산을 보며 다시 조정을 한다. 그다음으로 경제기획원에 그 안이 보내져 전체 국가의 예산안을 보며 또 조정이 된다.

그곳을 통과하면 정부 안으로 확정되어 국회 국방분과위원회에 넘겨지고 각 국회의원들에게 필요성을 설명하고 예산이 삭감되지 않도록 해야 한다. 마지막은 예산소위에서 계수를 조정하는데 그 인원에까지 필요성을 인식시켜야 비로소 통과되는 것이다.

그렇게 열심히 뛰어다닌 보람이 있기는 했다. 전군에서 사용할 시설비 가운데 거의 절반을 우리가 가져올 수 있었다. 비행기 보호를 위해 다급한 시설임을 공감하고 밀어주는 사람들이 많았기에 가능한 일이기도 했다.

날이 따뜻해지기 시작하는 3월부터는 활동을 시작해 국회의원들과 공군 예산에 대한 타당성을 설명하고 처리를 부탁하는 것이 일과가 되었다. 여름이 되면 남들은 휴가를 간다지만 조금이라도 많은 예산을 편성받기 위해 분주히 다녔다. 그러다 보니 한 달에 하루도 사생활을 위한 시간을 가지기가 어려웠다.

또 당시 공군에는 조종과 통신, 정비 등 여러 요소를 갖췄지만 적기가 날아왔을 때 지상에서 하늘을 방어할 수 있는 능력이 없었다. 방공포는 육군에 있는 방공사단이 담당하고 있었다. 그래서 국방부에서 정식으로 문제를 제기했다.

비행장 기능이 뜨기만 해서는 끝나는 것이 아니고, 적기로부터 방어할 수 있는 무기와 장비와 인원이 있어야 한다고 요구했다. 그 결과 시간이 좀 걸렸지만 육군에 있던 방공사단이 공군에 넘어오게 됐다. 육군에서는 병력이 빠져나가는 것을 못마땅해 하면서 그만큼 병력을 보충해주고 가져가라고 하기도 했다. 그로 인해 우리로서는 예산이나 인원 등 여러 가지 면에서 큰 덕을 보았다.

나중에 들은 정보에 의하면 북한에서는 비행기뿐만 아니라 중요한 군수공장도 다 산 속 깊숙이 동굴을 파고 배치했는데 아무리 관리를 잘해도 동굴의 습기 등에 영향을 받을 수밖에 없어 정밀기계들이 많이 못 쓰게 되었다는 말도 있었다. 비행기는 전체가 정밀기계인데 동굴 속에 있으니 문제가 있었다. 그러나 동굴에서 꺼내놓지도 못하는 것이 북한 상공을 U2기가 돌아다니며 사진을 찍으니 함부로 꺼내 공개할 수도 없는 입장이었다.

U2기는 그 당시만 해도 극비의 무기 중 하나였다. 10만 피트(30.48Km)까지 올라가고 빠르기는 음속의 2배 반이나 되는 당시로는 엄청난 속도를 가지고 있었다.

작전사령관 시절 U2기를 직접 볼 기회가 있었는데 그 비행기는 접촉부가 조금씩 떨어져 있었다. 그 이유를 물으니 고공에 올라가 초고속으

미 공군의 최신예 무기였던 U2기

로 비행하면 과열이 되어 팽창을 하기 때문에 일부러 조금씩 벌려놨다는 것이었다.

또 10만 피트까지 올라가면 공기가 거의 없어 조종이 안 될 텐데 비결이 무엇이냐고 물었더니 분사 방식, 이를테면 앞쪽을 들고 싶으면 아래를 향해 분사하는 방법으로 조종을 한다고 들었다. 그런 설명을 듣고 역시 기술적인 면에서 미국이 많이 앞서 있음을 느낄 수 있었다.

판문점 회담에 수석대표로 참석

1969년에는 공군의 인사 겸 군수참모부장을 하며 판문점에서 열리는 정전회담에 수석대표로 참석했다. 육해공군이 2년씩 돌아가며 수석대표를 맡는데 마침 공군 차례가 되어 내가 나가게 된 것이다. 막상 정전회담에 나가게 되니 긴장이 안 될 수 없었다. 회의가 있는 날은 용산에 있는 유엔군사령부에서 모여, 유엔군 대표하고 나하고 그 외에 수행원들이 모여 헬기로 이동했다. 당시만 해도 북쪽 지역은 긴장감이 있었다. 벽제를 지나 임진강 쪽으로 접근하다 보면 사는 사람도 적어 황량했고 혹시 모를 공격에 불안해했다.

우리가 헬기로 갈 수 있는 곳은 도라산 근처까지였다. 그 너머 다리를 건너 한참을 더 들어가야 판문점인데 그곳은 다른 운송수단을 이용해야 했다. 도라산 근처에는 판문점 수비를 위해 중무장한 미군의 중대병력이 주둔하고 있었다. 1차 목적지인 그곳에 도착하여 커피를 한 잔 마시며 잠시 쉬다 마지막 소변을 보고 다시 출발했다.

그곳에서 판문점까지는 앞뒤로 완전무장한 장갑차의 호위를 받으며 승용차를 타고 이동했다. 회담장도 콘센트 막사였다. 그렇게 이동해도 회담 초기에는 가끔 기습을 당하는 경우가 있어 그때도 상당히 조심했었다.

마지막 소변이라고 하면 우습지만 회의가 시작되면 7~8시간이 걸리는 경우가 있는데 그 중간에 일어설 수가 없었다. 만약 중간에 일어서면 상대의 주장에 져서 못 견디고 나갔다는 식으로 인식이 되니 어떻게든 회의가 다 끝날 때까지 버티고 있어야 했다.

회의가 길어질 수밖에 없는 것은 만약 저쪽에서 제안을 한다면 강한 이북 사투리를 써가며 한 시간 정도 장황하게 연설을 한다. 그러고는 같은 내용을 중국말로 번역해 한 번 더 한다. 그것에 반박하는 내용의 연설을 연합군 대표가 영어로 또 장황하게 설명한다. 이러다 보니 시간이 길어질 수밖에 없었다.

정전회담에서는 우리말을 쓰지 못하고 통역이 있어 유엔군 대표의 말 중에서 중요한 내용을 번역해서 일러주곤 했다. 우리는 이승만 대통령의 반대로 정전회의에 참석하지 않아서 정전 당사국이 아니었다. 나는 우리나라의 대표로 참석하여 어떻게 돌아가나 지켜볼 뿐이었다. 하지만 동시에 우리는 당사자이기도 하니 우리가 납득하지 않고 참석하지 않는 회의는 성립하지 않았다.

회담장에 앉아 있으면 저쪽 요원들이 와서 고도의 심리전을 펼친다. "이치는 대구치래" "이치는 사과쟁이래" 등 나의 모든 정보를 알고 있으니 함부로 나서지 말라는 협박이었다.

그러면 앉아 있다가 가지고 간 담배를 한 개비 꺼내 그 요원들에게 슬며시 내민다. "쓸데없는 소리 말고 가라"는 표시였다. 그러면 잠시 물러났다가 또 다가와 떠든다. 그러면 또 담배를 꺼내 권하고 서로 상대방을 제압하기 위한 기 싸움이 치열했다.

회담장에서 일어나 나가면 종료

어떤 날은 30분 만에 끝나기도 한다. 처음부터 기분이 나쁘면 한 30분 정도 기 싸움을 하다가 벌떡 일어나 나가면 그것으로 회담은 종료다. 이제 끝내겠다는 통보도 없이 일단 나가면 무조건 끝나는 그런 회담이었다.

그러니 철저히 대비하여 혹시 불필요하게 우리가 먼저 일어서는 경우가 없어야 했다. 회담이 잡히면 연락장교를 통해 내일 몇 시부터 회담이 있다고 연락이 온다. 그러면 그날 저녁부터는 사우나에 가서 일단 수분을 최대한 빼내고 음식도 우유만 조금 마셔 회의 중에 화장실에 안 가도 될 상황을 먼저 만들었다. 그래서 회의 소집만 통보되면 괴로웠다.

우리는 되도록 먼저 나오지 않았다. 어른스러운 모습이랄까 어린애처럼 투정부리는 북한 쪽의 입장을 듣고 잘 달래고 차근차근 타이르는 모습을 보였다. 그래도 기습 공격을 당하는 경우가 있었다. 한번은 슬라이드를 보여주는데 청계천 다리 밑에 거지들이 있는 모습을 보여주며 서울에서는 굶어 죽고 있는데 너희들은 뭐하고 있느냐는 식으로 나왔다. 그러면 우리는 당할 수만 없으니 자료를 준비했다가 반격을 했다.

외국에서 한국을 빛낸 자료와 리틀엔젤스 공연, 패티김의 〈서울의 찬가〉 등을 모으고 서울의 번화한 거리와 외국인 관광객 모습 등을 담아 약 10분짜리 시청각 자료를 만들어 그들이 보기 좋게 우리 뒤편을 향해 상영하도록 했다. 그러면서 지난 번 당신들의 이야기가 진실이 아니라는 것을 말로서는 안 믿을 것이니 현실을 보고 판단하라고 했다.

북한의 수석대표는 소장으로 별이 하나였는데 북한군치고는 인상이 상당히 온화했다. 개인적으로 인사를 하거나 잡담을 할 형편은 아니었지만 마주 앉아서 서로 보고 있으면 눈을 슬며시 돌리는 정도의 예의를 지켜주었다. 그 옆에 대좌가 한 명 참석했는데 당에서 내려온 듯 모든 실권을 차지하고 있었고 실제 수석대표는 명목상으로 참석하는 정

1969년 판문점 수석대표 시절 후임자와 함께

도였다.

우리가 시청각 자료를 가지고 반격한 후부터 수석대표가 바뀌었다.
나중에 물어보니 우리 측의 반격에 대한 예측을 못했다고 해서 실권했
다고 들었다. 그렇게 당에서 찍혀 실권하면 옷을 벗거나 한직으로 밀려
서 고생을 한다고 했다. 그 자리에 나올 정도면 상당히 유능한 사람이
었을 텐데 참 안됐다는 생각을 했다.

미국 상원의 고위직이 방한했을 때 국방부와 미국 대사관으로부터
판문점을 보고 싶어 한다는 연락을 받고, 그 고위층과 국회의원 몇 명
을 휴가 중인 유엔군 대표 대신 내가 같이 간 적이 있다. 그때 헬기와
장갑차의 호위를 받으며 이동했다. 공식회담이 아니어서 사복을 입고
갔는데 판문점에 들어서자 대뜸 북한 쪽에서 "저치가 왜 왔느냐"고 알

아보는 것이었다. 이제 피할 곳도 없는 확실한 유명인사가 되었구나 생각하니 쓸쓸했다.

그때가 1969년이었고 그로부터 35년이 지난 2004년 판문점 경비를 우리 군이 인수했다는 뉴스를 들었다. 그만큼 우리 군도 발전하고 세상이 바뀌었다는 뜻이다.

1968년 1월 김신조 사건이 있을 무렵 우리의 1인당 GNP가 142달러였는 데 비해 북은 202달러였다. 박정희 대통령이 무섭게 경제발전을 몰아친 것도 이런 보고들을 받았으니 당연하다고 생각된다. 당장 생존이 걸린 문제이고 또 다시 처참한 전쟁의 참상을 당하지 않으려면 경제나 국방 모든 면에서 그들보다 우위에 있어야 하니 경제발전만이 우리의 살길이었다.

또 독재로 강력한 힘을 발휘하는 김일성의 모습과 그 지시에 의해 일사분란하게 움직이는 북한의 모습을 보며, 박정희 대통령도 김일성 정도의 통제력이 있어야 맞서 싸울 수 있다고 생각했을 것이다. 그러나 현실에서 마땅히 대통령을 물려줄 만한 사람이 없다고 판단하고, 1969년 9월에 3선 개헌안을 통과시키고 1972년 10월에는 10월 유신 등으로 무리수를 둔 하나의 계기가 되었다고도 할 수 있다. 국내에서는 3선 개헌안이 통과 되자 그것에 반대하는 시위가 줄을 이었다.

1969년에 또 하나의 큰 기록이 있다. 그 해 7월 미국에서 쏘아 올린 아폴로 11호가 달 착륙에 성공한 것이다. 드디어 우주인이 달에 내려 표면 조사를 하는 과학 기술의 쾌거를 이룩했다. 미국과 소련 등 강대

국들은 우주기술의 개발과 우주 공간의 선점을 놓고 경쟁하는데 우리는 3선 개헌안으로 연일 시끄러운 가운데 1960년대가 지나갔다.

급성간염으로 입원

1970년 연초에는 예산을 따기 위해 무리하게 움직인 것이 원인이었는지 급성간염으로 입원하게 되었다. 그날은 미국에서 고위층들이 방한을 하여 미국 대사관에서 연회가 있는 날이었다. 참모총장이 자리를 비워 내가 대신 참석하기로 되어 있어 사복으로 갈아입으러 집에 와서 거울을 봤는데 얼굴 전체가 노랗게 변해 있었다. 공군 의무감이 바로 달려와서 상태를 보더니 당장 병원에 가야 한다고 했다. 참모총장 대신 참석하는 연회에 빠질 수가 없어서 어쩔 수 없이 의무감이 함께 가겠다고 했고, 연회가 끝나자마자 바로 세브란스 병원에 들렀다. 진단 결과는 급성간염이었고 바로 입원해서 꼼짝도 말고 누워 있으라는 것이다.

의무감이 세브란스 출신이라 큰 병실을 구해 입원시켜주며 원래는 묶어야 하는데 묶지 않는 대신 움직이면 안 된다고 농담을 했다. 세브란스에는 한 달 정도 입원을 했다. 치료를 받아도 별 차도가 없었는데, 고향에서 친척이 좋은 미나리를 구해 와서 그것을 삶은 물을 먹어보라고 권했다. 미나리야 먹어도 탈나는 것이 아니니 좋겠다 싶어서 그 물을 마셨는데 놀랄 만큼 병세가 호전됐다.

약도 체질에 따라 다르다더니 그 덕을 봤는지 일주일 정도 미나리

물을 마시니 몸이 가뿐해졌다. 병원에는 미나리 물을 먹고부터 좋아졌다는 말은 못하고 그냥 있었다. 병원에서는 이제 큰 무리만 안 하면 괜찮으니 퇴원해도 된다고 했다.

국내에서는 경부고속도로 건설 사업이 마무리 공사 중이었다. 박정희 대통령은 경부고속도로를 처음 시작할 때, 지도를 보며 출발지와 경유지 그리고 종착지까지 전부 정하고 농토는 피해 산과 들 쪽으로 일일이 선을 그어 기본 자료를 만들고 관계자들과 함께 공군의 헬기를 이용해 현장을 확인하곤 했다. 그 현장을 확인하러 갈 때 나도 특별히 중요한 일이 없을 때는 종종 수행하곤 했다.

곰곰이 생각했다. 한국에 돌아가면 감사도 그만두고 살날이
얼마 안 남았을 테니 가고 싶은 여행이나 가고 골프나 실컷 치
며 남은 시간을 즐기다 가야겠다는 생각을 했다.

4장

보라매의 명예를 달고

14

군을 떠나 일반인으로

1970년 8월 17일, 정들었던 공군에서 예편해 일반인이 되었다. 다시 생각하면 좀 더 군 생활을 할 수 있었는데 자만이 원인이었다. 군에 있을 때 진급이나 승진을 한 번도 걱정하거나 심각하게 생각하지 않았다. 시간이 되어 명령이 내려오면 고맙다고 하며 따라가기만 했다. 그것이 군에서 예편하게 된 큰 원인이었다.

그때 우리 공군 시스템은 참모총장, 참모차장, 작전사령관 순으로 참모총장이 나가면 당연히 차장이 총장직을 맡고 작전사령관이 차장으로 가는 것이 관례였다. 작전사령관을 거쳐 본부 인사 겸 군수참모부장으로 있으니 당연히 차장은 내 차례가 되겠지 하고 생각했는데, 어느 날 국방부 장관이 잠시 보자는 것이다. 그리고 후진을 위해서 양보를 좀 해주었으면 좋겠다고 말했다.

나는 그 자리에서 군은 정치 중립을 지키는 것이 마땅한 일인데, 왜 내 인사를 정치와 관련시키느냐, 만약 정치와 관련시킨 것이 아니고 내 잘못으로 나간다면 수긍하겠다고 했다. 그동안 나는 떳떳하게 지내왔으니 당연히 허물을 내보일 것이 없었다. 그러면서 하는 말이 더 넓은 대국적인 판단으로 이렇게 할 수밖에 없지 않느냐는 것이다.

결론은 당장 내년 선거가 급하니 그것에 대비하기 위해 자리를 비워주면 경상도 출신이 아닌 사람을 쓰고 민심을 돌려 득표 활동을 좀 해야겠다는 것이었다.

예편 소식에 오히려 후배들이 흥분

최후에 제시하는 것이 그러면 국방대학원장은 어떻겠느냐고 물었다. 차마 나가라 그럴 수는 없으니 억지로 자리를 마련한 것이다. 그런 이야기를 듣고 사무실로 돌아왔는데 소문이 퍼지자 나를 따르던 준장, 대령들이 그럴 수는 없으니 무엇인가 대책을 마련하자고 했다.

오히려 내가 흥분하는 그 사람들을 막아야 했다. 지금 그런 상황이 아니고 그런 식으로 몰아가면 내가 역적이 된다고 절대로 흥분하지 말라고 했다. 당한 것은 나인데 사무실에 전화하고 집으로 찾아오고 하는 그 후배들을 진정시키느라 진땀이 날 지경이었다.

지금 생각해도 자만하고 과신하고 너무 순진했구나 하는 생각이 든다. 나는 당연한 것으로 생각했는데 더 위에서 볼 때는 당연한 것이 아니었다. 그렇게 결정이 되고 집에 있는데 만감이 교차했다.

지역구 국회의원 출마 제의

그때 잘 아는 사이인 중앙정보부 국내국장이 전화를 해 식사나 같이 하자고 했다. 몇 번 사양했으나 꼭 같이 먹어야 한다고 해서 나갔더니 육사 8기생이며 우리 고향 옆인 영일군 출신의 국회의원과 같이 있었다. 그들은 아깝기는 하지만 어떻게 할 도리가 없다, 이번 기회에 국회 쪽으로 나오면 어떻겠느냐고 당에서 말하고 있다, 시간 여유가 있으면 고향도 자주 들리고 준비를 해보라고 권했다.

돌아가신 형님이 고향에서 정치를 해 어느 정도 기반이 있고, 나도 고향에서 교편을 잡아 제자들이 아직 많이 있었다. 또 처가도 근방이며 처남도 학교 교장이라서 여러 가지 면에서 괜찮을 것 같았다. 이미 떠난 곳은 불가항력이니 시간이 나면 지역 기반을 다지는 것이 좋겠다고 권유하는 것이다. 정보 계통에서도 그렇게 조사하여 보고했다고 한다. 그렇다면 생각을 해보자고 하고 일단은 자리를 끝냈다.

정들었던 군수사령부에서 전역식

이제 전역식만 남은 상태였다. 당시에는 8월 15일도 공휴일이 아니었다. 그래서 8월 15일 공군본부에서 전역식을 하는 것이 어떻겠느냐고 하는 것을 거부하고 8월 17일 내가 초대 사령관을 지냈고 고향에서 가까운 대구의 군수사령부에서 전역식을 치렀다.

전역식을 마친 후 고향의 친척들에게 인사하고 산소에 들리니, 제자들이나 형님 친구 등 알 만한 사람들은 아깝다며 빨리 국회에 가라고 응원 겸 격려를 해줘 분위기가 좋았다. 그렇게 나름 준비를 하며 보내는데 1971년이 되자 제7대 대통령 선거 바람에 온 나라가 시끄러웠다.

그러던 어느 날 상공부 장관이 식사나 하자며 연락이 왔다. 자기가 생각할 때 권 선배만은 끝까지 군에 남아 있을 것으로 기대했는데 어떻게 해드릴 수 있는 방법이 없었다고 해서, 내가 때를 잘못 타고 난 것이니 너무 부담을 갖지 말라고 했다. 우선 어디서 일하실 자리는 만들어야 할 것같아 박 대통령께 말씀드렸더니 마산에 있는 요업센터 사장으로 가라고 한다는 것이다.

나는 그 말을 듣고 이제 연금도 나오는데 먹고 사는 문제는 걱정이 없을 것이고, 애들이 여기서 학교를 다니고 있으니 가족도 못 데려갈 그 시골에 가서 무엇을 하겠느냐며 사양했다. 내가 사양하자 장관은 그러지 말라며 그러다가 박 대통령이 알게 되면 항명같이 보일 수 있으니 일주일에 한 번이라도 제발 내려가면 좋겠다고 사정했다. 또 현재 사장이 전임 상공부장관으로 계셨던 분이라 체면이 손상되거나 하는 자리가 아니라고 강조했다.

요업센터는 5·16 후에 어떻게 하면 경제부국을 만들 수 있을까 연구할 때 나온 아이디어 중 하나인데 역사적으로 도자기 기술이 유명했으니 그것도 한번 해보자고 해서 만들어졌고 박정희 대통령을 비롯해 전 각료들이 발기인으로 등록하여 세운 회사라고 소개했다.

마산 요업센터 사장으로

마산 요업센터 사장으로 내려가 보니 회사가 적자투성이였다. 그곳에서 만드는 주 생산품이 서양식 변기와 모자이크 타일 두 가지였다. 변기는 독일에서, 모자이크 타일은 이태리에서 기술을 도입해 만들고 있었다. 가장 큰 문제는 선거바람을 타고 낙하산으로 들어온 직원들이었다.

직원이 적정 인원보다 2배 이상 많으니 정상적인 운영이 될 수가 없었다. 망하지 않고 살아남을 수 있는 방법은 구조조정뿐이었다. 그것도 내가 임의대로 하면 말들이 많을 것 같아서, 직원들을 모아놓고 솔직히 말했다.

회사가 적자다. 돈을 벌어오라는 이야기는 아니지만 적어도 적자는 면해야 한다. 그리고 그 방법은 인건비를 줄이고 기구를 축소하는 것뿐이다. 나는 여러분에 대해 아무것도 아는 것이 없다. 현재 적정 인원의 150%가 추가되어 있다. 이대로 가면 조만간 예산 배정이 어려워진다. 나머지라도 살아남으려면 구조조정을 할 수밖에 없다. 오늘 공언한 것으로 더는 말하지 않을 것이니 나머지는 여러분이 알아서 기구와 인원을 줄여 목표를 달성할 수 있도록 노력해달라.

물론 그곳 직원들도 언젠가는 대폭 조정이 필요하다는 것을 알고 있었던 것이다. 전임 사장은 청탁한 사람들과의 안면상 직원을 내보내거나 할 수 없고, 망할 것이 빤한 회사에 있다가 그 불명예를 쓰기 싫으니 빼달라고 부탁해 내가 오게 된 것이다. 결론적으로 나는 이번 기회에 구조조정을 통해 회사를 회생시켜야 하는 책임을 지고 있는 것이다.

더구나 군 장성 출신 사장이 온다는 것을 미리 안 직원들은 내가 어떻게 나올지 몰라 긴장하고 잔뜩 겁을 먹고 있었다.

첫 대면에서 직원들을 모아놓고 그렇게 사정하다시피 부탁을 했다. 일이 해결되면 연락을 달라고 하고 그길로 올라왔다. 나가게 되는 사람에 대해서는 프로젝트를 줄이더라도 예산의 얼마를 떼어 성의를 표시하겠다. 내가 할 수 있는 일은 여기까지라고 선을 그었다. 결국 직원들끼리 논의하여 오랜 시간 뒤에 구조조정을 겨우 마쳤다는 연락을 받고 다시 내려갔다.

요업센터에 다시 가보니 부지가 10만 평인데 그 넓은 마당에 안 팔린 양변기가 어마어마하게 쌓여 있었다. 그 당시에 우리나라에는 제대로 된 아파트가 없었다. 그 후에 서울 반포에서부터 본격적인 아파트가 생기기 시작했는데, 이미 반포에 아파트를 짓는다는 말이 돌고 있었다. 그때까지만 어떤 방법으로 시장을 개척하여 살아남느냐는 것이 문제였다. 얼마나 양변기 시장이 궁색했는지 농담 반 진담 반으로 직원들을 호텔에 투숙시키고 아침에 나올 때는 변기를 깨버리고 나올 수밖에 없다는 말이 돌았다.

그러다 곧 반포아파트가 시작되었고, 점점 양변기가 필요한 현대식 건물들이 생겨나기 시작했다. 한 반 년 정도 지났을 때 상공부 장관이 보자고 하더니 올라와서 다른 곳으로 가야겠다고 했다.

요업센터는 경부고속도로 건설의 대가로 대림에

경부고속도로를 만들 때 큰 건설회사 모두를 반강제로 참여시키면서 도로 건설비용을 원가에도 못 미치게 지급했다. 미국에서 1km 건설비용이 5억이라면 우리는 1억에 공사를 한 것이다. 그것은 헬기를 타고 현장 조사를 다닐 때부터 박정희 대통령이 했던 말이다. 없는 사람이 있는 사람을 따라갈 수 없으니 나중에 돈을 벌면 4억을 더 들여 수리하면 같은 효과를 거둘 수 있다는 것이다.

처음부터 미국식으로 계산해서 시작하려면 우리는 언제 할 수 있을지 장담할 수 없다는 고뇌를 담고 있었다. 경부고속도로 건설 사업은 처음부터 그렇게 부실과 무리를 미리 알고 시작된 사업이었다. 고속도로 건설에 처음 참여한 건설 회사들은 출혈이 심했으니 그에 마땅한 대가를 지불해줘야만 했다.

그래서 고속도로 건설을 위해 도입됐던 불도저, 포클레인 같은 중장비를 특가로 불하해주는 것을 시작으로, 그래도 마땅치 않으면 상공부가 가지고 있던 회사들을 기업에 특가로 불하해준 것이다. 요업센터도 그중 하나이니 이제 다른 곳으로 옮기라는 말이었다.

얼마 후 선배 장군과 함께 대림 회장을 만났다. 대림 회장은 정부에서 요업센터를 맡으라고 해서 고민 중인데 내가 그곳 사장이었기 때문에 이야기를 들어보고 결정하려고 만난 것이다. 그래서 실정을 소상히 알려주고 헤어졌다. 그 후 상공부 장관이 전화로 권 선배가 요업센터를 같이 가지고 들어왔으면 좋겠다고 한다며 대림 측의 말을 전했다. 드디어 대림에서 요업센터를 받기로 한 것이다.

그러나 내가 대림에 묻어갈 수는 없었다. 군에 있으면서 군수사령관도 하고 군수참모부장을 할 때 활주로 공사 등 군 시설을 대기업들이 맡았는데 내가 너무 꼼꼼히 감리를 해서 기업하는 사람들이 싫어했었다. 그랬던 과거가 있기 때문에 그 밑에 가서 일하기는 거북했다. 또 대림에서 파견한 인수팀이 마침 공군에 있던 친구들이었다. 그들은 반가워하며 나를 사장으로 모시겠다고 했지만 다시 한 번 분명히 했다. 나는 가도 오래 있지 못할 것이다, 머릿속에 선거문제도 있고 또 내가 군에 있을 때 인심을 썼으면 갈 수 있지만 그런 처지가 아니었으니 갈 수 없다고 했다. 그렇다면 고문으로 와 있으면 어떻겠느냐며 재차 제의를 했다. 그쪽에서는 정부에서 불하한 기업이고 정부에서 임명한 사장이 같이 있으면 자기들의 요구 조건들을 정부에 반영시키기가 편할 것이고 상공부 장관이 자꾸 나에 대해 신경을 쓰니 아주 이용 가치가 높다고 평가를 한 모양이었다. 하지만 결국 나는 안 가기로 결정하고 부사장부터 요업센터 전체를 인수인계했다. 총 10만 평 부지에서 5만 평을 대림에 특혜를 주어 넘기고, 나머지 5만 평에는 요업연구소가 남아 있다고 들었다.

그렇게 요업센터를 넘겨주었다. 그 일이 끝나고 나서 들어온 제의는 당시 처음으로 시작하는 구미공단의 추진본부장이나, 아니면 서울 삼성동(현재 무역센터 자리)에 상공부 소유 땅이 있는데 그곳을 개발하여 상공부 소속의 덩치 큰 정부 기업들을 내보내는 일을 좀 추진해달라고 부탁했다. 그 말을 듣고 구미에 내려가 보니 황량한 벌판만 덩그러니 있었다. 내가 토목기사도 아니고 참 서글픈 생각까지 들었다. 다시 서울에 올라와 아무래도 지방은 어렵고 서울에서 일을 해야겠다고 하고 지금의 무역센터 자리를 가봤다. 길도 없고 기반 시설이라고는 하나도 없었다. 압구정동 언덕에 배나무 과수원이 있었을 때라 접근하기조차 어려웠으며 봉은사란 절만 빈 들판을 지키고 있었다.

승용차를 가지고 가면 아무래도 눈치를 챌 것같아 점퍼에 운동화를 신고 버스로 근방까지 갔다가 택시를 갈아타고 더욱 가까이 접근해서 걸어 다녔다. 지금 경기고등학교 자리부터 한 바퀴를 돌아보고 땅값도 알아보면서 일주일에 한 번씩은 그쪽을 조사하기 위해 들락거렸다.

그러다 상공부 장관 대신 상의할 사람이 차관보로 바뀌었다. 그 차관보가 공군 출신이어서 잘 아는 사이였다. 근방의 땅값이 내 기억으로는 평당 5~6천 원 정도였던 것으로 기억한다. 그 차관보와 같이 협의하기를 땅이 평당 10만 원이 되도록 만들어 일부를 팔아 재원을 마련하여 50층짜리 건물을 짓고 그 속에 상공부 산하 13개 국영 기업을 수용한다는 계획이었다. 그러기 위해서는 서울시장에게 연락하여 도로와 상하수도 시설을 마련하고 교통망을 연결하여 돈 있는 사람들이 투자할 수 있는 여건을 마련한다는 것이었다.

지역구 대신 전국구 의원 제의

그렇게 열심히 다니는 중에 친한 국회의원을 만났는데 당의 공기가 전국구 쪽으로 생각하고 있다는 것이다. 조사 결과 선거 자금도 없는 것 같고 한 4년 전국구를 하다가 지역구로 가는 것이 좋을 것 같은데 어떠하냐고 의견을 묻는다. 당신들이 공천을 안 준다면 할 말이 없지 않느냐, 무소속으로 나가 당을 상대로 싸워 국회의원이 된다고 해도 덕볼 일이 있겠느냐고 말했다. 또 당신들이 공천을 안 준다면 나는 할 수 없다고 했다.

한편으로는 전국구도 괜찮다는 생각을 가지고 있었다. 잠시 고민하다 돈도 없고 국회의원을 해도 많이 할 것도 아니고, 군에서 갑자기 밀려 나오게 되어서 분한 마음에 국회의원이라도 한 번 하겠다고 했지만 세상 살아보면 그것이 전부는 아니니 좋겠다고 했다. 대신 조건이 가끔 시간이 나면 지역에 가서 도와주어야 한다는 것이다. 그건 너무하지 않느냐고 했더니, 다 그렇게 한다고 해서 알겠다고 시간이 나면 생각해보자고 하며 끝냈다.

그렇게 지역구 공천을 다 마치고 전국구 공천을 하는데 나는 당연히 내 이름이 나올 줄 알았으나 없었다. 전국구는 각 군에 한 명씩 배당이 나와 장군 출신들이 차지했었다. 그래야 군의 지원을 받을 수 있어 그렇게 조치한 것이었다. 물론 총장 출신들도 있지만 그들은 자기 몫을 다 찾아먹은 상황이고 나는 당연히 이번에 챙기는 것으로 생각했는데 전국구에서 빠졌다.

어떻게 된 것인지 보니 내가 군에서 모시던 분이 나 대신 들어가 있는 것이다. 그것도 훗날 이야기를 들었지만, 박정희 대통령이 군사혁명으로 정권을 잡았으나 예비역 장성들 중에서 군의 정치 개입에 반대하는 세력들이 있어 아무리 박 대통령이 부탁을 해도 거절했는데, 점점 국가가 안정이 되자 이번 국회에 2~3명 같이 봐주면 협조하겠다고 했고 그중 한 명이 나를 대신해 전국구에 들어간 것이다.

일이 안 되려니, 누구도 원망할 수 없는 그런 궁지에 몰려 스스로는 가고 싶지 않아도 등 떠밀려 안 갈 수 없는 상황이 되어버린 것이다. 이런 상황에서는 더 이상 일을 할 마음이 들지 않았다. 하나부터 열까지 사람 속이는 것뿐이지 않겠느냐는 생각이었다. 하는 일마다 틀어지고 잘되지 않자 상공부 장관이 조심스럽게 전화를 해서 아니면 어느 회사의 고문으로 이야기했으니 소일거리나 하시면 어떻겠느냐고 물어왔다.

나는 더 이상 폐 끼치고 싶지 않아 신경 쓰지 말라고 거절했다. 결국 전국구 공천 발표가 난 다음 이제까지 하던 일을 모두 정리하고 자유인이 된 것이다. 자유인이 되니 홀가분했다. 전시엔 목숨 바쳐 싸웠고, 전후 국가 재건사업에는 몸을 아끼지 않고 참여했다는 자부심을 가졌다. 오래전부터 바둑을 두며 친하게 지냈던 분들과 매일 어울렸다. 주로 정치를 하던 사람들이나 학자였으며 강경파로 분류되어 비주류가 된 사람들이었다.

처음에는 집을 하나 정해서 모였는데 매일 모이다 보니 폐가 너무 심했다. 그래서 어디 작은 사무실이라도 모일 수 있는 장소를 마련해 나가자고 의견이 모아졌다. 마침 인사동 뒤편에 개인 서실을 가진 사람이 하나 있었다. 그 사람에게 물어보니 그 주변에 마땅한 장소가 하나 있다기에 일인당 얼마씩 힘을 합해서 얻었다.

사무실이 생기고 매일 아침에 모여 오전에는 서예를 하고 점심이 가까워지면 내기 바둑을 두어 점심을 먹고 오후에는 바둑을 계속 두거나 약속이 있으면 각자 알아서 나가는 생활이었다. 주말에는 골프장을 찾았는데 골프장도 지금 어린이대공원 자리에 있는 것 하나뿐이었다. 그렇게 바둑과 골프로 소일을 했다.

버스 타고 다니며 순두부를 먹어보다

군에서 나온 후부터 버스를 타고 다니기 시작했다. 아직 지하철이 생기기 전이어서 대중교통은 버스뿐이었다. 내가 서울에서 버스를 처음 타본 것이 바로 이때였다.

그 시절에 또 새로운 추억들이 있다. 점심도 그 옆 일식집에서 돌아가며 점심 부담을 하니 비싼 것은 자제하고 주로 500원쯤 했던 탕류를 시켜먹었다.

하루는 같이 모이는 친구 중에서 정치를 하던 이가 매일 탕만 먹지 말고 오늘은 다른 곳으로 가자고 했다. 그 친구를 따라가니 좁은 골목을 돌아 언덕 위 허름한 음식점으로 들어간다. 그 친구는 몇 번 경험이 있는 듯 서슴없이 주인을 불러 순두부와 소주를 시켰다. 정치하던 사람들은 유권자들이 찾아오면 돈은 없고 값싼 음식을 주로 대접하는 것 같았다. 당시 순두부 가격이 80원이고 소주가 20~30원이었다. 그날 순두부라는 음식을 처음 먹었다. 우리 고향에서는 순두부라는 음식 자체가 없었고, 군 생활을 하는 동안에도 그런 음식을 접한 기억이 없었다.

그렇게 다시 하나하나 버스 타는 법도 배우고, 순두부 맛도 배우고 새로운 것들을 익혀가기 시작했다. 그때 순두부라는 음식을 처음 먹었지만 얼마나 맛있던지 지금도 순두부를 굉장히 좋아하고 즐겨 먹는다.

10월 유신 발표와 상호금융회사 사장

이렇게 지내던 1972년 10월, 정부는 유신을 발표했다. 뻣뻣한 강경파들을 비주류로 쫓아내고 말 잘 듣는 온건파들을 모아 만든 작품이었다. 정치라는 것이 원래 그런 것이었다. 누구를 탓할 수도 없다. 이제는 더 이상 허송세월하며 기다릴 것이 아니라 먹고 살길을 찾아 뿔뿔이 헤어질 수밖에 없었다. 다들 기업체나 학교로 돌아가고 나도 어딘가에 속해서 경제활동을 해야 했다.

그때 우리 아이들이 1남 3녀인데 대학교, 고등학교, 중학교, 초등학교에 다니고 있었다. 혼자 속으로만 어이쿠 큰일이구나 생각하고 있는데 고향 사람이 상호금융회사를 크게 벌여 한창 잘나가다 삐걱거리기 시작한 모양이었다. 자기 힘으로는 처리가 힘들어지자 우리 집에 와서 붙어살며 제발 일 년만이라도 사장을 해달라고 사정을 했다. 하도 사정을 하기에 놀고 있는 동안 잠시 봐줄 요량으로 좋다고 했다. 그렇게 가서 현황 파악을 하다 보니 부실 대출 문제가 터져 나오기 시작했다. 때마침 불어 닥친 1차 오일쇼크 때문이었다.

금융회사는 자전거 타는 것과 같아서 달리면 얼마든지 빨리 갈 수 있는 반면, 한 번 멈추면 쓰러져버린다. 큰일 났다고 느끼는 순간 벌써 멈춰 서기 시작했다. 보통 일이 아니었다. 줄줄이 터지고 임원들은 잡혀갈 처지였다.

당시에 JP가 총리였으며 금융을 직접 관장하는 재무부는 남덕우가 장관이었다. 마침 재무부 차관이 공군에서 데리고 있던 친구여서 찾아가 상의를 했다. 내가 이런 곳에 갔는데 이 꼴이 됐다. 내가 알아서 간 것이 아니라 고향 후배들이 어려운 처지를 구해달라고 해서 갔다가 이렇게 됐다고 설명했다. 차관이 자기들로서는 도리가 없고 이대로 가면 사장 이하 전원 형사처벌을 면할 수 없다면서 청산이나 자본을 대는 것은 우리가 할 수 없으니 총리를 만나서 말을 해주면 좋겠다고 했다. 그래서 처음으로 비서실에 연락해 JP를 만나 사정 이야기를 하고 재무부에 다시 갔더니 좋은 방향으로 처리하라고 지시가 내려와 있었다.

회사의 부실로 청산위원장에 임명되다

그 상호신용금고는 전국에 18개 지점이 있었는데 다 터지기 시작했다. 결국 청산정리위원회를 만들어 위원장으로는 나를 지명했고, 국민은행의 부장이 파견되어 사무국장으로 배치됐다. 그리고 원래 운영했던 소유주들은 금고형 정도로 처벌을 받았다. 신용금고가 터진 것도 나쁜 뜻이 아니라 오일쇼크 때문이었다. 그 전에는 잘나가던 사업체로 내가 있던 건물에만도 캐딜락이 스무 대 가까이 있을 정도였다. 또 국회의원 선거 바로 전이어서 정부 입장에서도 대형의 금융사고가 발생해서 좋을 것이 없었다. 이런 상황들이 맞물려 최대한 조용히 정리되었다.

그러나 나는 청산정리위원장으로 인감증명서를 발행해준 것만도 수백 장을 찍어줬다. 나중에는 아예 인감도장을 넘겨줬다. 법인 사장이 나니 내 인감증명이 있어야 재산이 나에게 넘어왔다가 다시 각 은행으로 넘어가 비로소 정리가 되는 것이었다. 그래도 손해 본 사람들이 소송을 30~40건 걸었다. 재무부에서 나는 법정에 못 나가게 하고 재무부 담당 변호사가 전담해서 일을 정리했다. 이것저것 다 정리하는 데는 일 년여가 소비됐다.

어느 정도 정리가 되자 재무부 차관을 찾아가 청산정리위원장을 그만두겠다고 말했더니 아직 정리할 것이 남아서 안 된다는 것이다. 그래서 청산정리위원장 자리가 돈 나오는 것도 아니고 당장 먹고 살아야 하는데 언제까지 이럴 수는 없지 않느냐고 했더니 죄송하다며 그러나 지금 그만두면 재판의 명의가 바뀌어야 하니 곤란하다는 것이다.

자동차도 다 반납했으니 이제 어디 월급 받을 곳을 소개해주면 있고 아니면 다 끊어버리겠다고 하자 급히 알아보고는 손해보험협회 회장의 임기가 다 되었으니 원래 없는 부회장 자리를 만들어 부회장으로 있다가 후임 회장으로 취임하라는 것이다. 보험협회라 차도 있고 급여도 괜찮다고 했다.

손해보험협회 부회장

1974년 그렇게 청산정리위원장 직함을 계속 유지하며 손해보험협회 부회장이 되었다. 당시 급여가 정확히 기억나지는 않지만 대략 내 연금액의 몇 배는 받았던 것 같다. 그 급여를 받으면서 너무 과하게 받는다는 생각마저 들었다. 회원은 13개 손해보험회사들이었다.

1974년 8월 15일에는 비극적인 일이 있었다. 광복절 기념식에서 영부인 육영수 여사가 재일교포 문세광에게 피습당해 사망한 사건이었다. 또 같은 날 처음으로 수도권 전철 개통식이 있었다. 11월에는 북한의 적화 야욕을 상징적으로 보여주는 제1땅굴이 경기도 연천에서 발견되어 아직도 전쟁이 진행 중임을 실감나게 했다.

1975년 4월 30일에는 우방의 도움을 받았으나 끝내 월남의 사이공이 함락되고 무조건 항복 선언으로 월남이 패망했다. 자기 스스로 지킬 힘과 의지가 없으면 아무리 남이 도와주어도 지켜내지 못한다는 것을 새삼 느끼게 하는 일이었다.

손해보험협회에 있을 때는 급여도 많고 이렇게 편하고 좋은 자리도 있구나 감탄할 정도였다. 참모총장이나 장관보다 좋은 자리다 싶었는데 오래 있지는 못했다.

한국증권거래소 감사

당시에 한국증권거래소라고 있었다. 그곳의 이사장이나 감사 등 모두 재무부에 있던 사람들이 가는 곳이었다. 그런데 그곳 감사가 사고를 냈다. 거래소야 사고 날 것이 없지만 겸직하고 있는 대체결제회사와 전산회사를 만들면서 주가를 조작한 것이 터져 나왔다. 본인이 직접 한 것은 아니나 저질 증권회사의 꼬임에 빠져 연루가 되어버렸다. 증권거래소와 대체결제회사, 전산회사의 감사를 겸하고 있으니 매일 넘어가는 서류에 결재를 해야 하는데 감사가 없으니 서류 결재가 되지 못해 야단이 난 모양이었다.

재무부 이재국장이 몇 개월만 증권거래소에 가서 좀 봐달라는 것이다. 초창기의 증권거래소는 아직 안정이 안 되어 엉망이었다. 그러니 재무부에서도 골치를 썩이며 누가 가서 틀어잡아 안정시켜 주기를 바라고 있었다. 그런 곳에 감사를 좀 해달라는 것이다. 안 간다고 하면 그만인데 아무래도 전에 신세를 졌던 재무부 차관이 보낸 것 같아서 승낙했다.

손해보험협회에 있을 때는 급여를 약 50만 원 정도 받고 연금도 받았다. 그런데 이곳에선 이사장 다음으로 감사 급여가 높은데 20만 원이었다. 그때 내 연금은 15만 원 정도였는데 증권거래소는 정부투자기관이니 연금이 끊어졌다. 결국 연금보다는 5만 원 더 벌고 전에 있던 곳에 비해서는 한 달에 50만 원씩 손해였다.

기가 막히지만 속으로는 전에 대구에서 손금을 볼 때 수명에는 문제 없으니 마음대로 출격해도 좋고 부자는 못 되나 남에게 손 벌리며 살지는 않을 것이라는 말이 과연 맞구나 생각했다. 조금 편히 살 만하면 계속 다른 곳으로 밀려나는 상황이니 그런 생각도 들곤 했다.

그렇다고 증권거래소 일을 정리하지 않고 중간에 그만두고 나갈 수도 없었다. 또 재무부 차관이 틈만 있으면 사무실에 와 제일 미더운 분이라 불렀는데 경제적으로 손해 보는 것을 몰랐다며 미안해했다. 그 사람 잘못도 아닌 것을 어쩔 수 없었다. 그렇게 증권거래소에 잡혀 5년을 있으면서 정리할 것은 거의 정리를 했다. 마치 군수사령부에서 땀 흘리며 물건을 정리할 때와 흡사했다.

그때는 큰아들이 서울대학교를 졸업하고 공군 장교로서 병역의무를 마친 뒤 행정고시에 합격하여 영천군에 군수보로 내려가 새마을 운동, 모심기 운동 등을 일 년 동안 하며 사무관 수습을 마치고 연수까지 끝나 재무부 기획관리실 사무관으로 들어갔다. 그것을 구실 삼아, 자식이 공무원으로 상급 관청에 있는데 내가 그 밑에서 있을 수 없다며 그만두었다. 그때도 아직 정리할 것이 조금 남아 있었다. 내부정리도 문제지만 이렇게 가면 안 되겠다 싶기도 하고, 국회 재무위원회에 영향을 끼칠 수 있는 분위기여서 증권거래소를 회원제로 추진하려고 했다. 그러면 모든 증권회사가 돈을 내 거래소를 움직이는 대신 서로 감시를 하게 되니 장난을 칠 수 없으리라고 생각했다. 지금처럼 관청 하나로 모든 것을 감시하기란 불가능했다. 그것을 추진하려고 기다리다 아들이 재무부로 들어오고 해서 미리 사직하기로 말을 다 해놓은 상태였다.

15

·

혼란 속에 시작된 80년대

1981년 10월 1일 저녁 경복궁 안의 경회루에서 열리는 건군 32주년 축하 행사에 예비역 장성으로 초청되었다. 그곳에서 친구들을 만나 연못가에 앉아 이야기를 하고 있는데 대통령이 온다고 했다.

전두환 대통령은 내가 소령으로 비행교육대장을 할 때 후보생으로 왔던 사람이었다. 그래도 국가 원수니까 슬슬 연못 쪽으로 피했다. 만나서 악수라도 하려는 사람은 대통령 쪽으로 접근하고 우리는 피차 거북할 것같아 피해 있었다.

그때 대통령 경제비서관이 시골학교의 후배라고 인사를 하더니 요즘 어떠시냐고 근황을 묻는 것이다. 사실 이러한데 후임자가 안 와서 바로 그만둘 수는 없으나, 우리 집 아이가 그쪽 관리로 들어가서 계속할 수는 없을 것 같으니 어디 편하고 생활될 만한 월급만 주는 곳을 알아봐 달라고 이야기했다.

·

그때만 해도 대통령 경제비서관의 힘이 그렇게 센지 몰랐다. 우리는 그저 고향 후배다 생각하고 우리가 한창일 때 와서 인사를 한 기억만 가지고 있었다. 취직 문제는 그 친구에게 맡겨놓고 얼마 안 있다가 후임자가 내정됐다고 해서 왔는데 육군 중장이었다. 기수는 한참 후배라 인사를 하러 와서는 증권거래소가 어떤 곳이냐고 묻는 것이다. 그래서 사실대로 이러이러한 곳이라고 말했더니 싫다고 나중에는 오지 않았다. 그때까지만 해도 분위기가 군인들이 어리광이랄까 막내노릇을 좀 했었다. 그다음에 또 한 명이 내정됐다고 연락이 왔다. 내정자가 나오는 날 바로 그만둘 것이니 하루라도 빨리 나오라고 했다. 그리고 그다음 날부터 바로 사표를 내고 그만두었다.

박정희 대통령 시해사건

그 전인 1979년 10월 나라를 뒤흔드는 큰 사건이 있었다. 김재규 중앙정보부장의 박정희 대통령 시해사건이다. 물론 억압 정치에 대한 반발로 민주화를 요구하는 시위가 계속되긴 했지만 갑자기 터져 나온 큰 사건으로 일순 진공상태에 빠졌다.

어찌 보면 상상하기조차 어려운 비현실적인 사건이 바로 눈앞에서 벌어진 것이다. 그 사건에 대한 평가는 훗날 역사가들의 몫이니 더 이상의 언급은 않겠다.

당시 박정희 대통령은 김재규를 상당히 신임하여 건설부장관도 시키고 나중에는 중앙정보부장에까지 임명했다. 사실 나와 몇몇은 김재규에 대한 죄책감을 가지고 있었다.

그 전에도 친한 친구들끼리 가끔 모임이 있어 경상도식으로 한 사발하자고 하면 같이 모여 이런저런 이야기를 하며 술잔을 기울이곤 했다. 주로 육군 출신이고 나는 공군 출신이지만 현역에 있을 때부터 교류가 많았고, 연합참모본부 같은 곳에 가면 대놓고 육군에게 힘세다고 큰소리치지 말라고 악을 쓰곤 했는데 그런저런 계기로 아주 친하게 지냈다.

김재규도 그 멤버 중의 하나였다. 우리끼리 모이면 많은 이야기를 했는데 어떤 때는 자신이 저녁을 내기도 하고, 골프 치자고 해서 같이 운동을 할 때도 있었다. 그때 우리가 바른말을 했다.

"당신, 무엇 때문에 그곳에 있나. 우리가 알기에는 제일 측근에 있는 사람인데 그렇다면 값을 해야지. 밖에서 무슨 소리가 도는지 아느냐. 못된 놈들 때문에 추문이나 돌고, 방향이 잘못됐으면 충고라도 해야지, 말도 못할 바에야 왜 그곳에 있나. 우리는 그나마 당신이 그곳에 있으니 틀린 방향으로는 안 가리라고 생각했는데 요즘은 그것이 아니더라."

본인이 듣기 거북한 소리를 많이 했었다. 시중에 흐르는 소문이 많이 안 좋았다. 그래서 '무엇 때문에 혁명을 했나, 혼자의 판단이 아니라 주위의 농락으로 끌려가는 것은 구별해야 할 것 아니냐'는 식의 말을 많이 했었다.

박정희 대통령이 김재규를 믿는 마음도 컸지만, 반대로 김재규도 박정희 대통령에 대한 존경심이 대단했다. 가만히 생각해보면 10·26사건

또한 상황이 따라주지 않는 가운데 일어난 우발적인 사건이 아닌가 싶다. 나중에 법정 진술에서 혁명이라고 했는데 그것은 아니라고 생각한다. 결과적으로 김재규는 국가의 죄인이 되었다. 우리끼리 만나면 그 친구 끝이 좋지 않았다고 한탄을 했다. 가족도 없었던 것으로 아는데 마지막에는 좋아하던 술도 간이 안 좋아서 많이 먹지 못했다. 지금 생각하면 아마 간암이 아니었던가 생각된다.

큰아들의 혼사를 치르다

10·26사건이 있을 무렵 집에서는 큰아들의 혼사를 준비하고 있었다. 우리가 처음 잡았던 혼삿날이 박 대통령의 국장일과 겹쳐 모든 집회가 금지되어 결혼식을 치를 수가 없었다. 집안에서는 걱정을 하며 좋은 일에 앞서 큰일이 터졌으니 해를 바꿔서 하면 어떻겠느냐는 의견이었다.

나는 괜찮다고 그냥 조금 연기해서 치르자고 하며 최선을 다한 다음에는 자기 복이 있으면 좋은 길을 찾아갈 것이고 복이 없다면 아무리 북치고 나팔을 불어도 팔자가 그만하니 그냥 하자고 했다. 그렇게 잠시 연기했다가 바로 결혼을 시켰다.

10·26사건 다음에는 나라에 질서가 없어지고 이른바 3김이 정권을 잡기 위해 다투는데 도가 지나쳤다. 우리가 볼 때는 이러다가 나라가 넘어지겠다고 늘 걱정했다. 그때 예비역 장성들의 모임인 성우회가 있었

고 나도 그곳의 임원이었는데 임시회의가 소집됐다. 그 회의에서 나라가 이대로 가면 망하고 공산주의로 가면 다 당하니 누가 정권을 잡을지는 아무도 모르나 우리라도 나서서 안정을 시켜야 하지 않겠느냐는 것이 결론이었다. 그에 따라 지역을 나눠서 민심을 수습하기로 하고 몇몇 장성들과 함께 경북을 맡아 사전에 미리 전화 연락을 하고 몇 시에 갈 것이니 재향군인회 지부에 모두 모아달라고 해서 하루에도 서너 군데씩 차를 타고 돌아다녔다.

정치하자는 것이 아니라 이렇게 혼란스러울 때 북한군이 넘어오면 어떻게 할 것인가 우리라도 정신 차리고 철저히 대비하자고 역설하며 다녔다. 1980년은 정말 문제가 다급했다. 정치하는 사람들을 좀 혼을 내주고 우리끼리 새로운 나라를 만들고 싶은 생각이 들기도 했다. 그렇게 동지들과 한 10일쯤 순회강연을 끝마치고 서울에 올라와 점심을 먹고 피로가 풀리면 날을 잡아 다시 모이기로 하고 집에 들어왔다.

첫손자를 보다

8월 26일, 집에 와보니 경사가 났다. 새벽에 첫 손자가 태어난 것이다. 얼마나 반갑던지 바로 병원에 가보자고 했더니 급하게 어딜 가느냐고 먼저 목욕탕에 가서 깨끗이 씻은 다음에 가라는 것이다. 부산하게 씻은 다음 옷을 갈아입고 병원에 갔다. 작은 아기가 있는데 얼마나 흐뭇했는지 모른다.

첫 손자가 퇴원을 할 때는 아이의 외가가 있는 여의도까지 내가 안고 왔다. 손자를 사돈댁에 데려다주고 돌아오는 길에 많은 것을 생각했다. 난 내 자식들을 위해 무엇을 해주었나. 아버지로서는 자격이 없다는 것을 새삼 느꼈다. 한편으로 변명일지 모르지만 우리 세대의 가장인 아버지는 배불리 먹이고, 따뜻하게 입히고, 편히 재우며, 아프면 약 지어줄 수 있으면 그 임무를 다했다고도 할 수 있다. 그만큼 가장 기초적인 것도 풍족하게 해결하지 못하는 거칠고 험한 세월을 살아온 것이다.

이제 다 키워 나름대로 가정을 꾸려 살고 있지만 딸들이 농담 반으로 아버지는 자격이 없다고 불평을 한다. 새벽에 나가 밤이 늦어야 집에 오니 가족들 얼굴을 보기도 힘들었다. 또 아버지로서 자식을 키우는 잔정, 같이 손을 잡고 구경을 가거나 놀아주는 잔정을 느낄 수 있는 기회가 없었다. 사천에서 비행교육대장을 할 때 큰아들을 앞세워 목욕탕에 다니던 것이 다였다. 또 그때는 큰아들밖에 없었다. 지저분해 보여 목욕을 가자고 하면 싫다고 옹알거리는 것을 달걀을 사준다며 달래가지고 데리고 갔다. 먹을 것이 귀했던 시절이라 달걀이면 최고였다. 목욕탕에 가서 억지로 다 씻긴 다음에는 다방에 가서 나는 커피를 한 잔 마시고 애는 달걀 한 알과 밀크를 먹고 집에 오곤 했다. 나중에는 거기에 재미를 붙여서 목욕 갈까 하면 아들이 먼저 나섰다. 내가 아버지로서 자식들과 잔정을 나눈 것은 그때뿐이다.

우리가 전쟁 중 강릉에 비행전대를 만들어 출격할 때 어느 시간이 지나니 피곤하고 지쳐서 신경이 날카로워졌다. 그것을 참모총장이 직접 와서 보고는 사천에서 교관을 하던 인원과 교체시킨다. 그 인원이 지칠 때쯤이면 다시 우리와 교대해 강릉에서의 출격과 사천에서의 교육비행을 번갈아 했다.

물론 사천에서의 생활도 피곤했다. 한 명이라도 더 교육을 시켜서 전장에 보내야 했기에 하루 세끼를 조종사 식당에서 먹으면서, 해 뜰 때 시작하면 해가 질 때까지 비행을 가르쳤다. 비행기 조종도 운전과 같아 하루 종일 흔들리거나 하면 아주 피곤하고 신경이 날카로워졌다. 한 달에 한두 번씩 비행기에 대한 전면 정비시간이 있다. 그때는 쉬는 날이었고 큰아들과 시간을 보냈다.

그 후 딸들에게는 그런 시간도 전혀 없었으니 지금도 "아버진 낙제입니다"라면 말로만 "그래 잘못했다" 그랬는데 막상 손자를 안고 보니 내가 정말 잘못했다는 생각을 가지게 되었다. 옛날의 아버지들, 그때를 기준으로 한다면 낙제는 아닐지 모르지만 요즘 시대의 아버지들에 비하면 확실히 낙제였다.

16

중앙투자금융 감사를 마지막으로

1981년 국군의 날 연회에서 만났던 대통령 경제비서관이 전화로 점심을 하자고 해서 갔더니 우리 골프 멤버인 동국산업 고문이 함께 있었다.

어느 모임에서 둘이 만났을 때 내 이야기가 나와 경제비서관이 취업을 부탁했다고 한다. 동국산업 고문은 그 자리에서 좋다고 같은 골프 멤버이니 동국그룹에 적을 두고 골프나 치러 다니겠다고 승낙하여 이미 말이 다된 상태였다. 오늘 당장 가서 계열사의 고문으로 이름이나 올려놓고 둘이 골프나 치고 여행이나 다니자고 했다. 동국그룹은 선친에게 물려받은 형제 기업인데 동국산업 고문이 생존해 있는 형제 중에서 제일 맏이니 문제될 것이 없었다. 그렇게 해서 동국그룹 중 중앙투자금융의 말뿐인 감사로 가게 되었다.

골프나 즐기는 명목상 감사

실제로는 여행도 하고 골프를 즐기는 편한 세월이었다. 마음이 맞는 사람이 있고 자유로우니 중앙투자금융에서 오래 있었다. 동국그룹의 계열사 사장으로 나가라는 것도 싫다고 하며 중앙투자금융 감사 한 자리만 13년을 지켰다.

사장 자리는 젊고 유능한 또 그 계통을 잘 아는 사람이 해야 한다는 것이 내 지론이었다. 나 때문에 내부 승진의 기회도 놓친다면 일할 맛이 나겠는가. 그러다 보니 나는 처음부터 끝까지 감사인데 입사했을 때 부장이었던 사람이 나중에는 사장이나 부사장을 하는 모습을 보기도 했다.

바쁘거나 큰 경합이 있을 때는 틈틈이 도와주기도 했다. 그때까지도 조금 영향력이 남아 있어 잘 안 풀리는 일들을 상의하면 아는 사람들에게 부탁하여 좋은 방향으로 유도해주었다. 그렇게 자체에서 처리가 안

퇴임 후 종종 골프를 즐겼다(왼쪽에서 두 번째)

되는 어려운 일들을 도와주며 마지막 직장을 편하게 다닐 수 있었다. 중앙투자금융에 오기 전 증권거래소 감사를 5년간 했으니 합하면 감사만 18년을 한 셈이다. 감사를 나만큼 오래한 사람도 아마 드물지 싶다.

러시아 성우회의 초청으로 러시아 여행

소련이 해체되고 러시아가 민주화된 지 얼마 지나지 않아 그쪽의 성우회와 한국 성우회 회원들 사이에 교류가 이어져 초청을 받은 적이 있다. 그 초청으로 러시아가 개방되고 나서 모스크바와 레닌그라드 등지를 둘러볼 기회가 있었는데 그때 많은 것을 느낄 수 있었다.

양쪽 성우회 회원이 모여 회식을 하는데 우리는 그쪽 생활이 어렵다는 것을 미리 알고 조니 워커 블랙라벨 큰 병을 한 사람이 한 병씩 준비해 갔다. 그것을 그 자리에 내놓으니 무척 좋아했다. 내 카운터 파트너는 그쪽 공군 소장 출신으로 예편 후 체코슬로바키아 대사를 한 사람이었다. 그 술을 커다란 맥주잔에 콸콸 따르더니 브라보를 외치며 냉수 마시듯 마셨다. 나이가 우리와 비슷했고 자기도 한국전쟁 때 북한군과 함께 출격했었다고 했다.

국제 정치가 그런 것이다. 목숨을 걸고 싸운 것은 우리지만 우린 그저 가라면 가고 오라면 오는 일꾼이고, 사용자는 저 위에서 지시만 하는 것이다. 그런 이야기를 하면 동병상련의 마음으로 서로 악수하고, 언제 어디에 있었다는 것을 들어보면 거의 맞았다. 지나고 보면 아무것도 아닌 일들을 가지고 서로가 죽이고 살리는 싸움을 했다며 마주보며 웃을 수 있는 시간을 가졌다. 그렇게 재미있게 지내며 레닌그라드까지 다녀왔다.

그런데 스케줄이 타이트하면 저녁에 잠을 푹 자야 하는데 잠이 안 왔다. 낮의 피로를 제대로 소화시키지 못하는 것이다. 이제 예전처럼 건강하지 않고 체력에 한계가 온다는 것을 느낄 수 있었다. 나이가 70이 다 되었으니 무리는 아니었다.

곰곰이 생각했다. 한국에 돌아가면 감사도 그만두고 살날이 얼마 안 남았을 테니 가고 싶은 여행이나 하고 골프나 실컷 치며 남은 시간을 즐기다 가야겠다는 생각을 했다. 그리고 돌아와서 바로 중앙투자금융에 사표를 냈다. 가족들은 소일거리라도 있어야 건강을 지킬 수 있다며 걱정했지만 내 입장을 바꾸지 않았다.

그만두고 나서는 골프를 실컷 쳤다. 군에 있을 때 바둑업계를 키워야 한다고 원로급 바둑기사들을 공군에 집어넣었다. 오전에만 참모실에서 근무를 하고 오후는 한국기원에 보냈다가 저녁에 들어와 점호를 받게 했다. 그 공로로 조남철이 명예초단증을 보내왔다. 농구도 공군에서 키웠다. 당시엔 큰 기업체가 없었으니 몇몇 가지는 군에서 주로 후원하고 키웠다.

그러다 보니 감사를 그만두고도 아침부터 분주했다. 일주일 내내 골프, 바둑, 약속 등 스케줄이 짜여 있어 바쁘게 살았다. 얼마 남지 않았다는 생각에 하고 싶고 즐기고 싶은 것들을 모두 해야겠다고 생각하니 바쁠 수밖에 없었다.

17

예비역 공군 모임인 보라매회장

1990년대 말에 예비역 공군들의 모임인 보라매회장을 역임했다. 보라매회장은 보통 역대 총장들이 2년씩 돌아가며 했는데 그 시기는 총장이 보라매회장을 맡기에 애매한 상황이 있었다. 앞선 총장들은 회장을 모두 지내고, 다음 총장이 맡기에는 그보다 선배들이 많아 대신할 사람이 필요했던 모양이다.

한번은 총장들의 모임이 있는데 참석해달라고 했다. 꼭 나와 달라는 부탁을 받고 참석했더니 선배 총장들이 잘 왔다고 반기며 보라매회장을 하라는 것이다. 당신들은 이미 했으니 다시 할 수는 없고, 그다음으로는 공사 1기 출신의 총장이 물려받아야 하는데 분위기가 숙성될 때까지 회장을 맡아 연결 고리를 만들어달라는 뜻인 듯했다. 여러 날을 피해 다녔으나 끝내 분위기에 밀려 수락하게 되었다.

그때가 한국전쟁 발발 50주년이 되는 때였으며, 각국의 참전용사들

퇴역 공군 모임 보라매회 회장으로 취임(가운데)

이 모여 참전기념식을 마련했다. 영국, 호주, 미국에서 기념식이 있으니
육·해·공의 대표들이 참석해달라는 초청을 받았다. 보라매회는 돈을
모으는 곳이 아니고, 또 회비가 약간 있다 해도 그것을 쓸 수 없으니 자
비를 털어 기념식에 참석했다.

누구를 대신 보냈으면 좋겠는데 마땅히 자격이 있는 친구들은 건강
이나 경제적 문제가 있고, 그런 것이 충족되는 사람들은 내가 보기에
자격이 충분치 못했다. 할 수 없이 세 곳 다 내가 참석하게 되었다.

영국에 갔을 때 지금 영국 여왕의 사촌동생인 켄트 공이 참전용사
모임의 회장이었다. 영국 런던의 중심가를 머리 하얀 노병들이 퍼레이
드를 하며 지나가는데, 시민들의 열렬한 환영을 받았다. 자기들 전쟁도
아니고 아시아의 작은 나라를 도와준 전쟁이었는데도 말이다. 노병들

이 자신의 가족들이 아님에도 불구하고 국가를 대표해서 전쟁에 참여하고 왔다는 것만으로도 환호하고 아낌없는 축하를 보내는 것이다.

호주의 기념식에도 참석했다. 호주는 수도인 캔버라에서 기념식이 일주일 동안 있었다. 호주 역시 우리를 도와주기 위해 군대를 보내준 나라였다. 그 참전 기념식에 국회의장, 총독이 참여하고 그들 스스로 주최자가 되어 교대하며 여러 행사를 했다. 그리고 참전했다가 돌아와 지금껏 생존해 있는 노병들에 대한 보답과 보상이 대단했다. 속으로는 당신들이 도와주러 왔으니 고맙긴 한데 도가 지나치다는 생각을 했지만 지금 생각해보면 그것이 아니었다. 국가를 대표해서 전쟁에 참여했고, 그 희생에 대한 마땅한 예우인 것이다.

또 미국 워싱턴에서도 기념식이 있으니 오라고 해서 참석했다. 그곳

전역 후 보라매회 회장으로 공군본부를 찾아 후배들을 격려했다

도 일주일 내내 행사를 하는데 규모가 엄청났다. 한국 전쟁 참전을 기념하는 조형물로 비옷을 입은 동상들이 당시의 상황을 잘 보여주고 있었다. 마지막에는 클린턴 미국대통령이 참석한 가운데 백악관과 워싱턴 광장에서 행사가 있었다. 그때 모인 군중이 20~30만이라고 했는데 그 인원이 모두 일주일의 행사를 같이 하는 것이었다. 물론 부부 동반이니 참전용사는 그 절반이겠지만, 그 인원만 해도 엄청나게 많은 숫자로 그 큰 광장이 가득 찼다.

우리는 향군 조직을 일반적으로 재향군인회라고 하지만, 미국은 향군 조직도 여러 개가 있었다. 그중에서 가장 큰 영향력을 가지고 있는 단체가 해외참전군인회라고 했다. 인원도 가장 많아서 미국의 전직 대통령인 아버지 부시도 이 조직에 속해 있다는 것이다. 미국은 남북전쟁 후에는 전쟁이 없었으니 외국의 전쟁에 참여한 군인들이 모여서 결성된 단체였다.

나중에 그곳에 있는 친구들을 만나서 물어보니 정치권에도 상당한 영향력을 미치고 있어 감히 무시하지 못한다고 한다. 조국의 대표로 다른 나라에 파견되어 목숨을 걸고 민주주의의 신념을 위해 싸웠으니 국가에서도 그만큼 합당한 예우를 해주고, 그들은 또 떳떳이 자신들의 권리를 주장하는 것이 인상적이었다. 자신들의 전쟁도 아니고 남의 나라에서 벌어진 전쟁에 참석했던 사람들도 그만큼의 대우를 받는데, 실제 전쟁이 일어나고 수많은 사람들이 목숨을 걸고 싸운 우리나라에서는 정작 아무것도 없었다.

그때 분위기가 군사독재정권이니 하며 인상이 안 좋아 오히려 죄인 취급을 하는 상황이었다. 물론 군부의 정치 개입과 정치적 과오는 잘못된 것이라 할 수 있지만 그것은 일부에 지나지 않은 것이고, 대부분의 장병들은 조국을 위해 성실하게 싸우고 목숨을 바치고 살아남은 것이다. 그것을 한 덩어리로 묶어서 죄인 취급을 하는 분위기는 견디기 힘든 상황이었다. 우리에게 앞으로도 전쟁이 없으리란 보장도 없는데 그렇게 참전용사들을 무시한다면 누가 조국을 위해 기꺼이 목숨을 바치려 할 것인가.

영국이나 미국, 호주에서 그런 행사를 하는 것은 곧 조국에 대한 사랑을 키우는 것이고 자신들의 신념을 더욱 확고히 하는 방법일 수 있다. 물론 우리 교육은 애국애족보다는 이념교육이 먼저라고 하지만 이런 것들은 상식적인 문제이다. 참전용사에 대한 적절한 예우가 보장되고 존경하는 교육이 이루어져야, 미래에 같은 상황이 벌어진다고 해도 분명히 국가를 지키기 위해 목숨을 걸고 전쟁터에 나가는 사람들이 생길 것이다.

입으로만 떠들 것이 아니라 실질적으로 그 공로에 대한 예우와 보상이 따르고 그런 분위기를 위해 국가적인 합의가 이루어져야 한다. 그런 합의가 있어야 비로소 어려움에 처한 조국을 지키기 위해 분연히 자신의 목숨을 내놓을 수 있는 분위기가 만들어지고 국가라는 큰 틀이 유지될 수 있다고 생각한다.

얼마 전, 일간지에 국방부에서 주도하는 한국전쟁 전사자의 유골 발

보라매회 회장으로 영국의 참전 기념식에 참석

굴 사업이 조금씩 효과를 거두고 있다는 소식이 실렸다. 특히 DNA 기법을 사용해서 더 희망적이란 내용과 아직도 발굴되지 않은 추산 약 18만 명의 국군 유해들 중에서 비무장지대DMZ 근처에만 3만 명 정도의 영혼이 잠들어 있고 늙어가는 유족들을 생각하면 시간이 얼마 없다는 내용이었다. 이름 없는 비목이 시간과 더불어 소멸되어가는 안타까움을 느낀다.

노병의 한국전쟁 60주년 감회

지난 2013년은 한국전쟁 60주년이었다. 텔레비전이나 신문에서 한국전쟁 60주년을 맞아 여러 가지 기사가 보도되고 행사가 진행되었다. 참 잘하는 일이고 고마운 생각이 들었다. 한국전쟁 발발 당시 25살이었던 내가 90세이니, 그때 같이 싸웠던 많은 전우들은 이미 타계했거나 노령이 되어 가족이나 우리 사회에 폐를 끼쳐야 하는 존재가 되었다. 그러나 그때 그들이 흘린 피와 땀이 이 나라를 지켜냈고 오늘의 번영을 가져오게 되었으니 살아 있는 사람들은 보람과 긍지를 느끼면서도 전쟁 중에 전사했거나 희생된 분들을 생각하면 그저 미안할 뿐이다.

한국전쟁은 단순히 남북 간의 싸움이 아니고 여타 지역으로 공산주의를 확산시키고자 하는 세력을 저지하려는 세계전쟁이라고 볼 수도 있을 것이다. 세계 전쟁사에 전례가 없는 62년이라는 긴 휴전상태가 오늘날까지 지속 중이니 참으로 슬프고 가슴 아픈 일이다. 우리나라가 한국전쟁의 피해를 극복하고 자력으로 먹고 살 수 있게 된 그때부터 시작한 한국전쟁 참전 유엔군 장병 초청행사는 참 잘한 일이라고 생각한다. 그나마 살아 있을 때 초청해서 도와주어 고맙다는 인사라도 할 수 있게 된 것은 다행한 일이지만 끝내 전사한 수많은 영령과 아직 유골도 찾지 못한 참전용사와 유가족들에 대해서는 더 할 말이 없이 죄송스럽다.

미국 요청에 의해 한국이 월남에 파병을 할 때 박정희 대통령이 미 의회에 가서 연설을 한 적이 있다. 그때 많은 분들이 왜 한국 정부가 월남 파병을 결정했느냐는 질문에 답하기를 "예부터 한국 사람들은 다른 사람의 은혜를 입었을 때는 반드시 그 은혜에 보답해야 된다는 생활 철학 때문에 한국전쟁 때 입은 은혜를 갚기 위해 파병하게 되었다"고

답을 했을 때 많은 박수가 지속되었다는 이야기를 들은 적이 있다.

　그 무렵 한국 정가에서는 박정희 정권이 우리 젊은이들의 피를 팔아서 정권유지에 사용하고 있다고 시끄러웠다. 정치판의 공방이어서 무엇이라 평할 수는 없지만 주고받는 기법이 좀 더 어른스러웠으면 하는 생각이 들었던 기억이 난다.

18

숱한 위험을 넘어서며

1970년이었던가, 이젠 기억도 희미해진 어느 날 갑자기 참모총장실에서 비상전화가 걸려왔다. 비서실장이 말하길 총장께서 나가시며 나보고 즉시 내려오라는 전갈이 있었다고 한다. 허겁지겁 내려갔더니 총장은 벌써 차에 타고 기다리고 있었고, 나보고 어서 타라고 재촉이다. 차에 타니 바로 운전병에게 김포비행단장실로 가자고 한다.

나는 또 무슨 큰 비행사고가 났을 것이라고 예상하며 물었더니, 아직은 확실하지 않지만 납북을 시도하는 일본의 민간비행기를 김포비행장에 잡아놨다는 것이다.

일본 적군파의 민간비행기 납북사건

'요도호 사건'으로 불리는 일본의 첫 항공기 납치사건은 일본 적군파

요원들이 하네다공항을 출발하여 후쿠오카로 향하던 일본항공 요도호를 납치하여 북한으로 망명한 사건이었다.

미리 대기하고 있던 김포비행단장과 함께 여객기가 있는 주기장으로 갔더니 무장한 우리 병력이 일본항공JAL의 여객기를 에워싸고 있었다. 그리고 일본대사관에서 우리 외무부를 통해 그들이 보내달라고 해도 절대 보내주지 말 것을 부탁받았다는 보고다.

일본은 당시 개국 이래 고도의 경제성장을 이루어 미국을 뒤이은 경제대국이 되려고 독일과 경쟁 중인 때였다. 잘 먹고 잘사는 풍요로운 사회가 되면서 노동 운동이 격화되고 나아가 사회주의 운동이나 공산주의 운동까지 만연했다. 식자들 사이에선 좌경화 언동을 하는 것이 시대를 앞서가는 진보적 지성인으로 여기는 사회 풍조가 있었다. 그런 시대의 격렬한 선봉이 바로 일본 적군파 조직이었다.

납치범들은 학생운동 출신의 좌익 공산주의동맹 적군파 요원들이었으며 주모자 다마야 다카마로 등 9명은 승객 70~80명이 타고 있던 일본항공의 민간여객기를 강제로 납치하여 평양으로 가려다가 서울과 평양을 착각해서 김포에 내리는 바람에 억류된 것이다.

김포비행단장이 앞으로 이 사람들을 어떻게 처리해야 하는지 총장의 지휘를 요구했다. 그때 나는 총장에게 이 문제에 대해서는 가능하면 우리가 관여하지 않는 것이 좋겠다고 했다. 그 이유는 일본 국적기에 일본인이 타고 허가 없이 불법 입국하여 착륙했으니 우리 정부와 일본 정부 사이에서 해결해야 할 문제이며, 또 김포비행장은 교통부가 관장하는 비행장이니 교통부가 관여하는 것이 좋겠다는 판단이었다. 우리 공군은 손을 떼 대외적으로도 군은 관여하지 않는다는 인상을 주는 것이 좋지 않을까 생각된다고 제안했다.

총장도 이를 납득하고 앞으로 국방부나 합참에서 오면 우리 생각을 그대로 전하라며 공군본부로 돌아갔다. 곧이어 합참의장과 국방장관까지 현장에 와서 대책모임을 열었는데 나는 총장에게 건의한 그대로 의견을 제시했다. 국방장관은 충분히 일리 있는 의견이지만 우리가 아직 전시하의 휴전 상태인데 어떻게 하면 좋겠느냐고 재차 물었다. 별다른 대책을 세우지 못하고 있는 와중에 얼마 뒤에는 일본대사인 가네야마 대사까지 합류하여 한국 측의 선처만 바라는 눈치였다.

그러는 동안에도 비행기를 납치한 적군파들은 떠나게 해달라며 자기들 주장이 관철되지 않으면 비행기 안에서 승객들과 함께 자폭하겠다고 야단이었다. 우리는 움직이기만 하면 타이어를 쏴버리겠다고 서로 협박을 주고받으며 시간만 끌고 있었다.

국방장관이 모처로부터 걸려온 전화를 받고는 교통부나 외무부 그 어느 곳도 이 사태를 전담할 수 없으니 결국 군이 나서서 해결해야 할 것 같다고 했다.

납치범들과 대화는 치안국 외사과에서 나온 일본어가 가능한 관계관이 맡았는데 '투항하라', '보내달라'를 반복하며 밤을 지새웠다. 몰려든 내외신 기자들도 '기사 취재를 위해 그대로 쳐들어가자', '승객이 위험하니 안 된다'는 시비로 같이 밤을 새웠다.

다음 날 오후, 일본 정부 대표로 하시모토 운수성장관(1996년에는 일본 총리대신을 지냄)이 정무차관 및 항공교통 관계자들과 함께 내한 하여 납치범들과 직접 교섭을 벌였다. 결국 밤늦게 납치범들의 요구를 일부 받아들여, 일본에서 내한한 운수성 정무차관이 함께 평양까지 동 행하는 대신 승객들을 풀어주고 평양에 도착하면 승무원들과 인질을 모두 풀어주는 조건으로 우리 정부의 동의를 얻었다.

비장한 각오로 납치범들의 인질이 되기로 자원한 일본 운수성 정무 차관의 창백한 얼굴이 지금도 눈에 선하다. 결국 김포에서 뜬 일본 항 공기는 평양에 내렸고, 북한이 납치범들을 받아들이고 승무원과 인질 을 일본으로 돌려보내면서 요도호 사건은 일단락지어졌다.

훗날 들은 이야기로는 납치범들은 북한에서 30여 년을 살면서 결혼 까지 했다는데, 그래도 끝내 고국을 못 잊어 그중 몇 명은 일본으로 돌 아가 형을 받고 감옥생활을 했다고 한다.

숱한 위험을 넘어서며

문명의 이기를 사용하다 보면 옛날에는 생각하지 못한 편리함과 함 께 진땀이 나는 위험도 곳곳에 도사리고 있음을 알게 된다. 자동차로 장거리 운전을 할 때 몰려오는 졸음 때문에 깜빡 졸다가 느끼는 아찔 한 경험을 운전하는 사람이라면 누구나 한두 번은 겪었을 것이다.

더구나 땅 위도 아닌 하늘을 날아다니는 항공인의 생활에서 느낀 위험은 오랜 세월이 지난 지금까지도 그때를 회상하면 등골이 오싹해진다. 나는 그런 경험이나 사고 이야기를 가족들에게 절대로 말하지 않았다. 그런 경험들이 아무런 도움도 줄 수 없는 가족들에게 걱정만 끼칠 뿐이라고 생각했기 때문이었다. 그러나 이제 시효도 다 지나갔으니 직간접적으로 겪은 아찔한 경험을 하나씩만 풀어내 본다.

앞이 보이지 않는 상황에서 비상착륙

직접 겪은 일로는 한국전쟁 직후 일본의 도쿄 건너편에 있는 기사라즈 미 공군 극동항공수리창으로 주기 점검차 F-51 머스탱을 공수할 때의 경험이다. 미 고문관 한 사람과 우리 공군 조종사 세 사람이 머스탱 네

F-51 머스탱기

대를 공수해주고, 이미 수리가 완료된 머스탱 네 대를 맞바꿔 공수해올 때였다.

기사라즈에서 출발할 때부터 우리나라 사천비행장 주변의 기상예보가 좋지 않았다. 하지만 빠른 속도의 이동성 저기압이니 부산 근처까지 가보고 계속 나쁘면 다시 일본으로 돌아와 규슈 이따즈께 비행장에 내렸다가 날씨가 좋아지면 다시 가기로 결정했다. 현해탄 대마도 근처에 이르러서 보니 먼발치로 부산이 겨우 보일 정도이고 사천에 내리는 것은 도저히 불가능해 보였다. 그 당시 사천은 전천후 비행이 불가능하고 오직 시각비행만이 가능한 곳이었다.

우리는 일본 규슈의 이따즈께 비행장으로 돌아가기로 결정했다. 당시 일본은 아직 독립국 지위를 가지지 못하고 패전국으로 미군정 하에 있는 상태여서 미군 여행증 한 장으로 어디든 오갈 수 있었다.

규슈로 가는 중 갑자기 내 비행복 위에 입었던 메이웨스트(Mae West-해상 비행시 규정상 껴입어야 하는 공기부대로 된 비상 구명복)가 터져서 비행할 때 필요한 전방 시계를 가리는 사고가 일어났다. 보통은 필요할 때 의식적으로 줄을 손으로 당겨야 터지는 것인데 무엇인가 잘못되어 내 턱을 하늘로 밀어 올리는 고약한 상황이 벌어진 것이다.

미군 고문관이 가까이 비행해 와서 상황을 살펴보고는 다른 사람들이 먼저 내려서 비상착륙 요청을 해둘 것이니 나는 선회하다가 마지막에 내리라고 했다.

동료들이 먼저 내려간 후 비상착륙 준비가 되었다는 연락을 받고 여전히 앞은 안 보이는 와중에 잠깐씩 옆을 보면서 착륙 자세에 들어갔는데 관제탑에서 갑자기 착륙을 중지하라는 연락이다. 이유를 묻자 착지용 다리가 하나는 나오고 하나는 나오지 않았다고 한다. 보통은 착륙할 때 그린라이트로 확인할 수 있는데 시야가 가려 몰랐던 것이다.

착륙을 취소하고 고공에 올라가 착륙 다리에 충격을 줘서 나머지 랜딩 기어가 내려올 수 있도록 온갖 재주를 부려보아도 효과가 없었다. 이제 한쪽 발만으로 내릴 것이냐 아니면 해상으로 나가서 비행기는 버리고 비상탈출을 할 것이냐 결정을 해야 했다. 여러 번 망설였으나 육상이나 해상이나 성공 확률은 반반인 것 같아서 한쪽 다리로 비행장 착륙을 감행하기로 마음먹었다.

전방 시계가 안 보이는 상황에서 설상가상 다리도 한 개뿐이니 운을 하늘에 맡기고 착륙 자세에 들어갔는데, 또 착륙을 중지하고 관제탑 앞을 지나가 보라는 지시다. 무슨 액운이 더 있을까 생각하며 관제탑 앞을 지나가자 나머지 다리 한 개가 나온 것 같으니 한 번 더 확인받고 착륙하라는 지시다. 지시대로 확인을 한 후에 메이웨스트 때문에 앞을 볼 수가 없어 비행기 옆으로 흘러가는 활주로 땅만을 참고로 목숨을 건 도박을 시도했다. 약간 활주로 옆 땅으로 튀어나오기는 했지만 무사히 착륙, 현장에 있던 사람들의 박수를 받으며 생환했다. 그런 사고 과정에서 얼마나 긴장했는지 두꺼운 비행복의 등 부분뿐만 아니라 앞가슴까지 땀으로 축 젖어 있었다. 정말 운이 나쁜 날이고 액땜을 했다고 생각했다.

한쪽 엔진 고장으로 바다에 떨어질 뻔하다

간접적인 경험은 대구 기지에서 비행단장을 할 때였다. 제트기 조종사들은 6개월에 한 번씩 꼭 챔버트레이닝이라는 무산소 훈련을 받아야 하는데 우리나라에 그런 훈련시설이 없어서 오키나와의 미 공군 시설을 이용했다.

그때도 시설을 이용하기 위해 우리 비행단 조종사 25명과 함께 C-46을 타고 오키나와를 향해 비행하고 있었다. 그 비행 도중에 좌우 한 개씩 있는 두 개 엔진 중 왼쪽 것이 터져 프로펠러가 멈췄는데 그 위치가 제주도와 오키나와의 중간 지점 해상이었다. 가장 가까운 육지가 일본 규슈 남단으로 제주도와 오키나와를 가는 거리의 3분의 2 정도 되는 먼 거리였다. 모두들 잠이 들었다가 갑작스러운 엔진 스톱으로 비상이 걸려 긴장상태에 빠졌다. 동행한 고문관은 지도를 보여주며 어느 방향으로 가도 육지에 도달할 수 없고 해상에 비상착륙을 해야 하는 상황이 될 것 같은데 어떻게 하면 좋겠느냐며 나의 결심을 물었다. 나는 즉각 일본 규슈로 향하라고 했다.

당시엔 한국과 일본 사이에 정식 국교는 없었을 때였고, 더욱이 일련의 사태로 한일 간 공기가 매우 좋지 않을 때라서 거리낌도 있었지만 비행 중 비상착륙은 모든 국가가 받아들여야 한다는 국제 항공법규도 있으니 그렇게 결정한 것이다.

문제는 사고가 난 위치에서의 고도와 육지와의 거리였는데 얼마나 육지에 가까이 갈 수 있느냐 하는 것이었다. 일행 모두에게 메이웨스트

착용 등 비상착륙 준비를 시키고 고문관에게 메이데이 콜을 비롯해 항공 구조기구에 구조요청을 할 것을 지시하는 등 모든 조치를 동원했다.

조종사는 하나 남은 엔진을 풀가동시키며 조금이라도 육지에 가까이 가기 위해 애를 쓰고 있었다. 부조종사는 구조센터에 현재의 위치와 고도를 알려주며 구조작업에 도움을 주려고 노력 중이었다. 망망대해에서 해난보트 한 척을 찾는다는 것이 얼마나 어려운 일인 줄 알기 때문이다.

다행인 것은 사고발생지에서부터 계산했을 때 육지에서 40~50km 떨어진 곳이 착수 예상지역이라는 것이었다. 가슴을 조이며 분초를 따지고 있는데 점점 우리에게 유리한 수치가 나왔다. 중국 쪽에서 불어오는 강한 배풍背風이 도움이 된 것이다. 육지에 도달하지 못하고 바다에 떨어질 것을 각오하고 있었는데 마지막까지 행운은 우리 편이 되어 해변에서 가까운 일본 해상 항공자위대 비행장인 가노야 기지에 무사히 착륙할 수 있어 우리의 생명과 비행기 모두를 건질 수 있었다. 이 기지는 옛날 일본 특공대가 규슈에서 출발했던 기지였다.

비상착륙한 우리들을 돕기 위해 일본 해상자위대 대위 한 사람이 연락장교로 나왔다. 그는 유창한 부산 사투리를 구사했다. 어떻게 한국말을 잘 하느냐고 물어봤더니 일제강점기에 부산에서 태어나 부산상고를 졸업했단다. 졸업과 동시에 일본 해군에 징집되어 종전까지 근무하다 일본으로 귀국하는 바람에 고향인 부산을 끝내 가보지 못해 아쉽다고 했다.

언젠가 한일 관계가 호전되어 국교가 정상화되면 자신의 한국말 실력이 모두에게 도움이 될 것이라고 생각해 매일 부산방송을 들으며 한국말을 잊지 않으려 노력했는데, 이렇게 빨리 자기의 한국말이 보답을 받게 될 줄 몰랐다며 무척 흐뭇해했다. 오늘날 우리 교포 700만 명이 전 세계에 퍼져 있다니 앞으로 이 사람처럼 보답받을 수 있는 젊은이가 넘쳐날 것 같은 생각이 들어 뿌듯했다.

육상이나 해상교통은 우리 인류 역사와 함께 시작되어 이제 원숙한 단계인데 비해 항공은 이제 겨우 한 세기 전후의 짧은 역사이다. 앞으로도 계속 발전하겠지만 항공에 종사하는 사람들은 발전의 대가를 치러야만 할 부채도 동반한다는 것을 항상 염두에 두고 조심해야 할 것이다.

한두 가지 사고 경험을 적었지만 이런 것은 나만의 특별한 경험이 아니고 함께 전투기를 타고 다니던 우리들 세계에선 너나없이 모두 갖고 있는 경험들이다.

1980년대 중반 미국 우주왕복선 챌린저호의 폭발사고를 텔레비전을 통해 본 적이 있다. 우주에서 원격강의를 위해 민간인 여교사 한 명을 포함한 7명의 승무원을 태우고 케네디 우주센터를 이륙한 지 73초 만에 공중폭발하는 사고가 났다. 거대한 불덩이와 함께 흔적도 없이 사라지는 가슴 아픈 광경을 봤는데 그간 수많은 희생자를 내면서 육상, 해상교통을 오늘날의 수준으로 끌어 올렸듯이 항공 또한 예외가 될 수 없음을 알려주는 것이었다.

19

살아온 날들의 단상

요즘 고향 사람들을 만나면 항상 묻는 질문이 왜 비행기를 탔느냐는 것이다. 내 생각에 비행기를 선택하게 된 계기는 그 당시 모두 군에는 가야 하는데 나는 발이 편평족이니 걷는 것이 싫어 안 걷는 군대를 찾은 것이 첫째, 둘째는 호기심이 많아 만들고 부수고 하는 것을 좋아했기 때문이 아닌가 한다.

지금부터 75년 전, 항공기를 탄다는 것은 상당히 도전적이고 모험적이어야 했다. 그러나 나에게는 죽을 때가 되면 어디에 있든 죽을 것이라는 낙천적 사고가 있었다. 이런 것도 한 몫 거들지 않았을까 한다. 어찌되었든 지금 생각해도 비행기를 선택한 것은 참 잘했다고 생각한다.

우리나라에서는 천자문을 가르치고 공자 왈 맹자 왈 할 때 비행학교에 가서 기상학, 공기역학, 기계공학 등 전혀 새로운 신학문을 배울 수 있었다. 차원이 다른 신문물을 접한 것이니 행운이라고도 하겠다. 한 가지 마음에 안 든 것은 차별이었다. 비행학교에서는 드러내놓고 공개적으로 차별 당하지는 않았지만, 눈에 안 보이는 차별, 본인만이 느낄 수 있는 차별과 무시는 존재했다.

어린 시절 고향에서는 선생님도 일본인이고 의사, 기관사, 금융조합도 전부 일본인 일색으로 머리를 쓰고 기술이 필요한 자리는 모두 차지하고 있었다. 한국인은 농사꾼이나 막노동자 등 몸으로 때우는 일만 주어졌다. 교육 또한 일본인은 뛰어난 일류 국민이요, 한국인은 게으르고 뒤처진 이류 국민이라고 강조하니 어린 마음에는 그 말을 진실로 믿을 수밖에 없었다.

그런 선입관이 아주 머리에 박혀 있었을 때 일본에 가서 공부를 했는데 똑같은 자리에 서서 경합을 하면 내가 훨씬 나았다. 지상의 필기시험도 내가 낫고, 비행시험에서도 내가 제일 먼저 단독을 했으니 그들보다 뛰어났다.

그런 것을 계기로 인식이 바뀌었다. '너희도 별수 없네, 나는 이류이고 너희는 일류로 알았는데'. 그때부터는 차별을 느끼면 속으로 우리가 아직 낡은 사상에서 못 벗어나고 덜 깨서 뒤처졌지만 원래는 우리가 훨씬 똑똑하구나 하는 자긍심이 생겼다.

실제 경험해보니 그들보다 조금도 떨어질 것이 없었다. 비행훈련을 마칠 때는 총감상이니 하는 말까지 나왔는데 조선인이라서 못 받았다. 특공대를 조직할 때도 서열이 높으니까 선봉 쪽에 속했었다. 그런 것을 보며 바보처럼 죽어서는 안 되겠구나 하는 생각을 가지게 됐는데 그때서야 철이 든 것 같다.

해방이 되고 부산 온천장에서 겨우 풀려난 애국지사들을 만나니 좋은 기술을 나라를 위해 잘 배워왔다고 격려하는 것도 무슨 말인지 몰랐는데, 여러 일들을 지내고 보니 역시 우리에겐 기회가 주어지지 않았을 뿐이라는 생각을 하게 되었다.

나는 큰아들이 중학교에 들어갈 때에 중학교에 가서는 다른 것보다 영어공부를 우선하라고 했다. 해외를 많이 돌아다니다 보니 우리가 보고 들은 것이 없어서 뒤떨어졌다는 생각을 가지게 되었다. 그러니 더 많은 것을 보고, 더 많은 것을 들을 수 있는 기회를 가지라고 했다. 그러기 위해서는 우선 영어를 하고 제2외국어를 더하라고 했다. 미국에서 많이 쓰는 스페인어나 혹은 일본이 꿈틀거리니 일본어도 좋겠다고 생각했다. 다른 사람들에게도 아이를 교육시킬 때 더 많은 것을 보고 들을 기회를 주라고 했다.

그리고 역시 그때 생각이 맞았다. 우리는 기회가 주어지면 얼마든지 발전할 수 있는 가능성, 무한한 잠재력을 가지고 있는 우수한 민족이었다. 나는 해외여행도 기회가 되면 나가라고 한다. 가서 보고 들으면 우리보다 잘 사는 사람은 어떻게 해서 잘 산다는 것을 알 수 있고, 우리보다 못 사는 나라는 왜 그렇게 되었나 하는 것을 알 수 있다. 그런 것들을 교훈으로 삼아야 더욱 발전할 수 있다고 믿는다.

1952년 공군대학 교육을 마치고 돌아올 때 야간에 샌프란시스코 상공에서 본 그 도시의 바다 같은 꽃불, 일본 도쿄 상공에서 본 그 화려

한 꽃불을 보며 우리는 전쟁 중이니 언제나 저런 모습을 갖출 수 있겠나, 또 멋진 자동차들을 보며 우리는 언제 저런 자동차들이 생기겠나 했다.

그러나 아득하게만 느껴졌던 그런 것들이 내가 살고 있는 동안에 벌어져 어느새 세계 상위 자동차 수출국이 됐다. 그때는 전쟁 중이었고 먹을 것조차 없어서 허덕일 때니 설마 이렇게 발전을 이룰 줄은 상상도 못하고 그들의 부와 화려함에 부러운 마음만 가득했었다.

외국을 다니면서 느낀 것인데 자기 나라가 없는 국민의 슬픔은 그때 당해봐야 알 수 있다. 지금은 나라가 있으니 그 고마움을 모르고 당연한 것으로 생각한다. 나라라는 것이 공기와 마찬가지로 없으면 죽는데 있으니 당연한 것으로 여기는 것이다. 안 겪어본 사람은 소위 주권 국민이 아니라는 것이 얼마나 서러운 것인지 모른다.

2차 세계대전 때 일본군을 따라 동남아시아를 다니며 보고 느꼈고, 미국에 가서 세계 각국 사람들은 다 만나보고 느낀 것은 독립된 모국이 있어야 한다는 것을 절실히 느꼈다. 조그만 우리나라지만 그 덕택에 돌아올 곳이 있고, 또 그곳에서 대접받을 수 있는 것이다. 반대로 자기의 근거지인 나라가 있어야 외국에 가서도 대접을 받을 수 있다.

군 지휘관을 할 때 제일 싫어하는 말이 있었다. 그때는 유행어처럼 썼던 '국가와 민족을 위해서'라는 말이다. 그것은 특별한 애국지사에게나 해당이 되는 것이지, 실제 자기가 죽을 상황이 되면 다 도망가고 없는 경우를 전쟁 중에 수없이 보았다. 차라리 그렇게 거짓을 말하고 양심을 속이는 것보다는 자기에게 주어진 임무를 다하는 것이 훨씬 중요하다고 생각한다. 각자에게 주어진 임무를 성실하게 하면 그런 것들이 모여 애국이 되는 것이다. 비행부대의 편대장을 할 때도 부하들을 모아놓고 이런 이야기를 했다.

"우리는 전투조종사라서 국가로부터 남다른 대접을 받고 있다. 그 대접에 해당되는 보답, 그 보답을 성실하게 하면 하나하나 축적되고 그것이 모여서 애국이 된다. 애국애족 한다고 용감하게 나아가 먼저 죽어버리면 아무 소용이 없다. 도망갈 땐 도망가고, 피할 땐 피하고 하면서 자기에게 부여된 임무를 책임지고 성실하게 이룰 때 그것이 바로 애국으로 연결된다."

지금은 군을 떠났지만, 아직까지도 주어진 임무를 성실하게 수행한다는 것을 신조로 삼고 있다. 그런 것들이 누적이 될 때 비로소 사회봉사도 될 것이며, 애국과 애족이 되는 것이다.

우리 집은 다종교 가정이다. 집사람은 불교, 아이들은 가톨릭과 개신교로 자유롭다. 결혼과 마찬가지로 종교 또한 너희 인생이니 너희가 알아서 하라는 생각을 가지고 있다.

어떤 때 절에 가서 보면 금칠하고 화려한 치장을 한 것은 좋아하지는 않지만, 그 고즈넉한 분위기는 좋아한다. 또 그곳에서 주장하는 "삶이라는 것은 무無이어서 빈손으로 왔다가 빈손으로 간다"고 할 때 과연 옳은 말이라고 공감한다. 불교의 가식 없는 그런 철학적인 면을 좋아한다.

또 미국 공군대학에 있을 때 룸메이트가 천주교도였는데 잘못된 연

애로 죄를 짓고는 성당에서 성호를 그으며 기도하는 모습을 보며 잘못을 스스로 반성하게 하는 좋은 종교라고 생각했다. 누구나 잘못된 일이나 행동을 할 수 있다. 중요한 것은 그 잘못을 깨닫고 스스로 반성한 다음 다시 그런 실수를 반복하지 않는 것이다.

우리나라 천주교계의 거성인 김수환 추기경이 돌아가신 뒤 시민들의 애도의 물결은 대단했고, 또 무소유를 평생의 신념으로 가지고 살다 가신 법정 스님의 이야기가 오래도록 회자되었다. 그런 모습을 보며 자본주의의 탁해지기 쉬운 해악들을 막아주고 정화하는 종교가 있어서 다행이라는 생각을 한다.

後記
·
영원으로 가는 기차를 기다리며

1926년 일본의 식민지정책이 정착되어가던 때 경북의 한 시골 농가의 차남으로 태어난 나는 그 당시 배웠다는 것이 완고한 유교사상의 생활방식이었다. 그때까지 반상을 논하며 족보를 따지고, 마을에선 '하손'이라는 천민이 있어 마을 내의 모든 흉사나 천한 일을 감당케 하던 그런 분위기 속에서 자랐다.

그런 내가 나도 모르게 그 두꺼운 유교생활의 벽을 뚫고 나와 벽 바깥에는 또 다른 합리적이고 진취적인 세상이 있다는 것을 알게 되었다. 그곳에서 더 많은 문명의 이기와 접하게 되었고, 더 많은 호기심도 가지게 되었다.

하늘을 난다는 꿈 같은 사실을 현실화할 수 있으나 그러기 위해서

·

는 약간의 소질과 노력이 필요하고 상당한 위험도 감수해야 한다는 것을 늦게나마 알게 되었다. 하지만 망설임 없이 젊음의 만용으로 갈 데까지 가보자는 생각을 굳히고 현해탄에서 연락선을 탈 때의 후회와 불안감을 떨쳐냈다.

그로부터 75년이 지난 지금, 과거를 돌아보며 이런 글을 쓸 수 있게 되었으니 내 인생의 평가는 과반의 성공이라고 자평해야 할 것 같다. 미련하게 위를 보면 더 많은 욕심과 아쉬움이 남으나, 아래를 보면 나보다도 유능했던 분들이 어려움에 처해 고생 중인 것이 보인다. 그에 비하면 나는 4남매인 자식들 모두 반듯하게 자라서 사회에 뿌리를 내렸고, 나 또한 남에게 폐 끼치지 않고 살아왔으니 큰 다행이라는 생각이 든다. 현충일이면 현충원을 찾아 전우들의 묘에 참배할 때 더욱 그런 생각이 든다.

그래도 남아 있는 미련이 있다면 나이만 조금 젊었어도 동력 글라이딩을 해보고 싶다. 또 한 가지는 아프리카 대륙을 시간을 갖고 여유 있게 여행을 해봤으면 한다.

어떤 책을 보니 사람의 삶을 마감하는데 그것을 불교적 표현으로 대왕생大往生이라고 하는 글을 읽었다. 저녁에 잠자리에 들어가서 아침에 문을 여니 잠을 자듯이 삶을 마감했다는 내용이다. 내 나이가 있는지라 미안하게도 너무 오래 살았다는 생각과 함께 요즘은 그런 생각을 자주하게 된다.

젊었을 땐 부와 권력이 더 유혹적이었다. 하지만 황혼기에 서보니 인생의 시작점이 되는 갈림길에서 잘못 선택했다는 생각이 든다. 중국 왕희지의 서예나 두보의 시, 베토벤의 음악이나 피카소의 그림과 같이 만인이 좋아하고 사람들을 기쁘게 해주는 공부를 했다면 비록 천재는 아니더라도 무언가 남는 것이 있고 죽기 직전까지 열중하고 몰입할 수 있지 않았을까. 그런 예술가의 기사를 볼 때마다 부럽기 한이 없다.

그런 탐나는 길을 살아오지는 못했지만 공군의 초창기 일꾼, 참전용사, 국가유공자 등등의 대명사를 붙여주니 그나마 자위가 된다.

옛날 강릉 기지에서 머스탱으로 출격을 할 때, 전장에 나갔던 동료들의 희생이 끊이지 않았다. 다음엔 누구 차례일까를 생각하며, 만약 내 차례라면 25세에 죽는 것은 너무 억울하고 30세까지만 살게 해주시오, 하고 빌었던 기억이 난다. 그런데 지금은 그때 희망하던 나이의 세 배를 살고 있으니 먼저 간 친구들에게 정말 미안한 마음뿐이다.

이젠 '살 만큼 살았습니다. 언제든지 가겠습니다' 하는 담담한 심정이다. 옛날엔 인생살이가 너무도 힘들고 길다고 생각했는데 지나고 나니 벌써 이렇게 긴 세월이 가버렸구나 하는 아쉬움이다. 이제는 영원으로 향하는 기차를 기다리는 기분이다.

• 권성근 장군 이력

1926 경북 영천에서 4남 1녀 중 차남으로 출생

1943 일본 육군 소년비행학교 입교

1944 일본 제44 상급비행교육전대 배속

1945 가미가제 특공대 차출

1945 초등교육시험 합격

1947 경북중학 사범과 수료

1948 김해 허씨 허옥순과 혼인

1950 공군 소위 임관

1950 공군 전투기 조종사로 한국전쟁 참전

1953 F-86 한국 최초 제트전투기 훈련

1954 한국 공군대학 창설을 위한 미 공군대학 연수

1955 공군본부 작전과장(대령 진급)

1957 수원 제10전투비행단 부단장

1958 대구 제1훈련비행단장(제트기 교육)

1961 공군본부 작전국장으로 5·16 맞이함

1963 공군 준장 진급(항공본창장 부임)

1964 초대 공군 군수사령관 부임

1966 공군본부 작전참모부장 부임
공군 작전사령관 부임

1968 공군 소장 진급

1969 공군본부 작전·행정·군수 참모부장 취임
판문점 정전회담 한국군 수석대표 임명

1970 공군 소장으로 전역

1970 한국요업센터(현 대림요업) 사장 취임

1974 대한손해보험협회 부회장 취임

1975 한국증권거래소 감사 취임

1983 중앙투자금융 감사 취임

2000 보라매회(공군전역군인회) 회장 취임

2002 보라매회 회장 퇴임

F5A 전투기 도입 후 시승

1967년 공군 작전사령관 취임

한국전쟁 당시 F-51 머스탱 조종사 동료들과 함께
(앞줄 오른쪽 두 번째)

머스탱 전폭기 퇴역식에서 역대 공군 참모총장 및 현역 장교들과 함께

(앞줄 왼쪽 다섯 번째 저자, 바로 그 왼쪽 옆 김성룡 총장, 뒷줄 왼쪽 다섯 번째 장성환 총장,
바로 그 오른쪽 옆 장덕창 총장, 뒷줄 오른쪽 네 번째 장지량 총장)

항공창장 당시 국방부 검열단이 방문하여
수리 중인 F-86 전투기를 안내하고 있다

1963년 국가재건최고회의 의장 박정희 대장이
대구를 방문하여 공군 군수사령관으로서 영접했다

보라매회장 시절 스위스 베른에서 천병규 스위스 대사와 함께

보라매회장 시절 러시아 모스크바를 방문했다

2000년 초 보라매회장 시절 공군본부를 방문하여 박춘택 참모총장과 함께

1999년 6월 25일 영국 런던에서 열린 한국전쟁 50주년 기념행사

대한민국 공군 최초의
제트기 조종사 권성근 장군 회고록

하늘을 날다